imaginist

白先勇作品

想象另一种可能

理
想
国

imaginist

白先勇 著

广西师范大学出版社
·桂林·

图书在版编目（CIP）数据

寂寞的十七岁 / 白先勇著．—2 版．
—桂林：广西师范大学出版社，2015.1（2023.11 重印）
（白先勇作品集）

ISBN 978-7-5495-5989-3

Ⅰ．①寂… Ⅱ．①白… Ⅲ．①短篇小说－小说集－中国－当代
Ⅳ．① I247.7

中国版本图书馆 CIP 数据核字 (2014) 第 258472 号

广西师范大学出版社出版发行

广西桂林市五里店路9号　邮政编码：541004
网址：www.bbtpress.com

出 版 人：黄轩庄

责任编辑：曹凌志　王家胜

装帧设计：陆智昌

内文制作：陈基胜

全国新华书店经销

发行热线：010-64284815

山东新华印务有限公司

开本：850mm × 1168mm　1/32

印张：11.5　字数：210千字　图片：10幅

2015年1月第2版　2023年11月第9次印刷

定价：59.00元

爱荷华大学留影

童年时与母亲合影

童年时在桂林与大姐先智、三姐先明合影

抗战时在桂林家中留影，前排左一为白先勇，坐者为父亲白崇禧

祖母九十大寿，在桂林家中留下白家极完整的一张家族照片，祖母（居中）旁边是白先勇

抗战胜利之后，父母与十个孩子在南京合影，这是唯一的全家福。前排左起：七弟先敬、六弟先刚；中排左起：先勇、母亲马佩璋、父亲白崇禧、四哥先忠；后排左起：三姊先明、二姊先慧、大姊先智、大哥先道、二哥先德、三哥先诚

五〇年代在台北松江路家中与父母等人合影，右一为白先勇

九〇年代在台北与好友欧阳子（中）、奚淞合影

晚年在纽约与夏志清合影

牡丹因缘

我与广西师范大学出版社

白先勇

我与广西师范大学出版社因《牡丹亭》而开始结缘。二〇〇四年由我领队制作的昆曲连台大戏三本青春版《牡丹亭》在台北首演一炮而红，我们在演出的同时由台湾远流出版社出版了《姹紫嫣红牡丹亭》，此书由我策划，收编了我们改编的二十七折青春版《牡丹亭》剧本，并有学者专家的阐释文章。书中汇辑多幅历来饰演《牡丹亭》名角影像，尤为珍贵。此书出版，在台湾反应甚佳，第一版一售而罄。同年青春版《牡丹亭》赴大陆巡演，到苏州、杭州、北京、上海等地。我们觉得《姹紫嫣红牡丹亭》应该出大陆版。远流找到合作对象：广西师范大学出版社。这也可以说是一种特殊机缘，天作之合。我原籍广西桂林，由自己家乡的出版社来出版第一本有关青春版《牡丹亭》的书，特别有意义。出版后，刚巧五月全国书市在桂林召开，这是出版界的一个盛会，广西师范大学出版社的负责人之一刘瑞琳女士邀请我到桂林，为《姹紫嫣红牡丹亭》开新书发布会，我当然高兴，因为又可以乘机返乡一趟。发布会的场面多少出我意料之外，一下子来了五六十家媒体，记者发问非常热烈，《姹紫嫣红牡丹亭》的知名度也就从此散开了。

我觉得这本书的出版有多重意义：首先这是大陆出版第一本有关青春版《牡丹亭》的书，对这出戏起了先头宣传部队的作用。这部书最大的特色是用繁体字直排，这样书本身便蕴涵着一种古籍雅意。而这部书的装帧又特别精美，设计大方，图片悦目，难怪二〇〇五年这部书夺得了南方报业集团举办的首届华语图书传媒大奖。这是一份十分难得的殊荣。早些年大陆有些出版社出版古籍采用繁体字直排，这些年比较少见，而广西师范大学出版社出版《姹紫嫣红牡丹亭》竟用了繁体直排，而又获得大奖，我认为有其深远的文化意义。我很佩服出版社领导人的眼光。

接着广西师范大学出版社出版我的一本选集《青春·念想》，我跟出版社以及出版社的同仁们关系就更加密切了。因为这些年昆剧青春版《牡丹亭》经常到北京演出，我亲自领军到北京就有五次，每次演出我们都需要各界的支援，广西师范大学出版社驻北京的同仁在这方面，上下一体，对我们可说是做到仁尽义至，从联络媒体宣传到人员协助，无一不全力以赴，当然，演出时，出版社的同仁们一直是我们最热烈的啦啦队。出版社同仁给予我如此坚定的精神支持与鼓励，我想他们一定也认同我们推广昆曲是在兴灭继绝抢救我们的文化瑰宝，他们努力出版，一样在从事文化大业。其实我们的追求殊途同归，所以能够彼此欣赏。二〇〇六年适逢广西师范大学出版社成立二十周年社庆，在桂林总部盛大举行。为了替出版社庆祝，我们特地把青春版《牡丹亭》送到桂林，在广西师范大学校园连演三天，那真是盛况空前，每晚演出场里挤得水泄不通。前一年我在广西师大演讲，曾经许愿，有机会我一定要把我制作的《牡丹亭》带到桂林，让广西师大的同学及乡亲们看到这出戏。第二年，我们真的做到了，而且还替出版社热闹了一番。我跟出版社结的可说是“牡丹缘”。

中国出版业竞争激烈，广西师范大学出版社能够脱颖而出，名列前茅，诚非易事。国外如美国的哈佛、哥伦比亚，英国的牛津、剑桥，这几家名校的出版社在英美以及全世界的学术文化界举足轻重，广西师范大学出版社的影响不仅普及全国并能跨越海外，像余英时、许倬云这些海外学术界大师的作品也被网罗旗下。广西师大出版社能够建立如此优良声誉，绝非偶然，我还没看见他们出版过一本浅俗媚众的读物。家乡能产生如此高层次的文化亮点，我深引以为傲。当总编辑刘瑞琳来跟我商洽出版我的作品集，我欣然同意，并感到义不容辞。刘瑞琳女士刚刚被《中国新闻周刊》选为“十年影响力人物”。在此，我特别要向她致谢，同时也要感谢为这套书花费大量精力的执行编辑刘哲双及曹凌志。

二〇一〇年八月十二日

目 录

i 牡丹因缘 / 白先勇

我与广西师范大学出版社

1 金大奶奶

17 我们看菊花去

28 闷 雷

57 月 梦

68 玉卿嫂

124 黑 虹

150 小阳春

163 青 春

169 藏在裤袋里的手

182 寂寞的十七岁

215 那晚的月光
229 芝加哥之死
247 上摩天楼去
262 香港——一九六〇
273 安乐乡的一日
286 火岛之行
300 等
305 后记 蓦然回首

附录

321 白先勇的小说 / 欧阳子
327 白先勇早期的短篇小说 / 夏志清

金大奶奶

记得抗战胜利的那一年，我跟奶妈顺嫂回上海，我爹我妈他们在南京还没有来，我就跟着顺嫂在上海近郊的虹桥镇住了下来。那儿的住户大多数是耕田的人家，也有少数是常跑上海办货做生意的，不管他们干哪一行，家里总不愁柴火烧、白米饭吃；因为那儿土地很肥沃，春天来了，一大片油菜花，黄澄澄的，真是“遍地黄金”。

算来算去，虹桥镇一带最有钱的是住在我们隔壁的金家。这是顺嫂告诉我的，她讲，金家要是没有几百亩田，无论怎样也撑不下他们家那种排场。顺嫂的交际手腕很有两下，我们才住下来几天，她就跟金家上上下下混得烂熟了。当她带着我向他们家里直闯而入时，就连那条看门的狼狗也不会叫一下。

金家的房子很大，是一所两进头的旧式平房，前面一个大天井，种了些合抱的榆树。进门不远，是一间大厅堂，大约摆得下十来桌酒席，里面的家具一律是乌亮的酸枝木做的，四张八仙方桌，桌面中间都嵌了带青斑的大理石，夏天摸着浸凉浸凉的，舒服得很。厅堂四壁上挂满了字画，茶几上也陈设着一些五颜六色的盆景古玩，十分好看，我有时候禁不住要伸手去弄一下，顺嫂一看见就急得赶忙拉住我，咬牙切齿地低声说：

“容哥儿，我的小祖宗，我跟你作揖，请你不要乱摸乱搞好不好？打坏了他们的东西，咱们可是赔不起啊！”

我们常去金家玩，所以对于他们家中的事情知道得很清楚。金家一共两房，因为金大先生常在上海住，所以田务家事都由二房管理。金家的人差不多都是看金二奶奶的眼色行事的，连金二先生也包括在内。金二奶奶是一位极端精明的管家婆，嘴尖心辣，又得金大先生的信赖，只要她喝一声，金家那班下人，就连那个最是好吃懒做的小丫头阿红，也不敢怠慢半分儿。可是金二奶奶很买顺嫂的账，大概是因为顺嫂的针线活儿实在与众不同，三天两天金二奶奶总要差人来叫顺嫂去帮她扎些花儿。金二奶奶对我也另眼相看，这准是看在她宝贝儿子小虎子分上。小虎子与我有缘，我们这一对十来岁的孩子才认识几天，可是却像是从小就在一块儿似的。小虎子也是一个捣精捣怪的人物，什么话都肯跟我讲。他说：他不怕他的爹，他的爹是个不管事的烂好人。可是讲到他的娘，他却把舌头一伸，贼头贼脑地朝左右看一看，再也不敢作声了。讲到他大伯，他就把大拇指一伸，哼道："嘿！数一数二的好老！"这句话我到现在还承认，我实在忘不了金大先生那高高的个子，那撮深黑整齐的小胡子，以及他要笑不笑时那满面的潇洒神态，而最使我忘不了的，却是他挂在胸前的那条大红领带，因为镇上系领带的还只有他一个人呢！小虎子说他已经四十岁了，我只能相信他刚过三十五。

说起来，金大奶奶应该是小虎子的伯娘，可是当我问起小虎子的时候，他就撇着嘴哼道："去她的！她算哪一门的伯娘？'老太婆'算了。"

真是奇怪得很，金家全家背地里都叫金大奶奶做老太婆；小虎子这样叫，金二奶奶这样叫，就连阿红端饭给金大奶奶的时候，也阴私怪气地嘟囔道："这个'老太婆'真讨厌！凭她那副酸相也配指使人？"

金大奶奶很少出房门，有时我看见她探头探脑地走到客厅来倒杯茶，如果这时金二奶奶偏巧坐在客厅里，金大奶奶会马上慌慌张张绕过走廊缩回去。就是吃饭的时候，也从来没有看见金大奶奶上过桌子，差不多总是等金二奶奶他们吃完了，然后再由阿红胡乱盛些剩饭剩菜送进金大奶奶的小房间给她吃。可是更使我觉得奇怪的就是金大先生从上海回来，从来不理金大奶奶，他们两人各住一房，金大先生房里很宽敞，家具陈设跟他的人一样漂亮，全是从上海搬来的，而金大奶奶的那一间却是简陋得很，里面只有一个窗户，光线昏暗，进大门之后，要绕老大一截路才找得到。我不大去金大奶奶房里玩，金二奶奶曾经吩咐过我少到那儿去，有一次我刚走到金大奶奶房门口，就被金二奶奶叫回头。她牵着我的手，指着金大奶奶的房门低声说："容哥儿，千万别去惹那个'老太婆'，那个女人是贱货，你懂得吗？"我实在不"懂得"金大奶奶是"贱货"，不过我看见金二奶奶锋利的眼睛瞪得老大，也只好吓得直点头。

"'老太婆'是个顶顶惹人厌的老东西。"有一天，小虎子跟我坐在天井里的榆树干上剥烤红薯吃，他对我这样说。

"怎么见得？"我咬了一口红薯问道。因为我心中想即使金大奶奶有一点儿惹人厌，也不会"顶顶"惹人厌嘛！

"呵嘿！"小虎子将眼睛一翻，好像我不该对金大奶奶是个"顶顶惹人厌的老东西"发生疑问似的。他接着说："这是我娘告诉我的。我娘说'老太婆'是个很不体面的女人，她才不配跟我们同桌子吃饭呢！不说别的，瞧她那副脸嘴我就噎不下饭。"

小虎子最后这句话，我不得不同意，金大奶奶的长相实在不讨人喜欢。小虎子说她已经五十岁了，要比他大伯足足大上十岁，可是我看到她头上直直的短发已带上了白斑，好像还不止这把岁数似的。金大奶奶是个矮胖子，又缠着小脚，走起路来，左一拐，右一拐，小虎子说她像只大母鸭，我看着也真像。更糟糕的是金大奶奶已经老得面皮起了皱，眉毛只剩了几根，可是不知怎的，她每天仍旧在脸上涂着一层厚厚的雪花膏，描上一对弯弯的假眉，有时候描得不好，一边高，一边低，看着十分别扭。小虎子又把她比喻作唱戏的木偶鬼仔，我还是不得不同意。

“呸！‘老太婆’才配不上我的大伯呢！”小虎子把红薯皮往地上一唾，两条腿晃荡晃荡地说道。

“唔！”我应了一声，马上金大先生那撮俏皮的胡子及金大奶奶那双别扭的假眉一同跑来我眼前了。

“我大伯总不爱理她，有时‘老太婆’跑到我大伯面前啰唆，我大伯就抹她一鼻子灰，骂她是个老——老——”小虎子想了一下突然拍着手叫了起来，“‘老娼妇’！哈！哈！对了，就是‘老娼妇’，你那时没有看见‘老太婆’那副脸嘴，才好看呢！”

“金大奶奶难道不难受吗？”我相信金大奶奶脸在那时一定比平常难看。

“谁管她难不难受呢，反正我大伯常常骂她的。”小虎子仰起头狠狠地咬了一大口红薯，好像很得意的样子。

“我猜金大奶奶一定常常哭的吧？”因为我亲耳听见她哭过几次，而眼前我又似乎看到她一拐一拐地拿着手帕偷偷地拭汨了。

“‘老太婆’不止常常偷哭，她还会私底下暗暗地咒人呢！有一天我走过她窗户底下，她正在咕哩咕噜地骂我大伯没有良心，骂我娘尖酸刻薄。我暗地里告诉了我娘，我娘马上轻手轻脚，悄悄地——悄悄地——走到‘老太婆’房门口——”小虎子说到这里，压低了嗓子，眼睛一瞪，将颈子缩起，从他面部的表情，我又好像看见了金二奶奶锋利的眼睛满露凶光，蹑手蹑脚站在金大奶奶门外，如同一只母猫要扑向一只待毙的老鼠一样；“喔！”想到这里，我不由得将自己的胸前衣服一把抓住。

“我娘将房门一脚踢开，跳进去将‘老太婆’的头发一把抓住！接着一顿狠打，‘老太婆’像杀猪一般叫了两声，就吓得绝了气。”

“哎呀！”我双手一松，手里剩下的半截烤红薯滑到地上去了。

小虎子看我吃了一惊愈更得意，吐了一口唾沫接着说：“后来我爹跑进来，将‘老太婆’灌了两碗姜汤，她才醒过来，这一吓，‘老太婆’半个月都起不了床，嘻嘻，有趣！”

自从我与金家认识以来，顺嫂一直都是金大奶奶的好朋友，不过顺嫂与金大奶奶的交往一向都是秘密的。她总是拣着金二奶奶到厨房里去骂佣人，或是在前厅打牌的时候，才悄悄地溜到金大奶奶的房里去。她们有时聊得很久，而且顺嫂出来的时候，往往带出来一双红眼眶及一对鼓得胀胀的胖腮帮子，这是顺嫂听了不平之事的征象。

“顺嫂，你说金家全家哪一个人最好？”有一次我们从金家出来时，我在路上问她。

“当然是大奶奶喽。”顺嫂不假思索地答道。

“可是小虎子告诉我‘老太婆是一个顶顶惹人厌的老东西’呢！”我又想起小虎子那天对我讲的那一些话了。

“胡说八道！”顺嫂的胖腮帮子渐渐地鼓起来了，“这起人都丧尽了天良，一齐拿人家来做出气包罢咧。唉！金大奶奶的身世不知道多么的可怜呢！”

“她怎么可怜法？”我好奇地问道，我也觉得金大奶奶有点可怜，可是我不知道她为什么可怜。

“小孩子不要察是察非。”顺嫂虽然已经过了四十岁，可是有时候她的话要比她的年纪老得叫人难受得多，这是我一向不依的，于是我便放出了一切纠缠的法宝，非迫得顺嫂屈服不可。终于顺嫂答应在吃过晚饭以后告诉我听，不过她却要我赌咒绝对不可告诉旁人听。她说，要是这些话传到金二奶奶耳里去的话，金大奶奶就要吃苦头了。

吃完晚饭后，我拿了一张小竹凳跟顺嫂一块儿到院子里纳凉，顺嫂便道出了金大奶奶的往事，在没有讲之前，她又再三嘱咐我，千万不要对别人提。我闭着眼睛赌了咒，她才满意地点了点头，开始说：

“金大奶奶以前嫁过人，夫家有钱得很。金大奶奶告诉我，金家现在住着的那幢房子以及他们大部分的田地都是她前头那个男人的。金大奶奶以往过过一段舒服的日子，可惜她的前夫一向有痨病，没有几年就死去了。那时金大奶奶才三十岁出头，又没有儿女，孤零零一个人守寡。当然啰，一个女人有了一点钱总是难免要给人计算。”顺嫂的胖腮帮子又渐渐地鼓起来了。

“首先就是金大奶奶夫家的那起混账亲戚，跑来明争暗抢，弄掉好些田产，后来金大奶奶不知走到哪一步倒楣运，又碰上了现在这个金大先生。那时金大先生还是一个二十来岁的小伙子，刚从上海读了点书回来，别的没有学到，反而学得满身潇洒及一嘴巴油腔滑调。我听别人说，金大先生是一个不折不扣的白相人，他在上海徐家汇一带有些黑势力。”

“金大先生不像个坏人嘛！”金大先生的那撮俏皮的胡子及胸前那条红领带给我的印象，使我向顺嫂抗议。

“嘿！难道坏人脸上都刻了字的吗？”顺嫂的胖腮帮子已经鼓成了两个小皮球，“就是因为他‘不像个坏人’，金大奶奶才上了他的当。那时候金大先生住在金大奶奶家对面，天天跑来金大奶奶家中瞎混，混来混去，就把金大奶奶骗上了。金大奶奶告诉我，金大先生刚和她结婚时对她好得很，后来把田契首饰拿到手，就完全变了一个人，对她不是骂就是打，从来没有一点好颜色给她看。更糟糕的便是自从金二奶奶搬进来后，便把金大奶奶在家中的地位抢去了，而且还帮着金大先生来欺负她。唉！可怜她在家连一个诉苦的人都没有。”

“你不是说金大奶奶的夫家还有一帮‘混账亲戚’吗？”

“哎呀呀！快别提那班混账亲戚了，金大先生只消花几个钱都塞住了他们的嘴，而且金大先生在上海还交结了不少不三不四的人呢，谁愿意惹麻烦？”

“金大奶奶以前用着的那批老佣人难道看得过意？”我在金家，很少看见那些佣人跟金大奶奶讲话，即使偶尔讲两句，一看见金二奶奶走来，马上便慌慌地走开了。

“那些没有良心的，还不是跟着金二奶奶一个鼻孔出气，就算有几个有良心，为着饭碗，也不敢说什么话。唉！我实在可怜她。”顺嫂叹了一口气。两个小皮球是消掉了，可是一对眼眶却渐渐地红了起来。我看见顺嫂满面充满着怜悯的神态，我也似乎觉得金大奶奶那双假眉及一拐一拐的小脚虽然看着别扭，但是怪可怜的。

我们跟金家做了几个月的邻居，我差不多每天都可以从小虎子那儿得来一些关于金大奶奶的消息，什么他大伯带了个女戏子来家里吃饭，“老太婆”想吃醋，反而挨了一顿揍；“老太婆”倒茶的时候打破了他娘的茶壶，给他娘骂得躲在房间里不敢出来；还有什么阿红有一次忘了端饭给“老太婆”吃，“老太婆”想骂她，结果反被阿红拿话气哭了。总而言之，金家无论哪一个跟金大奶奶起冲突，结果总该金大奶奶倒楣就是了。

一个冬天的早上，正当我跟顺嫂坐在门口晒太阳的时候，忽然隔壁金家的天井里传来一阵女人的尖叫声及男人的咒骂声，我马上抓着顺嫂就往金家跑，刚跑到门口便碰见小虎子拍着手笑嘻嘻地迎上来，一把抓住我往天井里跑，一面兴高采烈地喊道："容哥儿，快点，快点，再晚就没有好戏看了。我大伯跟我娘正在天井里炮制'老太婆'呢！"

我们跑到天井里，看见金家全家人都在那儿，金大先生与金二奶奶两个夹住金大奶奶，一个在前面拉，一个在后面推，金大奶奶两手抱住一根走廊的圆柱，死命地挣扎着不肯走。她的模样比平常难看得多了，一头斑白的短发乱七八糟地披在脸上额上，背上的长衫不知给什么东西钩去了一大块，白色的内衣染上了一片殷红的血。她一面挣扎，一面哭着喊道："你们这些人，怎么这样没有良心——呜——呜——你们霸占我的房子，还要我搬出去。金老大——金老大——算我瞎了眼睛嫁错了人，你这个没有良心的东西，上天也难容你——呜——呜，二奶奶，我也不怕你厉害，今天我就是死在这里，你们也不能把我拖出这个大门。"

金大先生的红领带散开了，虽然唇上那撮胡子还是那样整齐，可是脸上以往的潇洒却变成了可怕的狰狞；金二奶奶的眼睛愈更锋利了，她不时帮着金大先生拿最刻毒的话吆喝着金大奶奶。金大奶奶拼命抱着柱子，他们两人一时扯她不开，于是金二奶奶便用力去扳金大奶奶的手指，大概金大奶奶实在给她扳得痛得抵不住了，一口向她的手臂咬去。"哎哟！”金二奶奶没命地尖叫了一声，几乎在同一个时候顺嫂在我后面鼓着腮帮子低低地哼道：“咬得好！”

“好啊！这个老泼妇还敢行凶呢！大哥，你让开，等我来收拾她。”金二奶奶推开金大先生后，揪住金大奶奶的头发便往天井中间拖。金大奶奶号哭着，两只小脚一拐一拐踉踉跄跄地跟了过去。到了天井中间，金二奶奶把金大奶奶往地上一揿，没头没脸像擂鼓一般打起来，金大奶奶起先还拼命地挣扎着，后来连声音都弱了下去，只剩下一双脱落了鞋子的小脚还在做最后的努力踢蹬着，既难看又可怜。这时金二奶奶好像还没有消气似的，看见旁边地上放着一盆稀脏的鸭糠，她拿起来就往金大奶奶身上倒去，糊得满头满脸。金大奶奶已经动弹不得了，可是金大先生两只手交叉着站在旁边，好像没事人一样。后来还是金二先生将金二奶奶劝住，把金大奶奶扶回房中去的。在这段时间内，顺嫂脸上的小皮球不知跑了起来多少次。最后，当她看见金大奶奶蹒跚地走回房中时，她的眼中含了很久的那两包泪水终于滚了下来。

“你大伯为什么要撵走金大奶奶呢？”事后我问小虎子道。

“哈！你还不知道吗？我大伯要讨一个在上海唱戏的女人，他要‘老太婆’搬出去，我娘已经帮着我大伯把‘老太婆’的东西统统运走了，可是‘老太婆’却赖在这里不肯走哩！真是不要脸！”小虎子不屑地回答道。

那晚上顺嫂悄悄地从金家后门溜进去探望金大奶奶，她回来时两只眼睛哭得肿肿的。她说她一去，金大奶奶就死命抓住她的手哭得说不出话来，大奶奶告诉她，无论如何他们是撵不走她的，而且金大先生也休想安安然然地在她屋子里讨小。顺嫂说她实在不懂为什么这些人会这般狠毒。我对她说，我也不懂。

金大先生要娶新娘的事情很快地传遍了整个虹桥镇。金家的排场素日最是阔绰，这回这种天大的喜事哪个不想来凑凑热闹，沾沾光；所以金家这几天来大门都差不多挤垮了。金大先生比以前更漂亮了，他常常从上海办来一大批一大批的新奇货物，喜得那班没有见过世面的乡下人看了又看，摸了又摸。金二奶奶也忙得满屋乱转，她把镇上针线活儿有两下的女人，全部收罗到金家去，不分昼夜，赶着刺绣大幢大幢的帘幕枕被，顺嫂当然也给请去了，不过她对我说她是一百个不愿去的，只是碍着情面罢咧。反正这几天金家那些人个个都是笑颜常开，满口说的全是些吉利话，谁也不会注意，谁也不会听到金大奶奶那间小房间会时时传出一阵阵凄凉的呜咽来。有时顺嫂叫我悄悄地送点东西给金大奶奶吃，我看见她这几天来比以前变得愈更难看也愈更可怜了，可是她口口声声总是说，她情愿死在这里，也不出这个大门的。

金大先生的喜宴要分三天来请，头一晚就请了九十几桌客，从大门口摆到客厅又展到院子中去。全屋子黑压压的都站满了人，人声像潮水一般嗡嗡地乱响。这晚金家张灯结彩，大红的喜幛四壁乱飞，到处是喜烛，到处是灯笼，客厅里那对四五尺高的龙凤花烛火焰高冒，把后面那个圆桌大的“囍”字映得金光闪闪。院子里这时也点得如同白昼，而且还在那里扎了一台戏，所以闹得锣鼓喧天。客人们一半挤在客厅等着看新嫁娘，还有一半老早拥到院子里听戏去了。

这晚金二奶奶是总招待，所以忙得在人堆子里穿梭一般跑来跑去，小虎子也穿上了新棉袍跟着她瞎忙一阵。金二奶奶请顺嫂帮她的忙，专管烟茶，所以顺嫂也一刻都抽身不得。顺嫂对我说她又是一百个不愿意的，还是碍着情面罢咧！时间已经过了八点了，新郎新娘还没有出来入席，据里面传出话说新娘正在打扮，还早得很哩！于是大家一阵交头接耳，发出嗡嗡的声音，好像等得不耐烦的样子。这时顺嫂把我悄悄叫到一个角落，从碗柜里拿出一碟松糕递在我手上，轻轻地说：“容哥儿，你替我做件好事好不好？我实在忙得不能分身，你帮我把这碟松糕送给金大奶奶去，今晚金家个个忙，恐怕没有人理她的。”

“可是我要看新嫁娘嘛！”我满不愿意地答道，我手里老早已经准备好花纸条要去洒新郎新娘了。顺嫂又跟我说了许多好话，我才应下来了。

通到金大奶奶房间的走廊有两三条，我选了一条人少一些的，可是刚走到一半，忽然外面爆竹大响，乐声悠扬而起，院子里的客人都往客厅跑去。“糟糕！一定新郎新娘出来了。”

我心中这样想，于是愈更加速了脚步往里面跑去。这时正是十二月，刚从人堆子里跑出来被这冷风一吹，我不由得连打了几个哆嗦，连忙将颈子缩到领子里去。走廊上挂着的灯笼被风吹得来回摇曳着，好几个已经灭了，地上堆着些红绿破纸条也给风吹得沙沙发响。我愈往里面跑，灯光愈是昏黯，外面的人声、乐声也愈来愈小，里面冷清清的，一个人都没有，不知怎的，我心中忽然有点莫名的恐惧，还没有走到金大奶奶房门口我就大声叫道："金大奶奶，金大奶奶。"

里面没有回音，我猜金大奶奶大概睡了，于是我便把她的房门轻轻地扭开，"呼"地一阵冷风从门缝跟着进去，吹得桌子上昏暗的灯焰来回乱晃，弄得满室黑影幢幢。从暗淡的灯光下，我看见金大奶奶好像仰卧在床上似的。"金大奶奶！"我又叫了一声，还是没有回答。于是我轻轻地蹑着脚走了进去，可是当我走近床前看清楚她的脸部时，顿时吓得双脚一软，"砰！"手上端着的那碟松糕滑到地上去了。一股冷气马上从我发根渗了下来，半步都移不动了，我想用力喊，可是喉咙却像给什么东西塞住一样，一点声音都叫不出来。

金大奶奶仰卧在床上，一只小脚却悬空吊下床来，床上的棉被乱七八糟地裹在她另一只腿上。她的手一只叉着自己的颈子，一只揪着自己的胸，好像用过很大的劲，把衣服都扯开了，两眼翻了白，睁得大大的瞪着天花板，一头乱发有的贴在额上，有的贴在颊上，嘴唇好像给烧过了一般，又肿又黑，嘴角涂满了白泡。在她床头的茶几上倒放着一个装“来沙尔”药水的瓶子，一股冲鼻的药味还不住往外冒。

这突来的恐怖使我整个怔住了，我简直不记得我怎样逃出那间房的，我只是仿佛记得我逃到客厅的时候，新郎正挽着新娘走进了客厅，大家都将花纸像雨一样的向新郎新娘洒去，至于后来客人们怎样往金大奶奶房间涌去，金大先生和金二奶奶怎样慌慌张张阻止客人，这些事情在我的印象中都模糊了，因为那天晚上我回去后，马上发了高烧，一连串的噩梦中，我总好像看到金大奶奶那只悬着的小脚在我眼前晃来晃去一样。

金大奶奶死后第三天就下了葬。人下葬了，也就没有听见再有什么人提起这件事了。大家的注意力很快地统统转到新的金大奶奶身上，这位新的金大奶奶年轻貌美，为人慷慨而又有手段，与金二奶奶是一对好搭档，所以大家都赶着她叫“金大奶奶”。不过自从这位金大奶奶来了之后，我跟顺嫂总也不去金家了。顺嫂是为了伤心，我是为了害怕。

从此，我在门前看见小虎子就躲开。他好像很生气，可是我不管。有一回我逃不及，一把让他揪住。他鼓着眼睛问我：

“我又没有得罪你，怎么不到我家里来？”

“我们要去上海了。——‘新娘子’喜欢你吗？”

“呵嘿！你是说‘大伯娘’吗？她敢不喜欢？不是我娘做主，她还不是躲在上海做‘小老婆’。我娘说：把她讨回来，省得我大伯常往上海跑……”小虎子说话老腔老调的就像一个小大人。

只听顺嫂在屋子里放着喉咙喊：

“容哥儿！功课不做快点收起来，不要看着惹人生气。”

我知道顺嫂对小虎子很不高兴，我只好掉头跑回来，放下小虎子不管。

真的，虽然现在事隔多年，可是每逢我想到金大奶奶悬在床下的那只小脚，心中总不免要打一个寒噤。

《文学杂志》五卷一期

一九五八年九月

我们看菊花去

1

早上有点阴寒，从被窝里伸出手来觉得冰浸的；纱窗外朦朦胧胧，是一片暗灰色，乍看起来辰光还早得很。我打了一个翻身，刚想闭上眼睛养会儿神，爸爸已经来叫我了。他说姊姊的住院手续全部办妥，林大夫跟他约好了十点钟在台大医院见面，但是他临时有个会要开，恐怕赶不回来，所以叫我先送姊姊去，他随后把姊姊的衣服送去。爸爸临出门的时候对我再三嘱咐，叫我送姊姊去的时候千万要小心。

我到姊姊房中时，妈一个人正在低着头替姊姊收拾衣服用具，她看见我走进来便问我道：

“爸爸跟你讲过了吧？”

“讲过了，妈。”

妈仍旧低下头继续收拾东西，我坐在床边没有说话，默默地看着她把姊姊的衣服一件一件从柜子里拿出来，然后叠得平平的放进姊姊的小皮箱中。房里很静，只有妈抖衣服的窸窣声。我偷偷地端详了妈的脸一下，她的脸色苍白，眼皮似乎还有些儿浮肿似的。妈一向就有失眠症，早上总是起不早的，可是今天天刚亮我就仿佛听到她在隔壁房里讲话了。

“妈，你今天起得那么早，这下子该有点累了，去歇歇好吧？”我看妈弯着腰的样子很疲倦，站起来想去代她叠衣服。妈朝我摆了摆手，仍然没有抬起头来；可是我却看见她手中拿着的那件红毛衣角上闪着两颗大大的泪珠。

“妈，你要不要再见姊姊一面？”我看妈快要收拾完毕时便问她道，妈的嘴皮动了几下想说什么话又吞了下去，过了半晌终于答道：

“好的，你去带你姊姊来吧！”可是我刚踏出房门，妈忽然制止我，“不——不——现在不要，我现在不能见她。”

2

我们院子里本来就寒碜，这十月天愈更萧条；几株扶桑枝条上东一个西一个尽挂着虫茧，有几朵花苞才伸头就给毛虫咬死了，紫浆都淌了出来，好像伤兵流的淤血。原来小径的两旁刚种了两排杜鹃，哪晓得上月一阵台风，全倒了——萎缩得如同发育不全的老姑娘，明年也未必能开花。姊姊坐在小径尽头的石头堆上，怀中抱着她那头胖猫咪，她的脸偎着猫咪的头，叽叽咕咕不知对猫咪讲些什么。当她看见我走过去的时候，瞪着眼睛向我凝视了一会儿，忽然咧开嘴笑得像个小孩似的：

“嘻嘻，弟弟，我才和咪咪说，叫它乖些，我等一下给它弄条鱼吃，喔！弟弟，昨晚好冷，吓得我要死！我把咪咪放到被窝里面来了，被窝里好暖和的，地板冷，咪咪要冻坏，嘻嘻——嘻嘻——咪咪不听话，在被窝里乱舔我的脸，后来又溜了出来。你看，咪咪，你打喷嚏了吧？听话，噢！等一下我给你鱼吃——”姊姊在猫咪的鼻尖上吻了一下，猫咪耸了一耸毛，舒舒服服地打了一个呼噜。

姊姊的大衣纽子扣错了，身上东扯西拉的，显得愈更臃肿，身上的肉箍得一节一节挤了出来；袖子也没有扯好，里面的毛衣袖口伸出一半来。头上的发夹忘记取下来了，有两三个吊在耳根子后面，一讲话就甩呀甩的，头发也是乱蓬蓬一束一束绞缠在一起。

“弟弟，咪咪好刁的，昨晚没得鱼，它连饭都不要吃了，把我气得要死——”姊姊讲到这，猫咪呜呜地叫了两下，姊姊连忙吻它一下，好像生怕得罪它似的，“哦，哦，你不要怕，噢，我又没骂你，又没有打你，你乖我就不说你了，弟弟，你看，你看，咪咪好可怜巴巴的样子。”

三轮车已经在门外等了很久了，我心中一直盘算着如何使姊姊上车而不起疑心，我忽然想到新公园这两天有菊花展览，新公园在台大医院对面。

“菊花展览？呃——呃——想是想去，不过咪咪还没吃饭，我想我还是不去吧。”

“不要紧，姊姊，我们一会就回来，回来给咪咪买两条鱼吃，好不好？”

“真的？弟弟。”姊姊喜得抓住我的衣角笑起来，“你答应了的啵，弟弟，两条鱼！咪咪，你听到没有？”姊姊在猫咪的鼻尖上吻了好几下。

我帮姊姊把衣服头发整了一下，才挽着她上车，姊姊本来想把猫咪一块儿带走的，我坚持不肯，姊姊很难过的样子放下猫咪对我说：“不要这样嘛，弟弟，咪咪好可怜的，它没有我它要哭了的，你看，弟弟，它真的想哭了——咪咪，噢，我马上就回来，买鱼回来给你吃。”

车子走了，我看见妈站在大门背后，嘴上捂着一条手帕。

3

姊姊紧紧地挽着我，我握着姊姊胖胖的手臂，十分暖和，姊姊很久没有上街了，看见街上热闹的情形非常兴奋，睁大眼睛像个刚进城的小孩一般。

“弟弟，你记得以前我们在桂林上小学时也是坐三轮车去的。”姊姊对于小时候的事情记得最清楚。

“弟弟，你那时——呃，八岁吧？”

“七岁，姊。”

“哦，现在呢？”

“十八了。”

“喔！嘻嘻，弟弟，那时我们爱一道荡秋千，有一次，你跌了下来——”

“把下巴跌肿了，是不是，姊？”

“对啦！吓得我要死，你想哭——”

“你叫我不要哭，你说男孩子哭不得的是吗？”

“对啦！那时立立跟见见还在，他们也是两姊弟，噢。”

“嗯。”

“见见是给车压扁了，立立后来是怎么着——”

“是生肺炎死的，姊。”

“对啦，我哭了好久呢，后来我们帮他们在岩洞口挖了两个坟，还树了碑的呢！从那时候起我再也不养狗了。”

姊姊想到立立与见见，脸上有点悲惨，沉默了一会，她又想到别的事情去了。

“弟弟，那时我们爱种南瓜，天天放学到别人家马棚里去偷马粪回来浇肥，噢，那一年我们的南瓜有一个好大好大，多少斤，弟？”

“三十多斤呢，姊。”

“喔，我记得，我们把那个大南瓜拿到乡下给奶奶时，奶奶笑得合不拢嘴来，赏了我们好多山楂饼和荸荠呢！奶奶最爱叫我什么来着，弟弟，你还记得不？”

我怎么不记得？奶奶最爱叫姊姊“苹果妹”了，姊姊从小就长得周身浑圆，胖嘟嘟的两团腮红透了，两只眼睛活像小玩具熊的一样圆得俏皮，奶奶一看见她就揪住她的胖腮帮子吻个半天。

“哈哈，弟弟，‘一二三、一二三，左转弯来右转弯——’”姊姊高兴得忘了形，忽然大声唱起我们小时候在学校里爱唱的歌来了，这时三轮车夫回头很古怪地朝姊姊看了一眼，我知道他的想法，我的脸发热起来了。姊姊没有觉得，她仍旧天真得跟小时候一样，所不同的是她以前那张红得透熟的苹果脸现在已经变得蜡黄了，好像给虫蛀过一样，有点浮肿，一戳就要瘪了下去一样；眼睛也变了，凝滞无光，像死了四五天的金鱼眼。

“一二三、一二三——”

“嘘！姊，别那么大声，人家要笑话你了。”

“哦、哦，‘一二三——’，哈，弟弟，奶奶后来怎么着了？我好像很久很久没有看见她了，呃——”愈是后来的事情姊姊的记忆愈是模糊了。

“奇怪！弟，奶奶后来到底怎么了？”

“奶奶不是老早过世了吗？姊。”这个问题她已经问过我好多次了。

“奶奶过世了？喔！什么时候过世的？我怎么不知道？”

“那时你还在外国念书，姊。”

姊姊的脸色突然变了，好像有什么东西刺了她一下，眼睛里显得有点惶恐，嘴唇颤动了一会儿，嗫嚅说道：

“弟——我怕，一个人在漆黑的宿舍里头，我溜了出来，后来——后来跌到沟里去，又给他们抓了回去，他们把我关到一个小房间里，说我是疯子，我说我不是疯子，他们不信，他们要关我，我怕极了，弟，我想你们得很，我没有办法，我只会哭——我天天要吵着回来，回家——我说家里不会关我的——”姊姊挽得我更紧了，好像非常依赖我似的。

我的脸又热了起来，手心有点发汗。

4

早上十点钟是台大医院最热闹的当儿，门口停满了三轮车，求诊的、出院的，进出不停，有的人头上裹了绷带，有的脚上缠着纱布，还有些什么也没有扎，却是愁眉苦脸，让别人搀着哼哼唧唧地扶进去。当车子停在医院门口时，姊姊悄悄地问我：

“弟弟,我们不是去看菊花吗？来这里——”姊姊瞪着我，往医院里指了一指，我马上接着说道：

“哦，是的，姊姊，我们先去看一位朋友马上就去看菊花，噢。”

姊姊点了一点头没有作声，挽着我走了进去。里面比外面暖多了，有点燠闷，一股冲鼻的气味刺得人不太舒服，像是消毒品的药味，又似乎是痰盂里发出来的腥臭；小孩打针的哭声，急诊室里的呻吟，以及走廊架床上阵阵的颤抖，嘤嘤嗡嗡，在这个博物院似的大建筑物里互相交织着。走廊及候诊室全排满了病人，一个挨着一个在等待自己的号码，有的低头看报，有的瞪着眼睛发怔，一有人走过跟前，大家就不约而同地扫上一眼。我挽着姊姊走过这些走廊时恨不得三步当两步跨过去，因为每一道目光扫过来时，我就得低一下头；可是姊姊的步子却愈来愈迟缓了，她没有说什么，我从她的眼神却看出了她心中渐生的恐惧。外科诊室外面病人特别多，把过道塞住了，要过去就得把人群挤开，正当我急急忙忙用手拨路时，姊姊忽然紧紧抓住我的手臂停了下来。

“弟弟，我想我们还是回去吧。”

“为什么？姊。”我的心怦然一跳。

“弟，这个地方不好，这些人——呃，我要回去了。”

我连忙放低了声音温和地对姊姊说："姊，你不是要去看菊花吗？我们去看看朋友然后马上就——"

"不！我要回去了。"姊姊咬住下唇执拗地说，这种情形姊姊小时候有时也会发生的，那时我总迁就她，可是今天我却不能了。姊姊要往回走，我紧紧地挽着她不让她走。

"我要回去嘛！"姊姊忽然提高了声音，立刻所有的病人一齐朝我们看过来，几十道目光逼得我十分尴尬。

"姊——"我乞求地叫着她，姊姊不管，仍旧往回里挣扎，我愈用力拖住她，她愈挣得厉害，她胖胖的身躯左一扭右一扭，我几乎不能抓牢她了。走廊上的人全都围了过来，有几个人嘻嘻哈哈笑出了声音，有两个小孩跑到姊姊背后指指点点，我的脸如同烧铁烙下，突然热得有点发疼：

"姊姊——请你——姊——"姊姊猛一拉，我脚下没有站稳，整个人扑到她身上去了，即刻四周爆起了一阵哈哈，几乎就在同一刻，我急得不知怎的在姊姊的臂上狠劲捏了一把，姊姊痛苦地叫了一声"嗳哟！"就停止了挣扎，渐渐恢复了平静与温驯，可是她圆肿的脸上却扭曲得厉害。

"怎么啦，姊——"我嗫嚅地问她。

"弟——你把我捏痛了。"姊姊捋起袖子，圆圆的臂上露出了一块紫红的伤斑。

5

到林大夫的诊室要走很长一节路，约莫转三四个弯才看到一条与先前不同的过道，这条过道比较狭窄而且是往地下渐渐斜下去的，所以光线阴暗，大概很少人来这里面，地板上的积尘也较厚些，道口有一扇大铁栅，和监狱里的一样，地上全是一条条栏杆的阴影。守栅的人让我们进去以后马上又把栅架上了铁锁。我一面走一面装着十分轻松的样子，与姊姊谈些我们小时的趣事，她慢慢地又开心起来了，后来她想起了家里的猫咪，还跟我说：“弟，你答应了的啵，我们看完菊花买两条鱼回去给咪咪吃，咪咪好可怜的，我怕它要哭了。”过道的尽头另外又有一道铁栅，铁栅的上面有块牌子，写着“神经科”三个大字，里面是一连串病房，林大夫的诊室就在铁栅门口。

林大夫见我们来了，很和蔼地跟我们打了招呼说了几句话，姊姊笑嘻嘻地说道：“弟弟要带我来看菊花。”一会儿姊姊背后来了两个护士，我知道这是我们分手的时候了，我挽着姊姊走向里面那扇铁栅，两个护士跟在我们后面，姊姊挽得我紧紧的，脸上露着一丝微笑——就如同我们小时候放学手挽着手回家那样，姊姊的微笑总是那么温柔的。走到铁栅门口时，两个护士便上来把姊姊接了过去，姊姊喃喃地叫了我一声“弟弟”，还没来得及讲别的话，铁栅已经“咔嚓”

一声上了锁，把姊姊和我隔开了两边，姊姊这时才忽然明白了什么似的，马上转身一只手紧抓着铁栅，一只手伸出栏杆外想来挽我，同时还放声哭了起来。

“你说带我来看菊花的，怎么——弟——”

6

紫衣、飞仙、醉月、大白菊——唔，好香，我凑近那朵沾满了露水的大白菊猛吸了一口，一缕冷香，浸凉浸凉的，闻了心里头舒服多了，外面下雨了，新公园里的游人零零落落剩下了几个，我心中想：要是——要是姊姊此刻能和我一道来看看这些碗大一朵的菊花，她不知该乐成什么样儿。我有点怕回去了——我怕姊姊的咪咪真的会哭起来。

《文学杂志》五卷五期

一九五九年一月

闷 雷

1

“马仔！这么半夜三更又想到哪里去野去？”

“我爱去哪里就去哪里。”

“看你搽得油头粉面的样子——我实在看不出，不准出去！”

“我又不是三岁娃仔，为什么天天还要娘来管？”

“啊哟！好大口气，你能有多大？我倒要听听看。”

“叫名十六。”

“别说你才十六，就是你二十六，三十六，我娘在一天就得管一天；我说不准出去，听到没有？”

“哼！”

“什么，你敢——”

拍！马仔脸上挨了一下耳光。

“你又不是我亲娘，你是装肚子装我出来的，犯不着这么来打我。”

噼噼啪啪接连又是几下耳光，马仔一溜烟钻了出去——这是马仔第二次离家了。那天晚上外面正在下雨，窗外的芭蕉叶上响得滴滴答答。

2

下午四五点钟的时候，日头已经偏斜了。自从马仔走了以后，这一个礼拜以来，台北的天气总是这样：白天燠热，夜晚下雨。下午明明看着天上堆满了乌云，厚得好像一拧就要出水了一样；可是几声闷雷，昏黄的日头又踉踉跄跄爬了出来，一副憔悴样子，累得只剩下一口气，连光彩都没有了。空气里总是温温湿湿的，无论摸到什么东西，一手滑腻腻，一点也不爽快。福生嫂躺在小天井里的藤靠椅上，连动也懒得动一下，藤椅的扶手和靠背有点黏湿，福生嫂的手和颈子贴在上面感到微微的凉意，她不喜欢这种冷冷湿湿的感觉，可是她懒得进屋去拿条抹布来揩揩了，她感到周身发困。这是个六七月的南风天，想揩也揩不干净的。

近来每天到了这个时候，福生嫂总爱提着半瀬口盅福寿酒，拿了一包五香花生米，往这张藤靠椅上躺躺。反正四五点钟时，屋里一个人也不会在的。事情又做清楚了，待在里头倒反闷得发慌，不如一个人躺在天井里轻松一会儿，这时她爱怎么舒服就怎么舒服：脱了木屐，闭上眼睛，用力呷几口辛辣辣的酒，然后咂咂嘴，吁口气，掏一把花生米往嘴里一塞，一股懒散的快感会直冲到她心窝里去——她就是要这么懒懒散散地舒服一会儿。尤其是在这种闷热的南风天，最好能在天井里躺上大半天；其实在这个小天井里待久也并不好受，单不说篱笆边那堆垃圾发出来的腥臭叫人受不了，说不定有时在煤灰里还埋上一泡猫屎，经太阳一晒，阵阵热臭，直叫人恶心。但是福生嫂可不讲究这些，她只要将椅子拉到窗口那丛芭蕉树下，然后整个人塞进藤椅的凹肚子中，就什么事都可以不管了。芭蕉的阔叶即使无风有时也会自己摆动起来，像一把蒲扇在福生嫂的头上轻轻地拂着，扇得她昏沉沉的——她就爱这股滋味。有时她索性将长衫捞起来，让这阵微风在她的大腿上柔柔地吹一下，这种轻轻的拂弄也有一种微醺的感觉，对她来说，就如同呷了几口福寿酒一般。

福生嫂记得：马仔逃出去的第三天，就写了封信回来，说他到一家皮鞋工厂当小工去了，叫爹马福生不要去找他，就是去找，他也不会回来的，等他有了出息自然会来看他们。福生嫂晓得儿子的脾气最是执拗不过，上一次是警察局把他逮回来的，这次既然他自己说出了口，恐怕一时难得挽回了。也罢，脾气拗，福生嫂不怪；他就是想出去当小工不愿读书，福生嫂也不怪，这样她不必常常愁着凑学费，可是为什么儿子大了不上进，常常爱和些不三不四的人混在一起，给逮进警察局去，连累福生嫂也挨上一顿“管教无方”的申饬，这就使她十分苦恼了。怎么“管教无方”？哪次福生嫂不是哭一顿骂一阵地要马仔学好，哪晓得他这边耳朵进那边耳朵出，一出大门又生事故。福生嫂气极了时，能说有不打他几下的道理？这一打，小家伙嘴里什么难听的话都说得出来了，也不晓得是什么黑良心的人调唆的——“你又不是我亲娘，你是装肚子装我出来的——”这种话怎么讲得出口？就算是装肚子装出来的，难道这十几年抚养的心血都白赔了不成？福生嫂用力呷口酒，抓抓大腿，心中真有说不出的委屈。

3

福生嫂是个广西姑娘，她爹是个小杂货店老板，抗战时候，他们的店开在桂林军训部斜对面，专门做军人生意的。福生嫂十来岁就丧了娘，老头儿爱躲着抽几口大烟，而且还好扯扯纸牌，所以店里大小事情，从掌理柜台到挑井水，全由她一手包办。老头儿对于姑娘家淡得很，眼睁睁看着她累成牛马也没有半句心疼的话儿。倒是福生嫂做姑娘时对自己可不肯含糊半分儿，累只管累，穷尽管穷，天天清早上柜台时，她总要收拾得头光脸净的。福生嫂长得虽然说不上什么了不得的标致，却倒是五官端端正正，没斑没点的，而且眉眼间还带几分水秀，要是认真打扮起来，总还脱不了一个“俏”字，又因她从小多操劳的缘故，身材也出落得非常挺秀，胸脯宽宽厚厚的，手脚结实，走起路来，一股利落相；就连她的脾气也是这样：最是拿得起放得下，说一是一，说二是二的，从不爱拖泥带水。

说起来福生嫂的人缘不能算不好，邻近一带个个都称赞玉姑娘能干，军训部那批年轻军爷们好些都是有事没事也要买包火柴，找玉姑娘搭讪几句，其中还很不乏一些身强体健、长得体体面面的小伙子，当然有些是闲得无聊存心来揩揩油的；然而也有好几个却是诚心诚意来向老头儿探口风的。在福生嫂看来，就是瞎了眼睛也懂得他们这层意思啊！可是为什么老头儿偏偏自做主张替她挑中了马福生，这就使她一辈子也明了不过来了。论职位，马福生不过是个随从副官，论年纪，却要比福生嫂大上一大把，起码三十大几了；再说品貌也一无是处。当老头儿拿着马福生送来做聘礼的一副金镯头在福生嫂眼前晃荡时说道：“玉姑娘，这是你的福气，嫁个老实人，顶顶可靠。”

福生嫂听得直要冒火，她要的不是这个老实人，她要那些体体面面的小伙子，在福生嫂眼里马福生从头到脚简直连一个顺眼的地方都找不到：首先她看不惯的就是那副厚得起了几个圈子的近视眼镜，戴上老得讨厌，脱下来眼睛又觑成了一条线；他那瘦弱单薄的身子，一点也不像个北方汉子，削肩佝背，细眉小眼的，青白的下巴连根胡楂儿都找不到；而且他偏偏又是个大结巴，当福生嫂听见他叫她“玉——玉——玉姑娘”的时候，恨不得把他的嘴巴封住才好。桂林天气不算太冷，可是稍一转风，马福生就得顶上一顶绒帽，穿起带羊皮领的外套，两只手抖抖瑟瑟伸进袖管里去。福生嫂看见他那副缩头缩脑的模样，心里实在发腻，所以当她出嫁那天，想起这些，竟哭得死去活来。老头儿以为她舍不得离开，送她下轿时，还安慰她道：

“玉姑娘，还有什么好哭的，女娃子总不能在家中守一辈子呀！”

福生嫂嫁给马福生不久，她就发现他们不可能生娃儿了。马福生经常偷偷摸摸从袋子里掏出几颗药丸子来吃，有时还提着几包草药回来熬了喝。起初她还不在意，后来她才慢慢发觉，这些草药丸子尽是些乱七八糟的秘方；她又好气又好笑，把药炉药罐统统砸了出去，扎扎实实骂了马福生一顿，叫他死了生娃儿这条心，去抱一个来养。可是他们结婚不久，而且福生嫂又年纪轻轻，怕别人讲闲话，所以才想出装大肚子这个馊主意，福生嫂到现在一想起这件事情耳根子还发红，绑得一身，行动起来拐手拐脚还不算，偏是隔壁邻舍同事太太们喜欢刻薄促狭！自从福生嫂宣布有了喜以后，一碰见她们时，她们就死盯着她的肚子看个半天，好像要看穿了才称心意。有时还有意无意摸她肚子一把，咯咯咯笑得像鸭子一样，吓得福生嫂心都差不多跳出嘴巴来。后来总算跑到乡下去住了一个时期，算是将儿子生了下来，可是当她回到桂林时，由那些同事太太挤眉眨眼、撇嘴歪鼻的神情看来，就知道没有几个人信得过是她生的。福生嫂算是受够了冷言冷语了，可是她做梦也没有想到儿子大了，也会听人家的闲话歪着头来骂她装肚子。

“你是装肚子装我出来的——”

福生嫂想起这句话来实在不是滋味儿。

4

日头愈来愈斜了，乌云又慢慢地从四面聚集起来。虽然阳光被遮了一半去，但是还有一大把射到天井里来。福生嫂往蕉叶荫里移了几次，下面一截腿子仍旧被温吞吞的哑日头罩着，弄得她很不舒服；可是她懒得再动了，她需要靠在椅背上养神。近来福生嫂心里一直有点不安，也说不出是个什么缘故，总觉得恍恍惚惚的，定不下来。马仔出走，福生嫂当然觉得牵挂担心，不过她晓得自己的儿子还有几分鬼聪明，跑出去混混料着也无大碍；而且马仔还没离家的前四五天就有点这个样子了。她记得有一天晚上，她正坐在房里替别人赶着刺绣一双枕头面，马仔穿得干干净净的，对着镜子将凡士林一层一层糊到他长得齐耳的头发上，一阵浊香刺得福生嫂有点烦闷，她看见他撅着屁股左照右照的样子，忍不住说道：

“你要是把装饰自己这份心分一点到你的书本上，你就有了出息了。”

“哈！读那么多书做什么？读了书又不能当饭吃，不读书也饿不死我。”马仔在镜子里咧着嘴说道。

“哼！死不中用，你老子不中用，儿子也不中用！”福生嫂咬着牙齿骂道。

“娘，何必讲得那么狠呢？反正这个屋里头，爹你看不顺眼，我你也看不顺眼，我看你只喜欢英叔一个人罢了！”

福生嫂听了这句话，顿时脸上一热，手里的花针不留意猛一戳，把手指尖都刺痛了。她连忙抬起头看了马仔几眼，可是小家伙仍旧歪着头在照镜子，脸上毫无异样，好像刚才那句话是顺嘴滑出来的一样，可是福生嫂却觉得给人家揭着了疮疤似的，心里直感到隐隐作痛。她记得，打那天晚上起，她就没有好好睡过了，马仔那句话像根蛛丝一般，若远若近的，总是黏在她脑里，挥也挥不掉，折也折不断。福生嫂一直想对自己这样说：“我不是喜欢他，我只是——呃——呃——”可是她怎么样也想不出别的字眼把“喜欢”两个字换掉，“喜欢”听起来未免太过露骨，太不应该，然而却恰当得很，不偏不倚，刚好碰在她心坎上。好像是从马仔嘴里吐出来的两枚弹丸子一样，正中靶心，她想躲都来不及了。

福生嫂以前从没敢想过她喜欢刘英，不过自从她丈夫这位拜把兄弟搬来住以后，福生嫂确实感到跟以前有点不一样了。刘英和马福生是同乡也是河南人，为人豪爽可亲，一副魁梧身材，很有点北方汉子的气概。年纪要比马福生小十来岁，可是已经升了中校，在机关里当小主管了，因为还是单身，所以搬来马福生家里一起住，方便一些。他第一天一踏进大门，福生嫂就觉得屋里头好像变得敞得多亮得多了一样。他那几步雄赳赳的军人步伐，好像把客堂里那股阴私私的气氛赶跑了好些似的。其实以前并不是说家里太冷清，吃完夜饭时，马福生也会在洗澡房里尖起嗓子学女人声音哼哼唧唧唱几句河南梆子。什么"那莺莺走进了后花园——"福生嫂顶不爱听这个调调儿，阴阳怪气的，腻得很；此外，马仔偶尔也皱起鼻子挤几声"哥呀妹呀"的台湾流行歌曲出来，这更叫福生嫂受不了；可是刘英一声"八月十五月光明——"的京腔听得福生嫂在隔壁房也禁不住脚底下打起板子来，宏伟、嘹亮，不折不扣的男人声音，福生嫂听来悦耳极了。

刘英来了以后，福生嫂确实改变了不少，头上本来梳的是一个古古板板的圆髻，现在已经松开了，而且还在两鬓轻轻地烫了几道水纹；撒花的绸子五六年都没有上过身，也从箱子底掏了出来，缝成了几件贴身的旗袍。福生嫂一直说料子放久了怕虫蛀，其实她只是为了吃罢晚饭，收拾干净，在小客堂里闲坐时穿那么一会儿罢了——那时刘英也会在客堂里抽抽纸烟，或者看看报纸的。福生嫂也不知道为了什么，总而言之，打扮得头光脸净——就如同她以前做姑娘时一样——跟刘英闲坐坐，她就觉得高兴。这十几年来，福生嫂一切都懒散多了。别说打扮没有心情，就连做事说话也懒洋洋地提不起精神来。她不晓得在什么时候竟也学会了马福生老挂在嘴边那句话："这年头，凑合凑合些吧！"这一凑合福生嫂就好像一跤跌进了烂泥坑，再也爬不起来了一样。她在她丈夫面前实在振作不起来，马福生向来就是一个"天塌下来当被窝盖"的人，脾气如同一盆温水一般，好得不能再好了，任凭福生嫂揉来搓去，他都能捏住鼻子不出气。有时弄得福生嫂简直哭笑不得，拿他毫无办法。福生嫂记得有一次家里的钱用短了些，她向马福生发牢骚道：

"喂，你们什么时候发饷？我已经欠了人家两天菜钱了。"

哪晓得马福生连头都没有抬，"唔、唔"地乱应着，他正聚精会神地在看报纸上的武侠小说。

"我问你，"福生嫂提高了声音，"你们到底什么时候发饷哪？"

"呃，三号吧——"

"见鬼！今天已经四号了。"

"哦，那大概——呃——五号吧！"

福生嫂急得大声喊道：

“糊涂虫！你连发饷的日子都搞不清楚，我看你那个样子只配替人家提皮包做随从副官，一辈子也莫想升上去！”

马福生把眼镜一耸，心不在焉地答道：

“这——这个年头凑合凑合些罢，还想什么升——升官的事儿喽——得、哩格弄咚，我马——马二爷——”

他索性哼起梆子腔来了，福生嫂气得话也讲不出来，跑到天井里的藤椅上打了半天盹，此后福生嫂情愿到天井里打瞌睡也懒得跟马福生讲话了。她一跟马福生在一起，就好像周身不带劲儿似的，什么都懒待了。可是刘英一来，她好像从冬眠里醒转过来了一样，好像又回转到在桂林“玉姑娘”的时代。刘英那股豪爽的男人作风，把福生嫂女性的温柔统统唤了起来。自从嫁给马福生后，福生嫂愈来愈觉得自己不像个女人了，娇羞、害臊、体贴、温柔——这些对她来说竟生疏得很，她简直温柔不起来。有时候她也想对马福生存几分和气，可是她一看见他头上顶着那顶绒线帽，觑起眼睛一副窝囊样子，就禁不住无名火起，恨不得把他那顶小帽子剥下来，让西北风刮刮他那半秃的脑袋才甘心。可是福生嫂跟刘英在一块儿时，她的脾气就变得温和得多。坐在刘英对面，她好像不再像是一个三十出头的女人了。玉姑娘的娇羞又回到了福生嫂的脸上来，有时当她用眼角扫过刘英宽阔的肩膀时，她竟无缘无故脸会发热，刘英的话又有趣又逗人喜欢，他常爱讲些在战场上怎么冒险怎么死里逃生的事情，有时还掏出几枚勋章给福生嫂看，听得福生嫂一径嚷道："喔！英叔，你真能！"她羡慕他的战绩，她知道马福生虽然常穿军服，可是除了提皮包外，大概连枪杆子都没有摸过的。有时候刘英也会讲些他小伙子时候的荒唐趣事，听得福生嫂掩着脸笑得咯咯耳根子直发红——这些话她也爱听。反正只要是刘英讲的，什么话福生嫂都觉得又新鲜又有趣。吃完晚饭，马福生常常爱到朋友家去下象棋，这是他唯一的嗜好，有时连晚饭都不回来吃就去了；而且马仔又是十晚有九晚要溜出去的，所以家里往往只剩下福生嫂及刘英两人。这一刻是福生嫂最快乐的时候了，她可以抿光了头，轻轻松松地坐在小客堂的靠椅上跟刘英聊聊天。他们两人都喜欢京戏，有时兴致来了，还一唱一搭两人和一段。如果刘英公事忙的话，福生嫂就坐在客堂里一边刺绣一边陪着他批文件。不管怎么样，只要她跟刘英单独在一块儿她就够高兴了，有时福生嫂会不自觉地叹息道："唉！这两父子不在家真清净！"可是等到马福生一进大门，福生嫂就马上觉得咽了一个死苍蝇一样，喉咙管直发痒："怎么这样早就舍得回来啦？"她禁不住辛辣辣地向马福生说道。

"我马——马二爷，摆驾回宫——"还是梆子腔，福生嫂听得胸口发胀，先前那一刻兴致顿时消得无影无踪了。

其实福生嫂很不愿拿她丈夫跟刘英比的，这使她非常难堪，可是有许多小事情偏偏使他们两人成了强烈的对照：也说不出是个什么道理，福生嫂一看马福生滑得像鹅卵石的光下巴，就想到刘英剃得铁青的双颊来。每天清早刘英在井里剃胡须的当儿，福生嫂就爱悄悄地留神着他的一举一动，刘英那熟练的动作，看得福生嫂直出神，她喜欢听那“咔嚓、咔嚓”刮胡子的声音。这个完全属于男人的动作，对福生嫂说来简直新鲜而有趣。她记得她丈夫好像从来没用过剃胡刀的，因为他没有胡须。福生嫂有点苦恼，似乎受了什么屈辱一样，她不喜欢光着下巴的男人。刘英的身材很好，穿起军服一副英武雄伟的军人相，福生嫂替他熨制服时，摸着那两块宽宽的垫肩，心里直有一种说不出的喜悦。她总要花一顿心机把刘英的制服熨得又挺又平的，因为他穿了很好看，不像马福生，无论穿了什么衣服总像缩水南瓜一样，周身不匀称。马福生本来就瘦小得怪，发下的制服十套有九套穿不合身，两只袖管要盖过手心，头上帽子一戴，把他的瘦脸好像遮掉了一半，穿上制服晃荡晃荡的，活像田里的稻草人儿一般。每次下班回来，福生嫂看见他走在刘英后面，就好像萎缩得没有了似的，而且马福生力气又小，两只手臂细得像竹筒子一样，稍微重一点的事情就吃不住了。福生嫂记得有一次洗窗户，有一扇太紧了，取不下来，福生嫂叫马福生来帮忙，哪晓得马福生两只手抖得像发鸡爪疯一般也没有扳动分毫，弄得脸都发青了。福生嫂一把将他推开嚷道算了，算了。

可是等到刘英上来，卷高了袖子，两只粗壮的手臂轻轻往上一托，窗子就下了下来，福生嫂喜欢看他这轻轻的一托。还有一次，马仔跟福生嫂闹别扭，福生嫂在屋里骂一句，马仔就在外面顶撞一句，福生嫂追出去，马仔就往外逃，福生嫂气得直催马福生道："都是你的好儿子，你还不快点把他抓进来！"哪晓得马福生无可奈何地答道："我哪能抓得到他？我劝你莫——莫跟小孩子一般见识罢！"福生嫂正气得发抖的时候，刘英两只大手已经把马仔悬空提了进来。

诸如此类的事情，一次又一次，使得福生嫂愈来愈觉得马福生在刘英面前萎缩得叫人受不了。其实福生嫂从来就没有喜欢马福生过，她还记得洞房花烛那天晚上，不知怎么搞的，她偏偏闻到马福生一嘴的蒜臭，马福生凑近来跟她讲话的时候，害得她一径要扭过头去，不敢对着他的嘴巴。她闻不得那股气味，闻了要恶心；而且那天里，睡到半夜，福生嫂就爬了起来，再也不肯上床了。原来马福生有发冷汗的毛病，弄得被窝里阴阴湿湿的，福生嫂实在受不了。她为了这些事情暗地里不知流了多少泪，但是马福生确实如她爹所说的——一个不折不扣的老实人，对她倒可以算是百般的忍耐的了。相处久了以后，福生嫂也变得麻木起来，而且她的心又分了一半到儿子身上．所以她对马福生更是无可无不可了，心烦了时，她也学起马福生的口吻对自己解嘲道："这个年头，凑合凑合些罢！"可是刘英一来，福生嫂就凑合不下去了。

不知怎的，马福生的光下巴她现在看来好像愈变愈丑了一样；马福生的梆子腔她也愈听愈不顺耳。总而言之，福生嫂近来一见了马福生就周身不舒服，直想冒火，甚至于夜里听到马福生咳嗽及吐痰的声音她的心就不由己地紧一下。尤其这几天，福生嫂心里愈来愈烦躁，她记得马仔出走那天夜里，她被马仔抢白了一顿说她装肚子，已经是又羞又恼了，偏偏马福生回来时言语间又不似往常那么迁就，所以福生嫂躺上床的时候，竟是满肚子装着委屈。睡到半夜，雨声愈来愈大，福生嫂醒过来的时候，忽然觉得脚底下冰浸黏湿的，好像有几条滑溜溜的泥鳅贴在她的小腿上一样，她伸手一摸，顿时起了一身的鸡皮疙瘩。原来马福生的一双脚掌正搭在她的腿上又在淌冷汗了。这种情形以前也有过，可是这晚福生嫂却大大地光了火，好像马福生的冷汗把她全身从里到外都弄脏了似的。她气得直想哭，一阵冲动，福生嫂把毯子揪开，抽起脚就在马福生腰上一脚蹬去，她厌恶极了，她恨这个发冷汗的小男人老缠在她身上。她的胸口胀得直要反抗，恨不得把他一脚踢开远远的。马福生从梦里惊醒，被踢得连滚带爬跌到地上，一面喘气一面发抖地嚷着，福生嫂不耐烦地告诉他，她做了一个噩梦。

事后福生嫂也对自己变得那么暴躁有点莫名其妙，总而言之，她近来心绪不宁——不宁得很，“你只喜欢英叔一个人罢了！”她儿子那句话一直在她耳边绕来绕去，福生嫂烦恼透了，好像做了什么亏心事给别人窥破了一样，可是“喜欢”两个字实在新鲜,实在神秘,福生嫂一想到就不禁脸发热，一股微醺醺的感觉和着酒意从她心底里泛了起来。

5

天上的乌云愈集愈厚，把伏在山腰上的昏黄日头全部给遮了过去。大雨快要来了，远处有一两声闷雷，一群白蚂蚁绕着芭蕉树顶转了又转，空气重得很，好像要压到额头上来一样。福生嫂仰起颈子，伸出舌头把漱口盅里最后一滴酒接了进去，然后捞起衣角抹抹嘴，抖一抖胸前的花生翳子，站起来走进房间里去，房里很暗，茶几上的座钟滴答滴答地走着，已经六点了。福生嫂心里开始有点紧张起来，额头上的汗珠子直想向外面冒，还有一刻钟刘英就要回来了，她这天早上起就一直盼望他回来，可是到了这一刻，她反而心里头着忙起来，恨不得时间过得慢点才好，她需要准备一下，还准备些什么呢？她不知道，头也梳好了，衣服也穿好了，厨房里的菜早就做好了放在碗柜里了，可是她心里头却慌得紧。

这天是她的生日，前四五天她已经有意无意提了一下，可是早上起来，马福生竟说夜里要到同事家去下象棋，不回来吃晚饭。福生嫂刚想骂他没记性，忽然另外一个念头在她脑里一闪，她兴奋得用力吸了几口气，连忙闭住了嘴，没有出声。等马福生一走，她就急急忙忙拿了她平日攒下来的几个钱出去买了几样菜——这些菜都是刘英往常最爱吃的。

这时菜已经做好了，一阵阵的菜香，从厨房里飘了进来，闻得福生嫂心里怦怦直跳，这阵香味好像掺了她几分感情似的。这么多年来，她总没有像这天这样兴奋过了。她一直如同被封在冰冻的土地似的，对于她的丈夫，她一点感情都拿不出来，而她的儿子却又完全不要她的，她好像一个受伤的蜗牛，拼命往自己的躯壳里退缩了进去，可是这天她却遇着了化雪的太阳一样，把地上的冰雪统统融化了，使她的感情能够钻出地面畅畅快快地伸一个懒腰。从早上起，她就一直想着这晚她单独跟刘英在一起的情形，想得她的脸禁不住一阵一阵发热。她什么也不管了，她要把她丈夫那个瘦瘦小小的影子从心里摘下来，搁到远远的地方去。不管怎样，这晚——就是这晚，她要跟刘英单独在一起。她需要跟像刘英那样的男人在一块儿，只要在一块儿就好了。其实她跟刘英单独在一块儿何止数十次，可是福生嫂从来没有像这天这样希望得迫切过。她自己也不明白为什么，她想大概她儿子的话对了，她真的喜欢上英叔了。喜欢？唉——福生嫂的喉咙兴奋得发干，她凑近了柜头上的镜子，看见自己两团腮红得发润，这么多年来她这天第一次感到这么需要一个真正的男人给她一点爱抚，她觉得疲倦得很，疲倦而又无力，好像走了几十里路一样，完全筋疲力尽了。她需要休息一会儿——她实在需要靠在一个男人身上静静地躺一会儿。她要将头靠在他结实的胸膛上温柔地偎贴一下，她需要他的大手在她颈子上轻轻地抚慰，轻轻地揉搓。福生嫂从来没有尝过这种滋味，马福生像鸡爪一样的手指别说去碰她，就是她看见了也会恶心；可是她知道只要她的脸一触着刘英的胸膛，她一定会快乐得颤抖起来，直抖得心里发疼的，她一想起前一天早晨的事，她的心已经跳得有点隐隐作痛了。

前一天是星期日，马福生和刘英都在家，福生嫂洗好了菜到天井去倒垃圾时，看见天井里的杂草冒起半尺来长，她怕草长了藏蛇，所以想叫马福生拿把锄头翻翻土。马福生正跷着脚津津有味地看武侠小说，听说福生嫂要他去锄土，心里头大不愿意，没精打采地答道：

“锄什么草啊，这么大热天还不辞劳苦干这些没要紧的事儿，我怕劳动了腰痛，由它长去吧。”

“罢了，罢了，我也没见过这么不中用的男人，锄点草就怕腰痛，我不信，我倒要来试试看！”福生嫂嚷着，一赌气拿了一把锄头就自己动手起来。七月的太阳热辣得很，才动几下，汗珠子就从她的额头冒出来了。福生嫂抹了一抹汗，正想争口气硬锄下去的时候，一只粗壮的手臂已经把她的锄头接了过去。福生嫂一抬头，看见刘英脱了上衣站在她跟前，她整个脸都给刘英的眼光罩住了。福生嫂感到头有点晕，她嚷着七月天的太阳太毒，刘英连忙催她到芭蕉树荫底下去坐坐，由他来替她锄完这块地。

福生嫂坐在树底下的藤椅上真纳闷，她没想到刘英接近她时，她的头会发晕。大概天气太热，福生嫂解开领扣想用手扇走热气，可是她一抬头看到刘英赤了上身锄地的样子，她的心里又慢慢地躁热起来。刘英的两只手臂一起一落，敏捷而有节奏，“叭、叭，叭”，锄头击在地上发出阵阵沉重的声音。每当刘英用力举起铁锄时，他手上的青筋就一根根暴胀起来，沿着手背一条一条蜿蜒伸到颈脖上。肩胛的肌肉拱得都成了弓形，一个弧连着一个弧，整个背上全起了非常圆滑的曲线，太阳猛猛地照在上面，汗水一条条从肩膀流到腰际，有些就在他宽阔结实的胸上结成了一颗一颗汗珠。他的脸也在发汗，剃得铁青的面颊太阳一照就闪光。“叭、叭、叭”，刘英两手动得飞快，福生嫂的眼睛也跟着一上一下地眨着，她喜欢他这个动作，可是她心里却激动得厉害。当刘英锄完地，福生嫂拿毛巾给他揩身体时，她站在他面前连眼睛都不敢抬起来，她的脸触着了他胸上发出来的热气及汗味，她看见他的裤腰全湿透了，福生嫂拿了那条浸满热汗的毛巾进房时，不知怎的，她把房门一锁，就把脸偎在毛巾上了。

福生嫂记得，当时她的心捶得胸口发疼，毛巾上的热气熏得她直发昏，她好像靠在刘英满带汗珠的胸膛上一样，她觉得又暖和又舒服，那种醉醺醺的感觉就和她刚才呷了那盅酒后一模一样，心中一团暖意，好久好久还窝在里面，从那一刻起，她看见刘英的背影子就害怕——害怕得不由己地颤抖起来。她怕看到他的胸膛，她怕看到他的手臂，可是愈害怕福生嫂愈想见他，好像她还是第一次遇见刘英一样，刘英的一举一动竟变得那么新奇，那么引人，就是他一抬头，一举手福生嫂也爱看，她要跟他在一起，哪怕一分一秒也好——这股愿望从早上马福生走了以后，一直酝酿着，由期待、焦急，慢慢慢慢地到了现在已经变成恐惧和痛苦了，福生嫂一想到这晚只有他们两个人坐在一起，而且还要坐得那么近，她怕得发根子都快动了。“滴答、滴答”，桌子上的钟指到六点一刻，福生嫂焦急地想：“唉！唉！他还稍微迟一些回来就好了，我的心慌得紧，我得定一定神，哎，不行——”

“二嫂——”此时客堂有一个熟悉的声音在叫她了，福生嫂一惊，连忙拿起刷子把头发抿了一抿，将额头上的汗揩干净，当她走出房门时，她看见刘英正站在客厅对着她微笑，手里还托着一个包装得非常精致的衣料盒，福生嫂觉得猛一阵酸意从心窝里涌出来，慢慢地在往上升起。

6

闷雷声愈来愈密，窗外的芭蕉叶连动都不动一下，纱窗上停满了灯蛾子，几条壁虎伏在窗角，一口一个，逮得那些蛾子“噗咚、噗咚”直往里面乱钻，偶尔有几下闪电，穿过蕉叶落到桌子上来。

福生嫂坐在刘英对面，心里头好像敲鼓一般，“咚、咚、咚”一阵比一阵急起来，她一辈子从没有像此刻这样害怕过。其实她年轻时候，并不是没有跟男人们调过笑的，她做姑娘时，那批爱到她店里买火柴的军爷常喜欢逗她几句，她也会乜斜着眼睛俏俏皮皮地答些话儿，那种轻浮的感情，她应付起来丝毫不费力气。可是这晚不同，她对刘英这份感情如同埋在地心的火焰一样，经过长期的压抑，慢慢磨慢慢炼，已经浑圆浑熟了，这晚骤然间迸出火口，烧得福生嫂实在有点支撑不住，她觉得心里热一阵酸一阵，翻江倒海似的，竟说不上是股什么滋味来了。刘英坐在她对面似乎变得陌生起来，福生嫂感到迷糊得很，她觉得他不再像那个叼着纸烟跟她闲聊的人了，她再也不能在他跟前轻轻松松地哼几句京腔了。他好像完全变了一个人，她怕他——莫名其妙地怕，他身体上好像发出了一种力量，直向她压来，压得她呼吸都有点困难了。福生嫂觉得自己的牙齿一直在发抖，上下对不起来，只要刘英动一动，福生嫂就觉得心尖似乎给什么戳了一下一样，每当刘英递给她一个杯子，或者替她端张椅子时，福生嫂简直快要疼得出泪了，她好像一生都没有受过这般体贴、这般顾惜似的，刘英的一举一动总好像带上了感情。

客堂里又热又闷，空气浊重得很，纱窗上不断发出“噗咚、噗咚”蛾子撞闯的声音，窗外一阵连一阵鸣着隆隆隆沙哑的闷雷。福生嫂的额头一直不停地沁汗，她觉得快闷得透不过气来了。

“英叔——”经过一阵长久的沉默，福生嫂忍不住终于迸出一句话来，可是她刚一出口，她的眼睛就跟刘英的很快触着了一下，一阵慌乱，福生嫂赶忙低下头，喃喃地说道：“英叔——真不好意思，还要你破费，送我那么贵重的东西，真亏你——”

“哪里的话，二嫂，我只是想你高兴些罢了，前几天你一提起今天是你的好日子，我就记在心里了。”

福生嫂猛觉得鼻腔里一酸，喉咙如同卡住了东西，竟说不出话来了。她一生中好像从来没有听过像这样关切她的话似的，马福生每次都把她的生日忘记掉的。

噗咚、噗咚、隆隆隆隆——又是一阵沉默。客堂里热得好像发了烟，福生嫂额头上的汗珠子已经滚到眉尖上来了。刘英脱了外衣，露出了两只粗大的膀子，福生嫂看见他胸前的汗水从内衣浸湿出来。她不知怎的忽然想到了前一天早上贴在她脸上那块热烘烘的汗巾子。她的耳根子烫得发烧，她觉得她的手也开始在发抖了，当她替刘英斟酒时，竟对不准酒杯口子，洒了好几滴到菜里。

“英叔——你多用点菜，这些菜是我特别为你做的。”福生嫂找不出别的话来说，她觉得刘英的眼光一直罩着她，她沉闷得受不了，所以不经意说了这么一句，可是她听到刘英善体人意地答道：“我知道，二嫂，我尝得出来。”她的脸顿时给火烙了一下似的，热得发疼，她觉得刘英好像已经看破了她的心事了。她的心在胸口捶得更急，捶得她一阵一阵发疼。

噗咚、噗咚、隆隆隆隆——

噗咚、噗咚、隆隆隆隆——

“来，二嫂，我们干一杯。”

“哦——你倒满些——英叔——”

“你也倒满，二嫂。”

“我刚才已经喝了些了，恐怕——”

“不，不，这一点不要紧。”

“喔——”

“来！”

噗咚、噗咚、噗咚——

隆隆隆隆、隆隆隆隆——

“来，我们再来一杯！”

“喔——不行了，英叔——”

“没有关系，难得今天是你的好日子。”

“实在不——”

“来！”

隆隆隆隆，隆隆隆隆——

“二哥今天怎么会忘记——”

“哎，别提你二哥，他是个糊涂人。”

“二哥这个人真好——”

“英叔，请你别提他，我心烦——唉——”

“不要这样，二嫂，来，我们还是喝酒吧，我替你斟满。”

“实在不行了——”

“最后一杯，来！”

噗咚、噗咚、噗咚——

福生嫂的头一阵比一阵重了，她的眼睛也愈来愈模糊，看来看去，总好像只看到刘英的脸向她渐渐靠近来了似的。他两个太阳穴上的青筋暴得老粗，刮得铁青的两颊变成了猪肝色，福生嫂一直看见他的喉骨一上一下、一上一下地移动着。福生嫂的手抖动得愈来愈厉害，当她举起最后一杯酒喝到一半时，手竟握不住杯子，一滑，半杯酒全倒在她身上，浸凉的酒液立刻渗到她胸口上去了。一阵昏眩，福生嫂觉得房屋顶好像要压到她头上来了一样，她喃喃地叫了一声：“英叔——我不能了——”连忙踉踉跄跄站起来跑进房间里去。一进房，福生嫂就顺手把房门上了锁，将钥匙紧紧地握在手中，她怕——怕得全身发抖。

7

房里漆黑，窗外开始起风了，芭蕉叶子乱响起来。窗子没有关好，打得噼噼啪啪，闷雷声愈来愈急，一阵凉风吹了进来，直逼到福生嫂胸上。福生嫂靠在门背后两只手用力压着胸口，她的心已经快跳出来了，热辣辣的酒液在她胃里化成了一团热气，一面翻腾，一面直往上涌，福生嫂的头好像有副千斤担子压着似的，重得连抬也抬不起来。她知道，要是她再不跑进来，她就要靠到刘英宽阔的胸膛上去了。她感到浑身无力，如同漂在水面上一样，软得连动都不想动一下。她需要在刘英粗壮的臂弯里舒舒服服地睡一觉，她要将滚热的面腮偎在他的胸上，可是她怕，她一生中什么事情都没有使她这样害怕过，她一看见刘英的胸膛就怕得无能为力了，怕得她直想逃。她愈怕愈想偎在刘英胸上，而她愈这么想也就愈怕得发抖。

隆隆隆隆、隆隆隆隆——

“咯，咯、咯、咯”，福生嫂听到一阵迟疑的脚步声，慢慢地，慢慢地向她房门口走来，每走一步，福生嫂的心就用力紧缩一下，疼得她快喊了出来，“哦，不要——不要——”她痛苦地呻吟着，她觉得整个身体在往下沉。脚步声在她门口停了下来，福生嫂额头上的汗珠子一滴一滴开始落到手背上，她听见自己的牙齿锉得发出了声音。她全身的血液猛然间膨胀起来，胀得整个人都快爆炸了。福生嫂将脸跟耳朵拼命地紧紧贴在门上，她听到了外面急促的呼吸声，她好像已经偎到那个带着汗珠的宽阔胸膛上，她的鼻尖似乎已经触着那一面的暖气及汗味了。

“咯吱”，门上的引手轻轻地转了一下，一阵颤抖，抖得福生嫂全身的骨头脱了节似的，软得整个人坐到地上去。“哦，我不管了，我不管了！”她对自己这样喊着，几次挣扎着，想爬起来去开门，可是她那只握着钥匙的手，抖得太厉害，她用尽了全身的力气，只举起一半就软了下来。福生嫂急得直想哭，她不晓得为什么她会害怕到这步田地，她不承认是为了她丈夫的缘故，虽然马福生的影子这晚在她脑里出现了几次，可是她很快地就将它赶了出去，然而她就是害怕——好像生这种念头就应该害怕似的，“咯吱”，门上的引手第二次转动起来，福生嫂将另外一只手托住握钥匙那只，用尽全力想插进钥匙孔里，可是她的手仍旧抖得厉害，还没有插进去，一滑，钥匙就滚了下去。

“二嫂”——她听到门外有急切的声音在叫她了，福生嫂好像身上着了火一般，酒精在她胃里愈烧愈急。她伏在地上，抖瑟瑟地满地摸索着，她要找她那把钥匙。“二嫂——二嫂——”门外一声一声叫着，福生嫂急得全身都被汗浸得透湿，她匍匐拼命乱找，房中太暗，福生嫂又爬不起来开灯，她的两条腿好像中了风似的，连不听指挥：“哦，等等吧，等等吧！”福生嫂急得要喊出来，可是她的喉咙被烧得嘶哑了，嘴唇也烧裂了缝，咸血流进了嘴里，她叫不出声音，她的舌头也在发抖。

隆隆隆隆——

隆隆隆隆——

雷声一阵响过一阵了，当福生嫂还在地板上爬着摸索的时候，门外的脚步声又响了起来，由近而远，渐渐消失在雷声中，福生嫂无力地摇了几下门上的引手，忽然心内一空，整个人好像虚脱了一样，一跤瘫软到地板上去，一阵酒意涌了上来，福生嫂觉得屋顶已经压到她头上来了。

这时哗啦一声，大雨泼了下来，打在窗外的芭蕉叶上，“噼哩啪啦”、“噼哩啪啦”，一阵急似一阵，一阵响过一阵，雨点随着风卷进窗子里来，斜打在福生嫂的身上。

8

第二天福生嫂躺在床上整天没有出房门，晚上马福生回来时，全屋都是暗的，他打亮了灯，看见福生嫂躺着不动便凑近去问她道：

“怎——怎么了？哪里不——不舒服？”

福生嫂往床里挪了一下，没有出声。她闻到了马福生嘴巴里的臭气，马福生看见她没有理他，向她靠近些搭讪道：

“该死！昨天是你的好——好日子，我——我又忘了——幸亏英老弟在家，你你——们玩得还痛快吧？”

福生嫂又往里面挪了一下，还是没有出声，马福生只得讪讪地跑到厨房里，自己去找饭吃，他打开锅子，里面空空的。

“我马——马二爷——”马福生一遇到无可奈何的事情时，就会搬出他的梆子腔的，福生嫂在房里连忙用枕头将耳朵塞住，她的胸口又开始发胀了。

马福生在客堂踱了几转方步，忽然“咦”的一声跑进房来推着福生嫂道：

“你看，我这位英——英老弟怪不怪？好好的怎怎——么留了张纸条，把行——行李都搬走了？他说到什么南部朋友家去，最近不回来了，还说什么感谢我们，对——对不起我们，哈、哈，有什么对——对不起的？真奇怪！”

“喂，我还告诉你一桩奇——奇怪的事情，今天你猜谁去办公室看我？是马仔！嘿！好神气，这这——小子他讲他一个月比我赚的钱还要多呢！他说他——他不要回来看你，他怕挨不起你的耳光子，哈、哈！”

“喂，我可不管他回不回来，我没饭吃怎——怎么办啊？哦、哦，你不舒服，我——我就出去吃好了，吃了再，再去下几盘棋。”

“好不好？我出去了——”

马福生上前又推了福生嫂一把，福生嫂忽然一个翻身爬起来指着马福生大声喊道：

“滚开！你马上替我滚出去！”

马福生吃了一惊，连忙退几步结结巴巴地嚷道：

“怎——怎么回事啊！”

福生嫂跳下床，撵着马福生尖声喊道：

“滚！滚！滚！”

马福生看见福生嫂两腮绯红，竖起眼睛向他追来，吓得回头拿了一把雨伞三步作两步赶快逃了出去，口里直嚷道：

“这——这个女人真、真是发了疯了！”

福生嫂看见马福生一跨出大门，随手拿了一只花瓶往门上用力一砸，使劲喊道：

“滚！滚！你们全替我滚出去！”

隆隆隆隆——远处的闷雷声又一阵比一阵密了，福生嫂无力地倒在窗沿上，她好像受了谁的欺负一样呜呜地哭了起来。

天快要下雨了，窗外的芭蕉叶全都静静地垂着头，一动也不动。

《笔汇》革新号一卷六期

一九五九年十月

月 梦

1

刚刚下了一阵冷雨，园里的水汽还未褪尽，虹桥肺病疗养院大门口那丛松树顶上，绕着薄薄的一层白雾，太阳从枝丫里隐隐约约地冒了出来，斜照在雾气上，泛出几丝淡紫的光辉。一对秋斑鸠，蓬松了羽毛，紧紧地挤在松树干上发呆，风一吹，就有一片水珠子从松针上洒落下来，冷得它们不得不拖长声音凄楚地叫几声："咕咕咕——咕——"

愈到下午，愈是阴寒。疗养院已经关门了，偌大的花园中，一个人也看不到，空空的；一片灰白色，浮满了水雾，湿气一阵阵飘了上来，黏在玻璃窗上，中间还夹着些松叶的清香，跟着流了进来。

楼上医生休息室内没有开灯，灰沉沉的，比外面暗多了。

只有靠窗口的地方，还有些许淡白色的阳光，漠冷冷地落在吴钟英医生的脸上。吴医生倚着窗沿，手托着额头，一动也不动地立着。他身上仍旧裹着宽长的白制服，连听诊器还挂在颈脖上，没有拿掉。一头斑白的头发蓬松松的，鬓旁的发脚翘了起来，显得有点凌乱，早上没有经过梳刷似的。他身旁的茶几上，放一杯香片，满满的还没有动过，可是茶叶却全沉了底。

吴医生的腿都站得有点发麻了，脚底非常僵冷，可是他却勉强地支撑着，睁大了眼睛，抵抗着眼睑上直往下压的倦意。他工作了一夜，过度的疲劳反而磨得他那双眸子炯炯发光，射出两股奇特的冷焰来。他的两颊仍旧微微地带着红晕，兴奋过后还没有完全消褪。可是他的嘴唇却干枯得裂开了，脸上的肌肉绷得变了形。他凝视着窗外，心里头好轻好空——空得似乎什么都没有了一样。

从昨夜起，吴医生就一直迷迷惘惘的，总好像梦游一般。当他伸出手去拿茶杯的时候，颤抖抖的手指却将杯子碰倒了，冰凉的茶液泼得他一裤子，裤管子湿湿的黏在他的腿上，他懒得移动了，他伸出头到窗外，张开嘴巴，让水汽流进他的口中去，他的喉咙管干得有点发疼——他实在需要些许润泽。

“咕咕咕——咕——”大门口又传来几声落寞的鸠啼，晚秋的黄昏冷寂得凝了起来一样。

2

昨晚有月亮，吴医生家里小院子的草地上滚满了银浆，露珠子一闪一闪地发着冷光。天寒了，疏疏落落，偶尔还有几下凄哑的秋虫声。一阵淡、一阵浓，院子里全飘满了花香，有点像郁涩的素心兰，还夹着些幽冷的霜菊，随了风，轻轻地往吴医生的小楼上送，引得他不得不披上衣服走到院子里来。

吴医生对于月光好像患了过敏症似的，一沾上那片清辉，说不出一股什么味儿就从心底里沁出来了——那股味道有点凉、有点冷，直往骨头里浸进去似的，浸得他全身都有些儿发酸发麻。在月色姣好的夜里，吴医生总爱走到院子里来，坐在院中喷水池子的边上，咬紧牙根，慢慢地咀嚼着那股苦凉的滋味。

昨晚的月光是淡蓝色的，蓝得有点发冷。水池中吐出一蓬一蓬的银丝来，映在月光下，晶亮的，晚上水量大了，偶尔有几滴水珠溅到吴医生的脸上来，一阵寒噤，使得他的感觉敏锐得一碰就要发痛了。他倚着水池边的铁柱子默默地坐着，凝望着池边那座大理石像。那是一个半裸体的少年像，色泽温润，像白玉一般，纹理刻得异常精致，侧着头，双手微向前伸，神态很美，纤细的身材，竟有一股蕴蕴藉藉的缠绵意绪，月光照在石像的眉眼上，沁出微亮的清辉，好像会动了似的。

吴医生轻轻地摸了一下石像的颈项，当他的指尖触着那温润的石纹时，窝在他胸中那股苦凉的味儿突地挤上了他的喉头，他将面腮慢慢偎上石像的胸前，石头上露水，凉浸浸的渗到他皮肤上来了。他喜欢这股微凉的刺激，刺得他痒痒麻麻的，好舒服，好慵懒。远远近近，迷迷糊糊，又把他带到他少年时去过的那个地方了，他总好像看到有湖、有山，还有松子悄悄飘落的声音——

3

好久好久以前，一个五月的晚上，天空里干净得一丝云影都没有，月亮特别圆，特别白，好像一面凌空悬着的水晶镜子，亮得如同白热了的银箔一般，快要放出晶莹的火星来了。夜，简直熟得发香，空气又醇又暖，连风都带着些醉味，好像刚酿成的葡萄酒，从桶里漏出香气来了。

午夜里，涌翠湖畔的松树林中，闪出一对黑影来，在湖滨上立了一会儿，然后携着手，轻轻地投到湖水中去。湖面顿时变成一块扯碎了的银纱，一团一团的亮丝，向四面慢慢荡开，过了好一阵子，才合拢过来，此时那两个人从湖心中钻了出来，把湖水又搅乱了，月影子给拉得老长老长。前一个是个十五六岁的少年，身子很纤细，皮肤白皙，月光照在他的背上，微微地反出青白的光来，衬在墨绿的湖水上，像只天鹅的影子，围着一丛冒上湖面的水草，悠悠地打着圈子。后一个少年，年纪较大，动作十分矫健，如同水鸭子一般，忽而潜入水中，忽而冲出水面，起落间，两只手臂带起了一串串闪亮的水花。

一对水鹧鸪惊醒了，从水草丛中飞了起来，掠过湖面，向山脚飞去。

当这两个少年游回岩滨时，月亮已经升到正中了，把一湖清水浸得闪闪发光。年轻一点的那个少年，跑着上岩，滚在一堆松针上，仰卧着不住地喘息。一片亮白的月光泻在他敞露着的身上，他的脸微侧着，两条腿很细很白，互相交叉起来，头发濡湿了，弯弯地覆在额上，精美的鼻梁滑得发光，在一边腮上投了一抹阴影，一双秀逸的眸子，经过湖水的洗涤，亮得闪光，焕发得很，一圈红晕，从他苍白的面腮里，渐渐渗了出来。

吴钟英记得，就在那一个晚上，就在那一刹那，他那股少年的热情，突地爆发了，当他走到那个纤细的少年身边，慢慢蹲下去的时候，一股爱意，猛然间从他心底喷了上来，一下子流遍全身，使得他的肌肉都不禁起了一阵均匀的波动。他的胸口窝了·团柔得发融的温暖，对于躺在地上的那个少年他竟起了一阵说不出的怜爱，月光照在那白皙的皮肤上，微微地泛起一层稀薄的青辉，闪着光的水滴不住地从他颈上慢慢地滚下来，那纤细的身腰，那弯着腿的神态，都有一种难以形容的柔美，就连那胸前一转淡青的汗毛，在月光下看起来，也显得好软好细，柔弱得叫人怜惜不已。

他不知不觉地把那个纤细的少年拥到了怀里，一阵强烈的感觉，刺得他的胸口都发疼了。他知道，在那一个晚上，他一定要爱不可了。他抱着那个纤细的身子，只感到两个人靠得那么紧，偎贴得那么均匀，好像互相融到对方的身体里去了似的。一阵热流在他们的胸口间散布开来，他们的背脊被湖水洗得冰凉，可是紧偎着的胸前却渗出了汗水，互相融合，互相掺杂。急切的脉搏跳动，均匀的颤抖，和和谐谐的，竟成了同一频率。当他用炽热的面颊将那纤细的身体偎贴全遍时，一阵快感，激得他流出了眼泪。他好像看到四周的湖、山、松林，渐渐地织成一片，往上飘浮起来，月亮好圆好大，要沉到湖中去了。四周静得了不得，他听到松林中有几下松子飘落的声音——

4

小院子外面一阵汽车的喇叭声把吴医生惊醒了，他猛然抬头，捋了一捋灰白的头发，上面已经沾满了露水，湿湿凉凉的。他退了几步，对着那座大理石像怔怔地出了一忽儿神，赶紧走回屋里去。大门开了，汽车驶了进来，那阵喇叭声对于吴医生非常熟悉，自从他在虹桥疗养院工作以来，已经听了十几年了。他晓得，那又是疗养院来接他去看急症的。所以他不待催促，就上楼穿好衣服，准备妥当，车子一停下来，他就踏了上去，那是吴医生的惯例：只要病人情况严重，他总要亲自赶去医治的。

医院在郊外，要走二十多分钟的汽车。车厢里很暖和，外面的月光却是清冽的，吴医生蜷卧在里面，闭上眼睛，靠在坐垫上，一阵一阵轻微的颠簸，把他刚才在院子里那份情绪又唤起了些许，好远，好美。

那一次肉体的慰藉对于吴医生的感受实在太过强烈，太过深刻了。只要一闭上眼睛，一阵微妙的情愫就在他心中漾了起来。浸凉的湖水好像灌到了他的脊背上，他的手指和胸口似乎立刻触到了一个纤细的身子一样。那份快感太过完美，完美得使他有了一种奇怪的心理。

在印度的时候，他在那儿做随军医生。一天晚上，天气十分燠热，他被几个同伴醉醺醺地从酒吧里拉了出来，把他带进了一间下等妓院里。当他半夜醒过来的时候，发觉自己偎在一个印度女人的怀里。窗外正悬着一个又扁又大的月亮，肉红色的月光，懒洋洋地爬进窗子里来，照在那个女人的身上。她张着嘴，龇着一口白牙在打呼，全身都是黑得发亮的，两个软蠕蠕的奶子却垂到了他的胸上，他闻到了她胳肢窝和头发里发出来的汗臭。当他摸到勾在他颈子上那条乌油油蛇一般手臂时，陡然间全身都紧抽出来，一连打了几个寒噤，急忙挣扎着爬起来，发了狂似的逃出了妓院，跑到河边的草地上，趴着颤抖起来。肉红色的月光像几根软手指，不住地按抚着他滚烫的身体。

自从那次以后，吴医生就再也没有跟女人接触过了。

车子快到医院了，吴医生将窗玻璃摇了下来，一阵冷气，由他领子缝里灌了进去，他伸出手到窗外，去抓那往后吹得呼呼的冷风，山、树、田野，都在往后退，只有清冽的月光却到处浮着。忽然间，他感到不知在身体的哪一部分起了一阵痛楚，“哎，他去得那么早，怎么还不回来呢？——”他喃喃讷讷地自语了几句。

静思死得太年轻了，那是吴医生一生中最大的痛苦。那晚他们两个由涌翠湖悄悄地溜回学校宿舍时，静思已经染上肺炎了。湖边的依偎，变成了唯一的也是最后的一次。可是吴医生心中却一直怀着一个念头：他从来不愿想起静思已经死去了。他总当他离开去到一个很远的地方，有一天还会回来的。他一直对自己这样说：“他会来的，噢，怎么不可以呢？不，不，他一定会的，我老想着他，不断地念着他，他就会回来的了。”这么多年来，他一直在寻找着，无论在街上，在医院里，在任何地方，只要碰到一个跟静思相像的人，他就会生出无限的眷恋来。他会痴痴地缠着那个人，直到对方吓得避开了为止，每一次他受了冷落，就一个人躲着伤心好几天，好像他心里那份感情真的遭了损害一样。

在他的小院子中，他立了一座大理石像，有纤细的身材，缠绵的意态，在月光下，他常常偎着那座石像做着同一个梦——里面有湖、有山，还有松子飘落的声音。

5

当吴医生到达疗养院时，他的助理医生与护士已经把准备工作全做好了，助理医生拿了病历表向吴医生报告说这个病人是一所教会中学送来的孤儿，已经病了一个多星期，转成了严重的肺炎，大约昏迷过去有二十四小时了。经过初步的诊断，病人的生命已经没有什么希望了。

吴医生连忙洗了手，穿上白制服，戴着口罩走向诊室去。诊室外面候着一个穿黑长袍的天主教神甫，吴医生向他打了一个招呼就与助理医生一同进入诊室，里面经过了消毒，药水气还很重，病床旁边竖着一个氧气筒，橡皮管已经接上了。有一个护士正在矫对氧气筒的开关，另外一个整理着床头铝质盘里的医用器材。病床上躺着一个少年，一直不停地在发着剧咳声。

吴医生走过去，将床头的大灯转亮，当他揭开被单，想拿听诊器按到病人的胸上时，他的手忽然悬空停住了。一阵轻微的颤抖，从他腿上渐渐升了上来，他的胸口突地胀了起来。他咬紧了嘴唇，怔怔地看着躺在床上昏迷了过去的那个少年。他的脸色慢慢激动得发青，眼睛里射出来的光辉，焕发得可怕。他的助理医生与护士们都被吴医生惊住了。他们没敢出声，只看着吴医生的额头上，沁出一颗一颗的大汗珠来。

那一晚，医院里的工作人员，从来没有看见吴医生那样紧张急忙过。忽而他命令开氧气筒，忽而他叫打强心针，他变得异常焦灼暴躁，连打肺部空气的针筒都摔破了。当吴医生最后一次命令打强心针时，他的嗓音竟抖成了哭声。

病人是第二天下午去世的，当神甫进去祈祷时，吴医生才脱了口罩走出来。

外面迷迷濛濛在下着冷雨，疗养院前面的大花园中布满了水雾。

6

下班以后，吴医生一直留在楼上的医生休息室里，没有离去。大家都不敢去惊动他，对于这个老医生的怪癖，他们都相当尊重。直到天黑了时，吴医生才幽幽地走下楼来，他向值夜护士要了钥匙，走到了太平间去。

里面没有开灯，不知什么时候，一阵风，将天上的水汽刮薄了，朦胧的月亮竟悄悄地爬了出来。吴医生走到停放那少年的床边，把他身上盖着的白布掀了起来。稀薄的月光从窗外滑进来了，落在少年的身上。他的脸是雪白的，眉眼的轮廓仍然十分清秀，嘴唇微微带着浅紫，柔和得很，好平静，一点也没有痛苦的痕迹。吴医生轻轻地将他的衣服脱去，月光下，那个少年的身体显得纤细极了。吴医生很小心地用手在那雪白的面腮上抚摩了一下，然后慢慢地在床头跪了下来，将脸偎到那映着青光的胸口上。

尸体是冰凉的，只有滴在上面的眼泪还有点点温意。

吴医生回到家中时，已近夜半了。他的小院里浮满了稀薄的雾气，紫丁香大量地吐着忧郁的气息，把空气染得又香又浓。池子里的水喷得很高，叮叮咚咚发出清脆的水声来。吴医生朝着水池那边走了过去，乳白的水雾飘到了他的脸上来。在雾气中，他恍恍惚惚看到那座秀美的石像，往外伸出手，好像要去捕捉那个快要钻进云雾里去的大月亮。

吴医生不想去睡了。他想到水池那边，坐在月亮底下，再做做他以前那个梦。

《现代文学》第一期

一九六〇年三月

玉卿嫂

1

我和玉卿嫂真个有缘，难得我第一次看见她，就那么喜欢她。

那时我奶妈刚走，我又哭又闹，吵得我妈连没得办法。天天我都逼着她要把我奶妈找回来。有一天逼得她冒火了，打了我一顿屁股骂道：

“你这个娃仔怎么这样会拗？你奶妈的丈夫快断气了，她要回去，我怎么留得住她？这有什么大不了！我已经托矮子舅妈去找人来带你了，今天就到。你还不快点替我背起书包上学去，再要等我来抽你是不是？”

我给撵了出来，窝得一肚子闷气。吵是再也不敢去吵了，只好走到窗户底有意叽咕几声给我妈听：

“管你找什么人来，横竖我不要，我就是要我奶妈！”

我妈在里面听得笑着道：

“你们听听，这个小鬼脾气才犟呢，我就不相信她奶妈真有个宝不成？”

“太太，你不知道，容哥儿离了他奶妈连尿都屙不出了呢！”胖子大娘的嘴巴顶刻薄，仗着她在我们家做了十几年的管家，就倚老卖老了。我妈讲话的时候，她总爱搭几句辞儿凑凑趣，说得我妈她们全打起哈哈来。当着一大堆人，这种话多难听！我气得跑到院子里，把胖子大娘晾在竹竿上的白竹布衣裳一把扯了下来，用力踩得像花脸猫一般，然后才气咻咻地催车夫老曾拉人力车送我上学去。

就是那么一气，在学堂里连书也背不出来了。我和隔壁的唐道懿还有两个女生一起关在教室里留堂。唐道懿给老师留堂是家常便饭，可是我读到四年级来破题儿第一遭。不用说，鼻涕眼泪早涂得一脸了，大概写完大字，手上的墨还没有洗去，一擂一摸，不晓得成了一副什么样子，跑出来时，老曾一看见我就拍着手笑弯了腰，我狠命地踢了这个湖南骡子几下，踢得他直叫要回去告诉我妈。

回到屋里，我轻脚轻手，一溜烟跑到楼上躲进自己房中去了。我不敢张声，生怕他们晓得我挨老师留堂。哪晓得才过一下子，胖子大娘就扯起喉咙上楼来找我了，我赶快钻到帐子里去装睡觉，胖子大娘摇摇摆摆跑进来把我抓了起来，说是矮子舅妈带了一个叫玉卿嫂的女人来带我，在下面等着呢，我妈要我快点去见见。

矮子舅妈能带什么好人来？我心里想她老得已快缺牙了，可是看上去才和我十岁的人差不多高，我顶讨厌她，我才不要去见她呢，可是我妈的话不得不听啊！我问胖子大娘玉卿嫂到底是个什么样子的人，胖子大娘眯着眼睛笑道："有两个头，四只眼睛的！你自己去看吧，看了她你就不想你奶妈了。"

我下楼到客厅里时，一看见站在矮子舅妈旁边的玉卿嫂却不由得倒抽了一口气，好爽净，好标致，一身月白色的短衣长裤，脚底一双带襻的黑布鞋，一头乌油油的头发学那广东婆妈松松地挽了一个髻儿，一双杏仁大的白耳坠子却刚刚露在发脚子外面，净扮的鸭蛋脸，水秀的眼睛，看上去竟比我们桂林人喊作"天辣椒"如意珠那个戏子还俏几分。

我也说不出什么道理来，一看见玉卿嫂，就好想跟她亲近的。我妈问我请玉卿嫂来带我好不好时，我忙点了好几下头，连顾不得赌气了。矮子舅妈跑到我跟前跟我比高，说我差点冒过她了，又说我愈长愈体面。我连不爱理她，一径想找玉卿嫂说话。我妈说我的脸像个小叫花，叫小丫头立刻去舀洗脸水来，玉卿嫂忙过来说让她来帮我洗。我拉着她跟她胡诌了半天，我好喜欢她这一身打扮，尤其是她那对耳坠子，白得一闪一闪的，好逗人爱。可是我仔细瞧了她一阵子时，发觉原来她的额头竟有了几条皱纹，笑起来时，连眼角都拖上一抹鱼尾巴了。

“你好大了？”我洗好脸忍不住问她道，我心里一直在猜，我听胖子大娘说过，女人家额头打皱，就准有三十几岁了，她笑了起来答道：

“少爷看呢？”

“我看不出，有没有三十？”我竖起三个指头吞吞吐吐地说。

她连忙摇头道：

“还有那么年轻？早就三十出头喽！”

我有点不信，还想追着问下去，我妈把我的话头打断了，说我是傻仔，她跟玉卿嫂讲道：

“难得这个娃仔和你投缘，你明天就搬来吧，省得他拗得我受不了。”

矮子舅妈和玉卿嫂走了以后，我听见我妈和胖子大娘聊天道：

“喏，就是花桥柳家他们的媳妇，丈夫抽鸦片的，死了几年，家道落了，婆婆容不下，才出来的。是个体面人家的少奶奶呢！可怜穷了有什么办法？矮子舅妈讲是我们这种人家她才肯来呢！我看她倒蛮讨人喜欢。”

“只是长得太好了些，只怕——”胖子大娘又在挑唆了，她自己丑就不愿人家长得好，我妈那些丫头，长得好些的，全给她挤走了。

2

我们中山小学的斜对面就是高升戏院，是唱桂戏的，算起来是我们桂林顶体面的一家了。角色好，行头新，十场戏倒有七八场是满的。我爸那时在外面打日本鬼，蛮有点名气，戏院里的那个刘老板最爱拍我们马屁，我进了戏院不但不要买票，刘老板还龇着一嘴银牙，赶在我后面问我妈好，拿了瓜子又倒茶，我白看了戏不算，还很有得嚼头。所以我放了学，天时早的话，常和老曾到戏院里逛逛，回去反正我们都不说出来，所以总没有吃过我妈的排头。有时我还叫唐道懿一起去，好像我做东一样，神气得了不得。我和他都爱看武戏，什么黄天霸啦，打得最起劲。文戏我们是不要看的，男人家女人家这么你扯我拉的，肉麻死了。

我跟唐道懿溜到后台去瞧那些戏子佬打扮，头上插起好长的野鸡毛，红的黑的颜料子直往脸上抹，好有意思。因为我从小就长得胖嘟嘟，像个粉团儿，那些戏子佬看见我就爱得要命，一窝蜂跑过来逗我玩，我最喜欢唱武生的云中翼，好神气的样子，一杆枪耍在手中，连不见分量似的，舞起来连人都看不见了。那个唱旦角的天辣椒如意珠也蛮逗人喜欢，眉眼长得好俏；我就是不爱看做小生那个露凝香，女人装男人，拿起那把扇子摇头摆尾的，在台上还专会揩油呢，怎么好意思！此外还有好多二流角色和几个新来的我都不大熟，可是脸谱儿和名字我倒还记得。

我见过玉卿嫂的第二天，一放了学，我就飞跑出来催老曾快点送我回去，唐道懿追着出来又要我带他去看戏，说是这天唱《关公走麦城》呢，我上了车回答他道：“明天我再带你去，今天我没空，我要回家去看玉卿嫂。”

“谁是玉卿嫂啊？”他大惊小怪地问。

“就是我的新奶妈哪。”我喊惯了奶妈一时改不过口来。

“哈哈，容容这么大个人还要请奶妈来喂奶呢！”唐道懿拍着手来羞我，两道鼻涕跑出来又缩了进去，邋遢死了！我涨红了脸骂了他几声打狗屁，连忙叫老曾拖车子走了。

我一进了屋就嚷着要找玉卿嫂，我妈说她早来了，在我房里收拾东西呢！我三步作两步地跨到楼上房中去，看见玉卿嫂正低着头在铺她的床。她换了一身亮黑的梅点纱，两只手膀子显得好白净。我觉得她实在长得不错，不过她这种漂亮，一点也不像我们家刚嫁出去那个丫头金婵，一副妖娆娇俏的样子，她一举一动总是那么文文静静的，大概年纪到底比金婵大得多，不像金婵那么整天疯疯癫癫的了。我轻手轻脚地走到她后面，大声喝了一下，吓得玉卿嫂回过头来直拍着胸口笑道：“我的少爷，你差点把我的魂都吓了走。”我笑得打跌，连忙猴向她身上跟她闹着玩，我跟她说她来带我，我好开心，那几天我奶妈不在，我一个人睡在楼上，怕得不得了，夜晚尿胀了也不敢爬起来屙，生怕有鬼掐脚似的，还落得胖子大娘取笑半天。我跟她在房里聊了好一会儿，我告诉她我们家里哪个人好，哪个人坏，哪个人顶招惹不得，玉卿嫂笑着说道：

“管他谁好谁坏，反正我不得罪人，别人也不会计算我的。”

我忙摇着手说道：

“你快别这么想！像胖子大娘，就坏透了，昨天她在讲你长得太好了，会生是非呢！”

3

大概玉卿嫂确实长得太好了些，来到我们家里不上几天就出了许多事故。自从她跨进了我家大门，我们屋里那群斋狠了的男光棍佣人们，竟如同苍蝇见了血，玉卿嫂一走过他们跟前，个个的眼睛瞪得牛那么大，张着嘴，口水都快流出似的。胖子大娘骂他们像狗舔屎一样，好馋。这伙人一背过脸，就叽叽喳喳，不知在闹些什么鬼。我只是听不见罢咧！要是给我捉到了他们在嚼嘴混说我们玉卿嫂，我可就要他们好看！

有一晚吃了饭，我去找门房瞎子老袁，要爬到他肩上骑马嘟嘟，到我们花园去采玉兰。我们花园好大，绕一圈要走老半天，我最喜欢骑在老袁肩上爬到树上去摘花了。其实老袁这个人样样都好，就是太爱看女人，胖子大娘讲他害火眼准是瞧女人瞧出来的。我走到大门口，看见他房里挤了好些人在聊天，湖南骡子老曾、厨房里打杂的小王，还有菜园里浇粪的秦麻子，一群人交头接耳不知在编派谁，我心里很不受用，忙踮了脚走到窗户底下，竖起耳朵用力听。

“妈那巴子！老子今天早晨看见玉卿嫂在晾衣服，一双奶子鼓起那么高，把老子火都勾了上来了。呸！有这么俏的婊子，和她睡一夜，死都愿了。”讲话的是小王，这个人顶下作，上次把我们家里一个丫头睡起了肚子，我妈气得把他撵了出去，他老子跑来跪倒死求活求，我妈才算了。

“你呀，算了罢，舔人家的洗脚水还攀不上呢。”老曾和小王是死对头，一讲话就要顶火的。

“罢、罢、罢，”老袁摇手插嘴道，“这几天，你送小少爷回来，怎么一径赶着要替小少爷提书包上楼呢？还不是想去闻闻骚？”讲得他们都笑起来了，老曾气得咿呀唔呀的，塞得一嘴巴湖南话，说也说不清楚。

秦麻子忙指着老袁道：“你莫在这里装好了，昨天玉卿嫂替太太买柿子回来，我明明瞧见你忙着狗颠屁股似的去接她的篮子，可不知又安着什么心！”

几个七嘴八舌，愈讲愈难听，我气得一脚踢开了门，叉起腰恨恨地骂道：

“喂！你们再敢多说一句，我马上就去告诉玉卿嫂去，看她饶不饶得过你们。”

哪晓得小王却涎着脸笑嘻嘻地向我央道：“我的好少爷，别的你千万莫跟她说，你只问她我小王要和她睡觉，她肯不肯。”

那几个鬼东西哄然笑了起来，我让他们笑呆了，迟疑了好一会儿，连忙回头跑到楼上找到玉卿嫂，气喘喘地跟她讲：“他们都在说你坏话，小王讲他要和你睡觉呢！你还不快点去打他的嘴。”

玉卿嫂红了脸笑着说：“这起混账男人哪有什么好话说，快别理他们，只装听不见算了。”

我不依，要逼着她去找他们算账，玉卿嫂说她是新来的，自然要落得他们嚼些牙巴，现在当作一件正经事闹开来，太太晓得不是要说她不识数了？

可是第二天就有事情来了。姑婆请我妈去看如意珠的《昭君和番》，屋里头的人乘机溜了一半，那晚我留在房中拼命背书，生怕又挨老师罚。

滴答滴，
滴答滴，
钟摆往来不停息，
不停息，
不停息，
——

我的头都背大了，还塞不进去，气得把书一丢，一回头，却看到玉卿嫂踉踉跄跄跑了进来，头发乱了，掉了一绺下来，把耳坠都遮住了，她喘得好厉害，胸脯一起一伏的。我忙问她怎么回事，她喘了半天说不出话来，我问她是不是小王欺负她了，她点了一点头，我气得忙道：

“你莫怕，我等我妈回来马上就讲出来，怕不撵他出去呢！”玉卿嫂忙抓住，再三求我不要告诉我妈，她说：

“这没有什么大不了，少爷千万别闹出来，反倒让别人讲我轻狂，那个死鬼吃了我的苦头，谅他下次再也不敢了。”

第二天，我看见小王眼皮肿得像核桃那么大，青青的一块，他说是屙尿跌着的，听得我直抿着嘴巴笑。

4

我们在桂林乡下还有些田，由我们一个远房叔叔代收田租，我们叫他满叔。他长得又矮又胖，连看不见颈子的，背底下我们都喊他做坛子叔叔。一年他才来我们家里两三次，只来给我妈田租钱罢了。胖子大娘说坛子叔叔本来穷得快当裤子了，帮我们管田以后，很攒了两个钱，房子有了一大幢，只少个老婆罢了。他和花桥柳家有点亲，所以玉卿嫂叫他做表哥的。不知怎么回事，自从玉卿嫂来了以后，满叔忽然和我们来往得勤了。巴巴结结今天送只鸡来，明天提个鸭来。有事没事，也在我们家里泡上半天。如果我妈不在家，他就干坐着，等到我放学回来，他就跟到我房间里和我亲热得了不得，问长道短的："容哥儿爱吃什么？要不要吃花桥的碗儿糕？满叔买来给你。"平常他一来只会跟我妈算钱，很不大理睬我的。现在突然跑来巴结我，反倒弄得我一头雾，摸不清门路了。我问胖子大娘为什么坛子叔叔近来这样热络，她笑着答道：

"傻哥子，这点你还不懂，你们坛子叔叔看上了你的玉卿嫂，要讨她做老婆啦。"

"不行啊，他讨了她去没人带我怎么办呢？"我急得叫了起来。

"我说你傻，你把你玉卿嫂收起来，不给满叔看见不就行了。"胖子大娘咯咯咯地笑着教我道。

以后坛子叔叔来我们家，我总要把玉卿嫂拖得远远的，不让他看见，哪晓得他一来就借个故儿缠着玉卿嫂跟她搭讪，我一看见他们两人讲话，就在外面顿着脚叫道：

"玉卿嫂，你来，我有事情要你做。"玉卿嫂常给满叔缠得脱不得身，直到我生了气喊起来："你聋了是不是？到底来不来的啦！"玉卿嫂才摔下坛子叔叔，急急忙忙一面应着跑过来，我埋怨她半天，直向她瞪白眼。她忙辩道：

"我的小祖宗，不是我不来，你们满叔老拖住我说话，我怎么好意思不理人家呢？”

我向她说，满叔那种人少惹些好，他心里不知打些什么主意呢！玉卿嫂说她也是百般不想理他的，只是碍着情面罢咧！

果然没有多久，坛子叔叔就来向我妈探口气想娶玉卿嫂做媳妇了，我妈对他说道："我说满叔，这种事我也不能做主，你和她还有点亲，何不你自己去问问她看？”

满叔得了这句话，喜得抓耳挠腮，赶忙挽起长衫，一爬一爬，喘呼呼地跑上楼去找玉卿嫂去，我也急着跟了上去，走到门口，只听到满叔对玉卿嫂说道：

“玉妹，你再想想看，我表哥总不会亏待你就是了，你下半辈子的吃、穿，一切包在我身上，你还愁什么？”

玉卿嫂背着脸说道：

“表哥，你不要提这些事好不好？”

“你嫌我老了？”坛子叔叔急得直搓手。

玉卿嫂没有出声。

“莫过我还配不上你不成？”坛子叔叔有点气了，打鼻子里哼了一下道，“我自己有几十亩田，又有一幢大房子，人家来做媒，我还不要呢！”

“表哥，这些话你不要来讲给我听，横直我不嫁给你就是了！”玉卿嫂转过身来说道，她的脸板得铁青，连我都吓了一跳。她平常对我总是和和气气的，我不晓得她发起脾气来那样唬人呢!

“你——你——”坛子叔叔气得指着玉卿嫂直发抖道,“怎么这样不识抬举，我讨你，是看得起你，你在这里算什么?老妈子！一辈子当老妈子！”

玉卿嫂走过来将门帘“豁琅”一声摔开，坛子叔叔只得讪讪地跑了出来。我赶在他前面，跑到大门口学给老袁他们听，笑得老袁拍着大腿滚到床上去。等到坛子叔叔一爬一爬走出大门时，老袁笑嘻嘻地问他道：“满老爷，明天你老人家送不送鸡来啦？送来的话，我等着来帮你老人家提进去。”

满叔装着没听见，连忙揩着汗溜走了。

5

自从玉卿嫂打回了满叔后，我们家里的人就不得不对她另眼相看了。有的说她现存放着个奶奶不会去做，要当老妈子；有的怪她眼睛长在额头上，忒过无情。

“我才不信！”胖子大娘很不以为然地议论道，“有这么刁的女人？那么标致，那么漂亮的人物，就这样能守得住一辈子了？”

“我倒觉得她很有性气呢。”我妈说道，“大家出来的人到底不同些，可笑我们那位满叔，连不自量，怎么不抹得一鼻子灰？”

从此以后，老袁、小王那一伙人却对玉卿嫂存了几分敬畏，虽然个个痒得恨不得喉咙里伸出手来，可是到底不敢轻举妄动，只是远远地看着罢了。

不管怎么样，我倒觉得玉卿嫂这个人好亲近得很呢！看起来，她一径都是温温柔柔的，不多言不多语。有事情做，她就闷声气，低着头做事；晚上闲了，她就上楼来陪着我做功课，我写我的字，她织她的毛线，我从来没有看见她去找人扯是拉非，也没看过她去院子里伙着老曾他们听莲花落。她就爱坐在我旁边，小指头一挑一挑，戳了一针又一针地织着。她织得好快，沙沙沙只听得竹针的响声。有时我不禁抬头瞅她一眼，在跳动的烛光中，她的侧脸，真的蛮好看。雪白的面腮，水葱似的鼻子，蓬松松一绺溜黑的发脚子却刚好滑在耳根上，衬得那只耳坠子闪得白玉一般；可是不知怎的，也就是在烛光底下，她额头上那把皱纹子，却像那水波痕一样，一条一条全映了出来，一、二、三——我连数都能数得出几根了，我不喜欢她这些皱纹，我恨不得用手把她的额头用力磨一磨，将那几条皱纹敉平去。尤其是当她锁起眉心子，怔怔出神的当儿——她老爱放下毛线，这样发呆的——我连她眼角那条鱼尾巴都看得清清楚楚了。

“你在想什么鬼东西呀？”我有时忍不住推推她的膀子

问她道。

她慌忙拿起毛线，连连答道没有想什么，我晓得她在扯谎，可是我也懒得盘问她了，反正玉卿嫂这个人是我们桂林人喊的默蚊子，不爱出声，肚里可有数呢！

我喜欢玉卿嫂还有一个缘故：她顺得我，平常经不起我三拗，什么事她都差不多答应我的。我妈不大喜欢我出去，不准我吃摊子，又不准上小馆，怕我得传染病。热天还在我襟上挂着一个樟脑囊儿，一径要掏出来闻闻，说是能消毒，我怕死那股气味了。玉卿嫂来了以后，我老撺掇她带我出去吃东西，她说她怕我妈讲话。

“怕什么？”我对她道，“只有我们两人晓得，谁会去告诉妈妈，你不肯去，难道我不会叫老曾带我去？”她拿我是一点都没有办法。我们常常溜到十字街去吃哈盛强的马肉米粉，哈盛强对着高升戏院，专门做戏院子的生意，尤其到了夜晚，看完戏的人好多到这里来吃消夜的。哈盛强的马肉米粉最出名，我一口气可以吃五六碟，吃了回来，抹抹嘴，受用得很，也没见染上我妈说的什么霍乱啦！伤寒啦！

只有一件事我实在解不过来，任我说好说歹，玉卿嫂总不肯依我。原来不久玉卿嫂就要对我说她要回婆家一趟，我要她带我一起去，她总不肯，一味拿话哄着我道：

“远得很哪！花桥那边不好走，出水东门还要过浮桥，没的把你跌下水去呢！快别去，在屋里好好玩一会儿，回头我给你带几个又甜又嫩的大莲蓬回来噢！”

她一去就是老半天，有时我等得不耐烦了，忍不住去问胖子大娘：

“玉卿嫂为什么老要回婆家呢？”

“你莫信她，她哄你的，容哥儿，”胖子大娘瘪起嘴巴说道，“她回什么鬼婆家啊——我猜呀，她一定出去找野男人去了！”

“你不要瞎扯！你才去找野男人，我们玉卿嫂不是那种人。”我红了脸驳胖子大娘。

“傻哥子！她跟她婆婆吵架才出来的，这会子又巴巴结结跑回去？你们小娃子她才哄得倒，她哪能逃得过老娘这双眼睛。你看，她哪次说回婆家时，不是扮得妖妖精精的？哪，我教你一个巧法子：下次她去的时候，你悄悄地跟着她屁股后头捉她一次，你就知道我是不是瞎扯了。”胖子大娘的话讲得我半信半疑起来，我猛然想起玉卿嫂出门的时候，果然头上抿了好多生发油，香喷喷，油光水滑的，脸上还敷了些鸭蛋粉呢。

去花桥要出水东门，往水东门，由我们家后园子那道门出去最近——这是玉卿嫂说的，她每次回婆家总打后门去。礼拜天她又要去了，这次我没有出声，我赖在床上，暗暗地瞅着她，看她歪着头戴上耳坠子，对了镜子在钳眉毛。

“我去了，噢。”她临走时，跑来拧了一下我的腮帮子，问我想吃什么，她好带回来。

“上次那种大莲蓬就好。”我转过身去装着无所谓的样子说，她答应一定替我挑个最大的回来，说完，她匆匆地走了。我闻到一股幽香，那一定是从玉卿嫂身上发出来的。

当她一下了楼梯，我赶忙跳了起来，跟在她后面进了后园子。我们后园种了一大片包谷，长得比我还高。我躲在里面，她回了几次头都没看见。我看她出了后门，并不往右手那条通水东门的大路去，却向左边手走，我知道，出左手那条小街就是一撮七拐八弯的小巷子，尽是些小户人家，一排一排的木板房子住着卖豆浆的也有，拖板车的也有，唱莲花落的瞎婆子，削脚剔指甲的，全挤在那里，我们风洞山这一带就算那几条巷子杂。那种地方我妈平常是踏脚都不准我踏的，只有老袁去喊莲花落的时候，我才偷着跟去过几次，邋遢死了，臭的！玉卿嫂不知跑去做什么鬼？她那么干净个人，不怕脏？我连忙蹑手蹑脚跟了过去，玉卿嫂转了几个弯，往一条死巷堂走了去，等我追上前，连个人影都看不见，我打量了一下，这条死巷堂两边总共才住着六家人，房子都是矮塌塌的，窗户才到我下巴那么高，我踮起脚就瞧得里面了。我看这些人穷得很，连玻璃窗都装不起，尽是棉纸糊的，给火烟熏得又焦又黄。我在弄堂里走了几个来回，心里一直盘算，这六个大门可不知玉卿嫂在哪一扇里面，我踱到右手第三家门口时，忽然听到了玉卿嫂的声音，我连忙走过去把耳朵贴在门缝上，却听到她正和一个男人在讲话呢！

“庆生，莫怪我讲一句多心话，我在你身上用的心血也算够了，你吃的住的，哪一点我没替你想到？天冷一点，我就挂着你身上穿得单，主人赏一点好东西，我明明拿到嘴边，只是咽不下去，总想变个法儿留给你，为了找这间房子，急得我几个晚上都睡不着，好不容易换了些金器，七凑八凑，才买得下，虽然单薄些，却也费了我好多神呢。只是我这份心意不知——”玉卿嫂说着，忽然我听见她带着哭声了。

“玉姊，你莫讲了好不好——”那个叫庆生的男人止着她道，他的声音低低的，很带点嫩气呢。

“不，不，你让我说完，这是郁在我心里的话——你是晓得的，我这一生还有什么指望？我出来打工，帮人家做老妈子，又为的是哪一个？我也不敢望你对我怎么好法子，只要你明白我这份心意，无论你给什么嘴脸给我看，我咬紧牙根，总吞得下去，像那天吧，我不要你出去做事，你就跟我红脸，得！我的眼泪挂到了眼角我都有本事给咽了进去，我为什么不喜欢你出去呢？我怕你身子弱，劳累不得，庆弟，你听着，只要你不变，累死苦死，我都心甘情愿，熬过一两年我攒了钱，我们就到乡下去，你好好地去养病，我去守着你服侍你一辈子——要是你变了心的话——”玉卿嫂呜呜咽咽哭泣起来了，庆生却低声唧唧哝哝跟玉卿嫂说了好些话，玉卿嫂过了一会，叹了一口气又说道：

“我也不指望你报答我什么——只要你心里，有我这个人，我死也闭上眼睛了——喏，你看，这包是我们太太天天吃高丽参切剩下来的渣子，我一天攒一点，攒成这么一包，我想着你身子单弱，渐渐天凉起来，很该补一补，我们这种人哪能吃得起什么真的人参燕窝呢！能有这点已经算不错了。天天夜里，你拿个五更鸡罐子上一抓，熬一熬，临睡前喝这么一碗，很能补点血气的，我看你近来有点虚浮呢，晚上还出汗不出？”

“这阵子好多了，只是天亮时还有一点。”

“你过来，让我仔细瞧瞧你的脸色——”

不知这庆生是什么样的人？我心想，玉卿嫂竟对他这么好，我倒要瞧一瞧了。我用力拍了几下门面，玉卿嫂出来开门时一看见是我，吓了一大跳，连忙让我进去急着问道：

“我的小祖宗爷，你怎么也会到这种地方来了，家里的人知不知道啦？”

我拍着手笑着：

“你放心吧！我也是跟着你屁股后头悄悄地溜出来的，我看你转了几个弯子，忽然不见了，害得我好惨，原来你躲在这里呢！你还哄我回婆家去了——这是你什么人啦？”我指着站在玉卿嫂旁边那个后生男人问她道。玉卿嫂忙答道：“他是我干弟弟，喏，庆生，这就是我服侍的容容少爷，你快来见见。”

庆生忙笑着向我作了一个揖，玉卿嫂叫他去把她平常用的那个杯子洗了倒杯茶来，她自己又去装了一盘干龙眼来剥给我吃，我用力瞅了庆生几下，心想难怪玉卿嫂对他那么好，好体面的一个后生仔，年纪最多不过二十来岁，修长的身材，长得眉清目秀的，一头浓得如墨一样的头发，额头上面的发脚子却有点点卷，也是一杆直挺挺的水葱鼻，倒真像玉卿嫂的亲弟弟呢！只是我看他面皮有点发青，背佝佝的，太瘦弱了些。他端上茶杯笑着请我用茶时，我看见他竟长了一口齐垛垛雪白的牙齿，好好看，我敢说他一定还没有剃过胡子，他的嘴唇上留了一转淡青的须毛毛，看起来好细致，好柔软，一根一根，全是乖乖地倒向两旁，很逗人爱，嫩相得很。一点也不像我家老袁的络腮胡，一丛乱茅草，我骑在他肩上，扎得我的大腿痛死了。他对我讲，他是天天剃才剃出这个样子来的。

“好啊！”我含着一个龙眼核指着庆生向玉卿嫂羞道，“原来你收着这么一个体面的干弟弟也不叫我来见见。”说得庆生一脸通红，连耳根子都涨得血红的，我发觉他竟害羞得很呢！我进来没多一会儿，他红了好几次脸了，他一笑就脸红，一讲话也爱脸红，嗫嗫嚅嚅，腼腼腆腆的，好有意思！我盯着他用力瞧时，他竟局促得好像坐也不是站也不是了，两只手一忽儿捋捋头发，一忽儿抓抓衣角，连没得地方放了似的。玉卿嫂忙解说道：

“少爷，不是我不带你来，这种地方这么邋遢哪是你能来的？”

“胡说！”我吐了龙眼核说道，“外面巷子邋遢罢咧，你干弟弟这间房多干净，你看，桌子上连灰尘都没有的。”我在桌子上拿手指划了一划给她看。庆生这间房子虽然小，只放得下一铺床和一张桌子，可是却收拾得清清爽爽的，蚊帐被单一律雪白，和庆生那身衣服一样，虽然是粗布大褂，看起来却爽眼得很。

我着实喜欢上玉卿嫂这个干弟弟了，我觉得他蛮逗人爱，脸红起来的时候好有意思。我在他那里整整玩了一个下午，我拉着他下象棋，他老让我吃他的子，吃得我开心死了。玉卿嫂一径要催着我回去。“急什么？”我摔开她的手说道，“还早得很呢！”一直到快吃夜饭了，我才肯离开，临走时，我叫庆生明天等着，我放了学就要来找他玩。

走到路上玉卿嫂跟我说道：

“少爷，我有一件事情不知你能不能答应，要是能，以后我就让你去庆生那儿玩，要是不能，那你什么念头都别想打。”我向她说，只要让我和庆生耍，什么事都肯答应。

她停下来，板起脸对我说：“回到家里以后，无论对谁你都不准提起庆生来，做得到不？”她的样子好认真，我连忙竖起拇指赌咒——哪个讲了嘴巴生疔！不过我告诉她胖子大娘这回可猜错了，我说：

“她讲你是出来找野男人呢！你说好不好笑？要是你准我讲的话，我恨不得一回去就告诉她，你原来有一个极体面的干弟弟——什么野男人！”

6

第二天，我连上着课都想到庆生，我们算术老师在黑板上画着好多根树干在讲什么鬼植树问题：十棵树，九个空，二十棵树，十九个空——讲得我的头直发昏，我懒得听，我一直想着昨天我和庆生下棋——实在有趣！他要吃我的车时，有意跟我说：“留神啊，少爷，我要吃车啦！”我连忙把棋子抢在手中，笑着和他打赖，他也红着脸笑了起来，露出一嘴齐垛垛的牙齿，我真奇怪他嘴上那须毛为什么那么细那么软呢？连竖不起来的，我忽然起了一个怪念头：要是我能摸一摸庆生的软胡须，一定很舒服的——想着想着我忍不住发笑了，坐在我旁边的唐道懿掐了我大腿一把问道：“疯啦？好好的怎么笑起来了？”我用肘子拐了他一下瞪着他道：“嘘！莫吵，人家在想黑板上的题目呢！”

下午三点多钟就放了学，回到家门口，我连大门都不进就把书包撂给老曾催他回：“去，去，去告诉太太听，我去姑婆那里去了，吃夜饭才回来。”只有去姑婆家，我妈才顶通融，反正姑婆记性又不好，我哪天去，她也记不得那么多，所以说去她那里，最妥当。我心里头老早打好主意了：先请庆生到高升去看日戏，然后再带他去哈盛强吃马肉米粉。我身上带了一块光洋，八个东毫，早上刚从扑满里拿出来的。光洋是去年的压岁钱，东毫是年三十夜和老袁他们掷骰子赢来的。

我走到庆生房子门口，大门是虚掩着的，我推了进去，看见他脸朝着外面，蜷在床上睡午觉，我轻脚轻手走到他头边，他睡得好甜，连不晓得我来了。我蹲了下来，仔细瞧了他一阵子，他睡着的样子好像比昨天还要好看似的。好光润的额头，一大绺头发弯弯地滑在上面，薄薄的嘴唇闭得紧紧的，我看到他鼻孔微微地翕动着，睡得好斯文，一点也不像我们家那批男佣人，个个睡起来“呼啦呼啦”的，嘴巴歪得难看死了。真是不知怎么回事，我一看见他嘴唇上那转柔得发软的青胡须就喜得难耐，我忍不住伸出手去摸了一下他嘴上的软毛毛，一阵痒痒麻麻的感觉刺得我笑了起来，他一个翻身爬了起来，抓住了我的手，两只眼睛一直怔怔发呆，还不知道是怎么回事。“哈哈，我在耍你的软胡须呢！”我笑着告诉他，突地他的脸又开始红了起来——红、红、红从颈脖一直到耳根子去了。

“哪，哪，哪，莫怕羞了，”我把他拉下床来一面催他道，“快点换衣服，我请你去看戏，然后我们去上小馆。”他迟疑了半天，吞吞吐吐，还说什么又不说了似的，后来终于说道：“我想我们还是不要出去的好，少爷！——”

“不行！”我急得顿脚嚷道，“人家特地把压岁钱带来请你的，喏，你看！”我把一块光洋掏出来亮给他看，一面拉着他就跑出门口了。

进了戏院我找到了刘老板告诉他说我请一个朋友来看戏，要他给两个好位子给我们，我有意掏出四个东毫来给他，他连忙塞进我袋子里一迭声嚷着：“这个使不得，容少爷，你来看戏哪还用买票，请还请不来呢！”说着他就带我们到第三排去了。

庆生坐了下来，一直睁着眼睛东张西望，好像乡巴佬进城看见了什么新鲜事儿一样。

“难道你以前从来没来过这里看戏？”我问他道。他咬着下唇笑着摇头，很不好意思的样子，我诧异得不得了，我到过高升好多次，连我自己都数不清了呢！我连忙逞能地教起他戏经来——我告诉他哪句戏好，哪句戏坏，这戏院子有些什么角色，各人的形容又是怎么样的，讲得我津津有味。

这天的戏是《樊江关》，演樊梨花的是一个叫金燕飞的二流旦角，这个女孩儿我在后台看过几次，年纪不过十七八岁，画眉眼，瓜子脸，刁精刁怪的，是一个很叫人怜的女娃子。我听露凝香说因为她嗓子不太好，所以只能唱些刀马旦的戏。这天她穿了一身的武打装束，头上两管野鸡毛颤抖抖的，一双上挑的画眉眼左顾右盼，好俊俏的模样。

庆生看得入了神，一对眼睛盯着台上连没有转过。

“喂，你喜不喜欢台上这个姑娘？”我凑到他耳边向他打趣道。他倏地转过头来愕然望着我，像个受了惊的小兔儿似的，一双眸子溜溜转，过了一会儿，他干咳了几声，没有答话，突然转过头去，一脸憋得紫涨，我看见他脖子上的青筋都暴起来了。我吓了一大跳，连忙不敢出声了。

看完戏，我就请庆生到对过哈盛强去吃马肉米粉，我们各人吃了五碟，我要请客，他一定不肯，争了半天，到底还是他付了钱。我们走出来时看着天时还早，我就让他牵着手慢慢荡街荡回去。我和他一路上聊了好多话，原来他早没了爹娘，靠一个远房舅舅过活，后来他得了痨病，人家把他逼了出来，幸亏遇着他玉姊才接济了他。

“你怎么自己不打工呢？”我问他道。

他有点不好意思答道：

“玉姊说我体子虚，不让我做工。”

我问了他好多事情，他总说玉姊讲要他这样，玉姊讲要他那样，我觉得真奇怪，这大个人了，怎么玉卿嫂一径要管着他像小孩儿似的呢！

走到我们后园门口我和他分手时，我又问他道：

“你喜不喜欢看戏？”他笑着点了点头。

“那以后你常常到学校门口来接我，我带你一同去。”

他嗫嗫嚅嚅地说：

“恐怕——恐怕玉姊不喜欢呢！”

唉！又是玉姊。

我一进到房中就跑到玉卿嫂面前嚷着说道：

“喂，你猜今天我跟庆生玩些什么？”

她放下毛线答说不知道。

“告诉你吧！我们今天去高升看戏来，金燕飞的——”我兴高采烈地正想说给她听，哪晓得她连没搭腔，竟低下头织她的毛线去了。我心里好不自在，用力踢了她的绒线球——嘟囔道：

“这算什么？人家兴兴头头的，你又来泼冷水了。”

她仍旧低着头淡淡地答道：

“戏院子那种地方不好，你以后不要和庆生去。”她的声音冷冰冰的——她从来没对我这样说过话呢！以前我去看戏，她知道了没说什么，为什么和她干弟弟去她就偏不高兴了呢？我不懂。

7

其实这两姊弟的事情我不懂的还多得很呢！不知怎的，我老觉得他们两人有点奇怪，跟别人很不一样，比如说吧，胖子大娘也还不是有一个干弟弟叫狗娃的，可是她对他一点也不热络，一径骂他做臭小子，狗娃向她讨些我们厨房的剩锅巴，费上好一番口舌，还要吃一顿臭骂，才捞到几包。可是玉卿嫂对她干弟弟却是相差得天远地远。

平日玉卿嫂是连一个毫子都舍不得用的。我妈的赏钱，她自己替人家织毛线、绣鞋面赚来的工钱，一个子一个子全放进柜子里一个小漆皮匣子中，每次到了月尾，我就看见她把匣子打开，将钱抖出来，数了又数，然后仔仔细细地用条小手巾包好揣到怀里，拿到庆生那儿去。

每次玉卿嫂带我到庆生那里，一进门她就拖着庆生到窗口端详半天，一径问着他这几天觉得怎么了？睡得好不好？晚上醒几次？还出虚汗没有？天亮咳得厉害不厉害？为什么还不拿棉袄出来，早晚着了凉可怎么是好？天凉了，吃些什么东西？怎么不买斤猪肝来炖炖？菠菜能补血，花生牛肺熬汤最润肺——这些话连我都听熟了。

玉卿嫂真是什么事都替庆生想得周周全全的，垫褥薄了，她就拿她自己的毡子来替他铺上；帐子破了洞，她就仔仔细细地替他补好；她帮他钉纽子、做鞋底、缝枕头囊——一切芝麻绿豆大的小事情，她总要亲自动手。要是庆生有点不舒服，她煎药熬汤的那份耐性才好呢！搅了又搅，试了又试。有一次庆生感了风寒，玉卿嫂盘坐在他床上，拿着酱油碟替庆生在背上刮痧时，我直听到她刮了多久就问了多久：“痛不痛？我的手太重了吧？你难过就叫，噢。”忽儿她拿着汗巾子替他揩汗，忽儿她在他背上轻轻地帮他揉搓，体贴得不得了。

玉卿嫂对庆生这份好是再也没说了，庆生呢，要是依顺起来，也算是百般地迁就了，玉卿嫂说一句他就应一句，像我们在学校里玩鸡毛乖乖一样，要他东歪就东歪，要他西歪就西歪。然而我老觉得他们两个人还是有点不对劲，不知怎么的，玉卿嫂一径想狠狠地管住庆生，好像恨不得拿条绳子把他拴在她裤腰带上，一举一动，她总要牢牢地盯着，要是庆生从房间这一头走到那一头，她的眼睛就随着他的脚慢慢地跟着过去，庆生的手动一下，她的眼珠子就转一下，我本来一向觉得玉卿嫂的眼睛很俏的，但是当她盯着庆生看时，闪光闪得好厉害，嘴巴闭得紧紧的，却有点怕人了。庆生常常给她看得发了慌，活像只吃了惊的小兔儿，一双眸子东窜西窜，似乎是在躲什么似的。我一个人来和庆生玩还好些，我们下着棋有谈有笑，他一径露着一嘴齐垛垛的牙齿，好好看。要是玉卿嫂端坐在旁边，他不知怎么搞的，马上就紧张起来了，心老是安不下来，久不久就拿眼角去瞟玉卿嫂一下，要是发现她在盯着他，他就忙忙垂下眼皮，有时突地两只手握起拳头，我看到他手背的青筋都暴起来了。说起来也怪得很，庆生虽然万分依从玉卿嫂，可是偶尔他却会无缘无故为些小事跟玉卿嫂拗得不得了，两人僵着，默默地谁也不出声，我那时夹在中间最难过了，棋又下不成，闷得好像透不过气来似的，只听得他们呼吸得好重。

有一件事情玉卿嫂管庆生管得最紧了，除了买东西外，玉卿嫂顶不喜欢庆生到外面去。为了这件事，庆生也和玉卿嫂闹过好几次别扭。我最记得有一天晚上，我妈到姑婆那儿去了。玉卿嫂带了我往庆生那儿，庆生不在屋里，我们在他房里等了好一会儿他才回来，玉卿嫂一看见他马上站起来劈头盖脸冷冷地问道：

"到哪里去来？"

"往水东门外河边上荡了一下子。"庆生一面脱去外衣，低着头答道。

"去那里做什么？"玉卿嫂的眼睛盯得庆生好紧，庆生一直没有抬起头来。

"我说过去荡了一下子。"

"去那么久？"玉卿嫂走到庆生身边问着他，庆生没有出声。玉卿嫂接着又问：

"一个人——？"她的声音有点发抖了。

"这是什么意思？当然一个人！"庆生侧过脸去咳了几声躲开她的目光。

"我是说——呃——没有遇见什么人吧？"

"跟什么人讲过话没有？"

"真的没有？"

庆生突然转过脸来喊道：

“没有！没有！没有！——”

庆生的脸涨得好红，玉卿嫂的脸却变得惨白惨白的，两个人嘴唇都抖——抖得好厉害，把我吓得连不敢出声，心里直纳闷。他们两人怎么一下子变得一点也不斯文了呢？

8

桂林的冷天讲起来也怪得很，说它冷，从来也没见下过雪，可是那一股风吹到脸上活像剃刀刮着似的，寒进骨子里去，是干冷呢！我年年都要生冻疮，脚跟肿得像红萝卜头，痛死啦！好在天一转冷学校就放寒假了，一直放过元宵去。这下我可乐了，天天早上蜷在被窝里赖床，不肯起来，连洗脸水都要玉卿嫂端上床来。我妈总爱把我揪起来，她讲小娃子家不作兴睡懒觉，没的睡出毛病来。她叫玉卿嫂替我研好墨，催我到书房去写大字。讲老实话吧，我就是讨厌写字，我写起来好像鬼画符，一根根蚯蚓似的，在学校里总是吃大丙。我妈讲，看人看字，字不正就是心不正，所以要我多练。天又冷，抓起笔杆，手是僵的，真不是味道。我哪有这么大的耐烦心？鬼混一阵，瞅着我妈不防着早一溜烟跑出去找唐道懿逍遥去了。我和他常到庆生那儿，带了一副过年要的升官图，三个人赶着玩。

过阴历年在我们家里是件大事。就说蒸糕，就要蒸十几天才蒸得完，一直要闹到年三十夜。这几天，我们家里的人个个都忙昏了头，芋头糕、萝卜糕、千层糕、松糕，甜的咸的，要蒸几十笼来送人，厨房里堆成了山似的。我妈从湖南买了几十笼鸡鸭，全宰了，屋廊下的板鸭、风鸡竟挂了五六竹篙。我反正是没事做，夹在他们里面搓糯米团子玩，捏一个鸡，搓一个狗，厌了，一股脑全抛到阳沟里去，惹得胖子大娘鸡猫鬼叫跑来数说我一番。我向她咧咧嘴，屁都不理她。

我妈叫玉卿嫂帮忙钳鸭毛，老曾、小王那一干人连忙七手八脚抢着过去献殷勤儿，一忽儿提开水，一忽儿冲鸭血，忙得狗颠屁股似的。胖子大娘看着不大受用，平常没事她都要寻人晦气排揎一顿的，这时她看见这边蒸糕的人都拥了过去，连忙跑到玉卿嫂面前似笑非笑地说道：

“我的妹子，你就是块吸铁，怎么全把我那边的人勾过来了。好歹你放几个回去帮我扇扇火，回头太太问起来怎么糕还没有蒸好，我可就要怨你了！”

玉卿嫂听得红了脸，可是她咬着嘴唇一句也没有回。我听见老袁在我旁边点头赞道：“真亏她有涵养！”

我们家只有初一到初三不禁赌，这几天个个赌得欢天喜地。三十晚那天年糕就蒸好了。老袁他们老早把地扫好，该做的统统做了。大年初一不做事，讨吉利。年三十那天下午，玉卿嫂赶忙替我洗好了脚；我们桂林人的规矩到了年三十夜要早点洗脚，好把霉气洗去。

我妈接了姑婆和淑英姨娘来吃团圆饭，好一同陪着守岁。那晚我们吃火锅，十几样菜胀得我直打嗝，吃完已经是八九点钟了。先由我起，跟我妈辞年，然后胖子大娘领着佣人们，陆陆续续一批批上来作揖领赏。我的压岁钱总是五块光洋，收在口袋里，沉甸甸的，跑起来叮当响。老袁他们辞过年马上一窝蜂拥了出去，商量着要在老袁房里开起摊子掷骰子了。我连忙跑上楼去，想将压岁钱拿一大半给玉卿嫂替我收起来，然后剩下两块钱去跟老袁他们掷骰子去。

我一进房的时候，发觉玉卿嫂一个人坐在灯底下，从头到脚全换上新的了。我呆了呆，半晌说不出话来。

"少爷，你发什么傻啊！"玉卿嫂站起来笑着问我道。

"喔！"我掩着嘴嚷道，走过去摸了一摸她的衣服，"你怎么穿得像个新媳妇娘了？好漂亮！"

玉卿嫂是寡婆子，平常只好穿些素净的，不是白就是黑，可是这晚她却换了一件枣红束腰的棉滚身，藏青裤子，一双松花绿的绣花鞋儿，显得她的脸儿愈更净扮，大概还搽了些香粉，额上的皱纹在灯底下都看不出来了。只见脑后乌油油地挽着一个髻儿，抿得光光的，发亮了呢！我忙问她想到哪儿去，穿得这一身，她说哪儿也不去，自已穿给自已看罢咧！我走近了，竟发觉她的腮上有点红晕，眼角也是润红的，我凑上去尖起鼻子闻了一闻，她连忙歪过头去笑着说道：

“刚才喝了盅酒，大概还没退去。”我记得她从来不喝酒的，我问她是不是让人灌了。她说不是，是她刚才一个人坐着闷了，才喝的，我嚷道：

“可了不得！胖子大娘讲吃闷酒要伤肝伤肺的，来来来，快陪我去掷骰子，别郁在这里。”我拉了她要走，她连忙哄着我叫我先去，回头她就来，我将三块大洋揣到她怀里就一个人找老袁他们去了。

到了老袁房里时，里面已经挤满了，我把他们推开爬到桌子上盘坐着，小王一看见我来就咧开嘴巴说道：

“小少爷，快点把你的压岁钱抓紧些，回头仔细全滚进我荷包里来。”

“放屁！”我骂他道，“看我来剿干你的！”

哪晓得我第一把掷下去就是幺二三“甩辫子”，我气得一声不响，小王笑弯了腰，一把将我面前两个东毫扫了过去说道：“怎么样，少爷，我说你这次保不住了。”

果然几轮下去，我已经输掉一块光洋了，第二次又轮到小王坐庄时，我狠狠地将另外一块一齐下了注，小王掷了个两点。

“哈哈，这下子你可死得成了吧？”我拍着手笑道，劈手将他的骰子夺过来，捞起袖子往碗里一掷，一转就是一对六，还有一只骰子骨碌直在碗里转，我喊破了喉咙大叫：

“三四五六、三四五六。”小王翘着小指头，直指着那骰子嘘道：“嘘、嘘、嘘、幺点！”珖琅一声，偏偏只现出一个红圈圈来。我气得差不多想哭了，眼睁睁瞧着小王把我那块又白又亮的光洋塞进他荷包里去。我赶忙跳下来揪住小王道：“你等着，可别溜了，我去跟玉卿嫂拿了钱，再来捞本！”他们都说晚了，劝我明天再来，我哪里肯依，急得直跺脚嚷道：“晚什么？才十一点多钟，我要是捞不回本，还要你们掷通宵呢！”

9

我三脚两跳爬上楼，可是我捞开门帘时，里面却是黢黑的，玉卿嫂不晓得跑到哪里去了。我走下楼找了一轮也没见她，我妈她们在客厅里聊天，客厅门口坐着个倒茶水的小丫头春喜，晃着头在打瞌睡。我把她摇醒了，悄悄地问她看见玉卿嫂没有，她讲好一会儿以前恍惚瞧见玉卿嫂往后园子去，大概解溲去了。

外面好黑，风又大，晚上我一个人是不敢到后园子去的。有一次浇粪的秦麻子半夜里掉进了粪坑，胖子大娘说是挨鬼推的呢，吓得秦麻子烧了好多纸钱，可是我要急着找玉卿嫂拿钱来翻本呀！我得抓了那个小丫头陪着我一起到后园子去，壮壮胆。冬天我们园里的包谷全剩了枯秆儿，给风吹得窸窸沙沙的，打到我脸上好痛，我们在园子里兜了一圈，我喉咙都喊哑了，连鬼都不见一个。急得我直跺脚嘟囔道："玉卿嫂这个人真是，拿了人家的钱不晓得跑到哪儿去了！"当我们绕到园门那儿的时候，我忽然发现木门的闩子是开了的，那扇门给风吹得吱呀吱呀地发响，我心里猛然一动，马上回头对春喜说道："你回去吧，我心里有数了。"春喜一转背，我就开了园门溜出去了。

外面巷子里冷冷清清的，大家都躲在屋子里守岁去了。我在老袁房里还热得额头直冒汗，这时吃这迎面吹来的风一逼，冷得牙齿打战了。巷子里总是滑叽叽的，一年四季都没干的，跑起来踩得叽喳叽喳，我怕得心都有点发寒，生怕背后有个什么东西跟着一样，吓得连不敢回头。我转过一条巷子口的时候，"呜——哇——"一声，大概墙头有一对猫子在打架，我汗毛都竖了起来，连忙拔腿飞跑，好不容易才跑进那条死弄堂里，我站在庆生的窗户外面，连气都喘不过来了。里面隐隐约约透出蜡烛光来，我踮起脚把窗上的棉纸舐湿了一块，戳一个小洞，想瞅瞅玉卿嫂到底背着我出来这里闹什么鬼，然后好闯进去吓吓他们。可是当我眯着一只眼睛往小孔里一瞧时，一阵心跳比我刚才跑路还要急，捶得我的胸口都有些发疼了。我的脚像生了根似的，动也不会动了。

里面桌子上的蜡烛跳起一朵高高的火焰，一闪一闪的，桌子上横放着一个酒瓶和几碟剩菜，椅背上挂着玉卿嫂那件枣红滚身，她那双松花绿的绣花鞋儿却和庆生的黑布鞋齐垛垛地放在床前。玉卿嫂和庆生都卧在床头上，玉卿嫂只穿了一件小襟，她的发髻散开了，一大绺乌黑的头发跌到胸口上，她仰靠在床头，紧箍着庆生的颈子，庆生赤了上身，露出青白瘦瘠的背来，他两只手臂好长好细，搭在玉卿嫂的肩上，头伏在玉卿嫂胸前，整个脸都埋进了她的浓发里。他们床头烧了一个熊熊的火盆，火光很暗，可是映得这个小房间的四壁昏红的，连帐子上都反出红光来。

玉卿嫂的样子好怕人，一脸醉红，两个颧骨上，油亮得快发火了，额头上尽是汗水，把头发浸湿了，一缕缕地贴在上面，她的眼睛半睁着，炯炯发光，嘴巴微微张开，喃喃讷讷说些模糊不清的话。忽然间，玉卿嫂好像发了疯一样，一口咬在庆生的肩膀上来回地撕扯着，一头的长发都跳动起来了。她的手活像两只鹰爪抠在庆生青白的背上，深深地掐了进去一样。过了一会儿，她忽然又仰起头，两只手扤住了庆生的头发，把庆生的头用力揿到她胸上，好像恨不得要将庆生的头塞进她心口里去似的，庆生两只细长的手臂不停地颤抖着，如同一只受了重伤的小兔子，瘫痪在地上，四条细腿直打战，显得十分柔弱无力。当玉卿嫂再次一口咬在他肩上的时候，他忽然拼命地挣扎了一下，用力一滚，趴到床中央，闷声着呻吟起来，玉卿嫂的嘴角上染上了一抹血痕，庆生的左肩上也流着一道殷血，一滴一滴淌在他青白的胁上。

突然间，玉卿嫂哭了出来，立刻变得无限温柔起来，她小心翼翼地爬到庆生身边，颤抖抖地一直问道："怎么了——？""怎么了——？"她将面腮偎在他的背上，慢慢地来回熨帖着，柔得了不得。久不久地就在他受了伤的肩膀上，很轻地亲一会儿，然后用一个指头在那伤口上微微地揉几下——好体贴的样子，生怕弄痛了他似的，她不停地呜咽着，泪珠子闪着烛光一串一串滚到他的背上。

也不晓得过了好久，我的脚都站麻了，头好昏，待了一会儿，我回头跑了回去，上楼蒙起被窝就睡觉，那晚老做怪梦——总梦到庆生的肩膀在淌血。

"到底干姊弟可不可以睡觉啦？"第二天我在厨房里吃煎年糕时，把胖子大娘拉到一边悄悄地问她。她指着我笑道：

"真正在讲傻话！那可不成了野鸳鸯了？"她看我怔着眼睛解不过来，又弯了腰在我耳边鬼鬼祟祟地说道：

"哪，比如说你们玉卿嫂出去和人家睡觉，那么她和她的野男人就是一对野鸳鸯，懂不懂？"说完她就呱呱呱呱笑了起来——笑得好难看的样子，讨厌！我就是不喜欢把玉卿嫂和庆生叫做"野鸳鸯"。可是——唉！为什么玉卿嫂要咬庆生的膀子，还咬得那么凶呢？我老想到庆生的手臂发抖的样子，抖得好可怜。这两姊弟真是怪极了，把我弄得好糊涂。

第二天玉卿嫂仍旧换上了黑夹衣，变得文文静静的，在客厅里帮忙照顾烟茶，讲起话来还是老样子——细声细气的，再也料不着她会咬人呢！可是自从那一晚以后，我就愈来愈觉得这两姊弟实在有点不妥了。他们两人在一起的时候，我竟觉得像我们桂林七八月的南润天，燠得人的额头直想沁汗。空气重得很，压得人要喘气了，有时我看见他们两人相对坐着，默默的一句话也没有，玉卿嫂的眼光一直落在庆生的脸上，胸脯一起一伏的，里面好像胀了好多气呼不出来，庆生低着头，嘴巴闭得紧紧的，手不停地在抠桌子——咯吱咯吱地发着响声，好像随时随地两个人都会爆发起来似的。

直到元宵那一晚，我才看到他们两人真的冲突起来了。吓得我好久都不敢跟玉卿嫂到庆生那儿去。

那一晚玉卿嫂在庆生那里包汤圆给我吃消夜，我们吃完晚饭没有多久就去了。不知道怎么搞的，那晚他们两人的话特别少，玉卿嫂在搓米粉，庆生调馅子，我在捏小人儿玩。玉卿嫂的脸是苍白的，头发也没有拢好，有点凌乱，耳边那几缕松松地垂了下来。在烛光下，我看见玉卿嫂额头上的皱纹竟成了一条条的黑影，深深地嵌在上面。她的十个手指动得飞快，糯米团子搓在她手心中，滚得像个小圆球，庆生坐在她对面拿着一双竹筷用力在盆子里搅拌着一堆糖泥。他的眼睑垂得低低的，青白的颧骨上映着两抹淡黑的睫毛影子，他紧紧地咬着下唇，露出一排白牙来，衬得他嘴唇上那转青嫩的髭毛愈更明显了。

两个人这样坐着半天都不讲一句话，有时外面噼哩啪啦响起一阵爆仗声，两人才不约而同一齐抬起头往窗外看去。当他们收回眼光的时候，玉卿嫂的眼睛马上像老鹰一样罩了下来，庆生想避都避不及了，慌得左右乱窜，赶忙将脸扭过去，脖子上暴起青筋来。有一次当她的目光又扫过来的时候，庆生的手忽然抖了起来，手中的一只筷子“叭！”的一声竟折断了。他陡然站起将手里那半截往桌上用力一砸，匆匆地转身到厨房去，断筷子一下子跳了起来，落到玉卿嫂胸上，玉卿嫂的脸立刻转得铁青，手里的糯米团子一松，迸成了两半滚到地上去。她的目光马上也跟着庆生的背影追了过去，她没有讲话，可是嘴角一直牵动着。

庆生没有吃汤圆，他讲他吃不下去，玉卿嫂只叫了他一声，看他不吃，就和我吃起来了。庆生在房里踱来踱去，两手一直插在裤子口袋里。我们吃完汤圆时，外面爆仗声愈来愈密，大概十字街那边的提灯会已经开始了。我听老曾讲，高升戏院那些戏子佬全体出动，扎了好些台阁，扮着一出一出的戏参加游行呢！如意珠扮蜘蛛精，金燕飞扮蚌壳精，热闹得了不得。

庆生踱到窗口，立在那儿，呆呆地看一会儿外面天上映着的红火。玉卿嫂一直凝视着他的背影，眨都不眨一下，也在出神。庆生突然转过身来，当他一接触到玉卿嫂的眼光，青白的脸上立刻慢慢地涌上血色来了，他的额头发出了汗光，嘴唇抖动了半天，最后用力迸出声音沙哑地说道：

“我要出去一下子！”

玉卿嫂怔着眼睛望着他，好像没有听懂他的话似的，半晌才徐徐站起身来，低低地说道：

“不要出去。”她的声音又冷又重，听起来好怕人。

“我要去！”庆生颤抖地喊道。

“不要——”玉卿嫂又缓缓地说道，声音更冷更重了。

庆生紧握着拳头，手背上的青筋都现了出来，他迟疑了好一会儿，额头上的汗珠都沁出来了。突地他走到墙壁将床壁上挂着的棉袄取下来，慌慌忙忙地穿上身去，玉卿嫂赶快走过去一把揪住庆生的袖子问道：

“你要到哪儿去？”她的声音也开始抖起来了。

庆生扭过头去，嘴巴闭得紧紧的没有出声，他的耳根子涨得绯红。

“不、不——你今天晚上无论如何不要出去，听我的话，不要离开我，不要——”

玉卿嫂喘吁吁地还没有说完，庆生用力一挣，玉卿嫂打了一个踉跄，退后两步，松了手。庆生赶忙头也不回就跑了出去，玉卿嫂站在门边伸着手，嘴巴张开好大，一直喘着气，一张脸比纸还要惨白。隔了好一会儿，她才转过身来，走到桌子旁边呆呆地坐了下来。我站在旁边也让他们吓傻了，这时我才走过去推推玉卿嫂的肩膀问她道：

“你怎么啦？”

玉卿嫂抬起头望着我勉强笑道：

“我没有怎样，少爷，你乖，让我歇一歇，我就同你回家去。”

她的眼睛里滚着闪亮的泪珠子，我看见她托着头倚在桌子上的样子，憔悴得了不得，一下子好像老了许多似的。

10

一过了元宵，学堂就快上课了，我妈帮我一查，作业还少了好些，她骂了我一顿道：

“再出去野吧！开学的时候，吃了老师的板子，可别来哭给我听！”

我吐了一吐舌头，不敢张声，只得乖乖地天天一早爬起来就赶大小字，赶得手指头都磨起了老茧，到了开学那天，好不容易才算凑够了数。

这几天，我都被拘在家里，没敢出去耍。玉卿嫂又去过庆生那儿一次，我也没敢跟去，她回来时，脸色和那天夜晚一样又是那么惨白惨白的。

开了学，可就比不得平常了，不能任着性子爱去哪儿就去哪儿。偏偏这几天高升戏院庆祝开张两周年，从元宵以后开始，演晚大戏。老曾去看了两夜，头一夜是《五鼠闹东京》，第二夜是《八大锤》，他看了回来在老袁房里连滚带跳，讲得天花乱坠：

“老天，老天，我坐在前排真的吓得屁都不敢放，生怕台上的刀子飞到我颈脖子呢！”

他装得活灵活现的，说得我好心痒，学校上了课我妈绝对不准我去看夜戏的，她讲小娃子家不作兴半夜三更泡在戏院子里，第二天爬不起来上课还了得。唉！《五鼠闹东京》，云中翼要起双刀不晓得多好看呢！我真恨不得我妈发点慈悲心让我去戏院瞅一瞅就好了。

可巧十七那天，住在南门外的淑英姨娘动了胎气，进医院去了，这是她头一胎，怕得要命。姨丈跑来我们家，死求活求，好歹要我妈去陪淑英姨娘几天，坐坐镇，压压她的胆儿。我妈辞不掉，只得带了丫头，拿了几件随身衣服跟姨丈去了。她临走时嘱咐又嘱咐，叫我老实点，乖乖听玉卿嫂的话。她又跟胖子大娘说，要是我作了怪，回来马上告诉她，一定不饶我。我抿着嘴巴笑，直点头儿应着。等我妈一跨出大门，我马上就在客厅蹦跳起来，大呼小叫，要称王了。胖子大娘很不受用，吆喝着我道：

“你妈才出门，你就狂得这般模样，回头闯了祸，看我不抖出来才怪！”

我妈不在家，我还怕谁来？我朝胖子大娘吐了一泡口水回她道：

“呸，关你屁事，这番话留着讲给你儿子孙子听，莫来训我，我爱怎么着就怎么着，与你屁相干！”说完我又翘起屁股朝她拍了两下，气得她两团胖腮帮子直打战儿，一迭声乱嚷起来。要不是玉卿嫂跑来把我拉开，我还要和她斗嘴斗下去呢，这个人，忒可恶！

当然，那晚第一件事就是上戏院了。我已经和唐道懿约好了，一吃完晚饭要他在他家门口等着，我坐老曾的黄包车去接他。玉卿嫂劝我不要去戏院子，她讲那种地方杂七杂八的。我不依，好不容易才候着我妈出门，这种机会去哪里去找？

高升门口真是张灯结彩，红红绿绿，比平常越发体面了。这晚的戏码是《拾玉镯》和《黄天霸》，戏票老早都卖完了，看戏的人挤出门口来。急得我直顿脚抱怨老曾车子不拉快些，后来幸亏找着了刘老板，才加了一张长板凳给我们三个人坐。黄天霸已经出了场，锣鼓声响得叫人的耳朵都快震聋了。台上打得是紧张透顶，唐道懿嘴巴张得老大，两道鼻涕跑出来连忘记缩进去，我骂他是个鼻涕虫，他推着我嚷道：“看嘛、看嘛，莫在这里混吵混闹！”打手们在台上打一个筋斗，我们就拍着手，跟着别人发了疯一样喊好。可是武打戏实在不经看，也没多时，就打完了，接下去就是《拾玉镯》。

扮孙玉姣的是金燕飞，这晚换了一身崭新的花旦行头，越发像朵我们园子里刚开的芍药了。好新鲜好嫩的模样儿，细细的腰肢，头上簪一大串闪亮的珠花，手掌心的胭脂涂得鲜红，老曾一看见她出场，就笑得怪难看地哼道："嘿！这个小狐狸精我敢打赌，不晓得迷死了好多男人呢。"

我和唐道懿都骂他下作鬼。我们不爱看花旦戏，拿着一钏镯子在台上扭来扭去，不晓得搞些什么名堂。戏院子里好闷，我们都闹着要回去了，老曾连忙涎嘴涎脸央求我们耐点烦让他看完这出戏再走。我跟他说，他要看就一个人看，我们可要到后台去看戏子佬去了。老曾巴不得一声向我们作了好几个揖，撺掇着我们快点走。

我们爬到后台时，里面人来人往忙得不得了。如意珠看见我们连忙把我们带到她的妆台那儿抓一大把桂花软糖给我们吃。过了一会儿，做扇子生的露凝香也从前台退了进来，她摘下头巾，一面挥汗一面嘘气向如意珠嘟囔道：

"妈那巴子的！那个小婊子婆今夜晚演得也算骚了，我和她打情骂俏连没捞上半点便宜，老娘要真是个男人，多那一点的话，可就要治得她服服帖帖了。"

"你莫不要脸了，"如意珠笑道，"人家已经有了相好啦，哪里用着你去治！"

"你说的是谁！"露凝香鼓着大眼睛问道，"我怎么不知道？是不是前几天我们在哈盛强碰见和她坐在一起那个后生仔？"

"可不是他还是谁，"如意珠剔着牙齿说道，"提起这件事来，才怪呢！那个小刁货平常一提到男人她就皱眉头，不晓得有好多阔佬儿金山银山堆在她面前要讨她做小，她连眼角都不扫一下，全给打了回去。可是她对这个小伙子，一见面，就着了迷，我敢打赌，她和他总共见过不过五六次罢咧！怎样就亲热得像小两口子似的了？尤其最近这几天那个小伙子竟是夜夜来接她呢！我在后门碰见他几次，他一看有人出来，就躲躲藏藏慌得什么似的，我死命盯过他几眼，长得蛮体面呢——我猜他今晚又来看戏了——”如意珠说着就拉开一点帘子缝探头出去张了一会儿，忽然回头向露凝香招手嚷道：

“喏，我说得果然不错，真的来了，你快点来看。”

露凝香忙丢了粉扑跑过去，挤着头出去，看了半晌说道：“唔，那个小婊子婆果然有几分眼力，是个很体面的后生仔，难怪她倒贴都愿了。”

我也挤在她们中间伸头出去瞧瞧，台底下尽是人头，左歪右晃地看得眼睛都花了，我一直问着如意珠到底是哪一个。她抱起我指给我看说道：

“右边手第三排最末了那个后生男人，穿着棉袄子的。”我顺着她的手指看过去的，不由得惊讶得喊了起来：

“哎呀，怎么会是庆生哪！”

露凝香和如意珠忙问我庆生是谁。

“是我们玉卿嫂的干弟弟！”我告诉她们道，她们笑了起来，又问谁是玉卿嫂呢，我告诉她们听玉卿嫂是带我的人。

“玉卿嫂是庆生的干姊姊，庆生就是她的干弟弟。”我急得指手画脚地向她们解说着，露凝香指着我呱呱呱笑了起来说道：

“这有什么大不了呀，容容少爷看你急得这个样子真好玩！”

我真的急——急得额头都想冒汗了，一直追着如意珠问她庆生和金燕飞怎样好法，是只有一点点好呢，还是好得很，如意珠笑着答道：

“这可把我们问倒了，他们怎样好法，我实在说不上来，回头他到戏院子后门来接金燕飞的时候，你在那儿等着就看到了。”

“这有什么好急呀？”露凝香插嘴说道，“你回去告诉你们玉卿嫂好了，她得了一个又标致，又精巧——”她说到这里咕噜咕噜笑了起来，“——又风骚的小弟妇！”

唔，我回家一定告诉玉卿嫂，一定要告诉她听。

11

《拾玉镯》可演得真长呢，台下喝彩喝得我心烦死了，屁股好像有针戳一般，连坐不住，唐道懿直打呵欠吵着要回去睡觉了，我喝住他道：

“等一下子！耐不住，你就一个人走，我还有事呢。”

好不容易才挨到散场，我吩咐老曾在大门口等我，然后拉着唐道懿匆匆忙忙穿过人堆子绕到高升戏院的后门去，我们躲在一根电线杆后面离着高升后门只有十几步路。

“你闹些什么鬼啊？”唐道懿耐不住了，想伸头出去。

“嘘，别出声！”我打了他头顶一下，把他揪了进来。

后门开了，戏子们接二连三地走了出来，先是如意珠和露凝香，两个人叽呱叽呱，疯疯癫癫地叫了黄包车走了。紧跟着就是云中翼和几个武生，再就是一批跑龙套的，过了好一会儿，等到人走空了，才有一个身材细小的姑娘披着坎肩子走出来，才走几步，就停了下来迟迟疑疑地向左右张了好一阵子。这时从黑暗里迎出了一个男人，一见面，两个人的影子就合拢在一起了。天上没有月亮，路灯的光又是迷迷胧胧的，可是我恍恍惚惚还是看得清楚，他们两人靠得好近好近的，直到有人走过来的时候，他们两人才倏地分开，然后肩并肩走向大街去。我连忙拉了唐道懿悄悄地跟着他们后面追过去。他们转到戏院前面，走到十字街哈盛强里面去了。哈盛强点着好多盏气灯，亮得发白，我这下才指着里面回头问唐道懿道：

“这下你该看清楚是谁了吧？”

“哦——原来是庆生。”他张着一把大嘴，鼓起眼睛说道，我觉得他的样子真傻！

12

玉卿嫂在房里低着头织毛线，连我踏进房门她都没有觉得。她近来瘦了好些，两颊窝进去了，在灯底下，竟会显出凹凹的暗影里，我是跑上楼梯来的，喘得要命，气还没有透过来我就冲向她怀里，拉着她的袖子，一头往外跑，一头上气不接下气地嚷着说道：

“快、快，今天晚上我发现了一桩顶顶新鲜的事儿，你一定要去看看。”

“什么事啊！”玉卿嫂被我拖得趄趄趔趔的，一行走一行问道，“半夜三更，怎么能出去——”

我打断她的话题摇着手说道：“不行！不行！你一定要去一趟，这是你自己的事啊！”

我们坐在人力车上，任凭玉卿嫂怎么套我的话，我总不肯露出来，我老说：

“你自己去看了就晓得。”

我们在哈盛强对面街下了车，我一把将玉卿嫂拖到电线杆后面，压低声音对她说道：“你等着瞧吧，就要有好戏看了。”

对面那排小馆子已经有好几家在收拾店面，准备打烊了。只有哈盛强和另外一家大些的仍旧点着雪亮的煤气灯，里面还有不少人在消夜，蒸笼的水汽还不时从店里飘出来。

隔了一会儿，庆生和金燕飞从哈盛强走了出来，金燕飞走在前面，庆生挨着她紧跟在后面，金燕飞老歪过头来好像跟庆生说话似的。庆生也伏向前去，两个人的脸靠得好近——快要碰在一起了似的。金燕飞穿着一件嫩红的短袄，腰杆束得好细，走起路来轻盈盈的，好看得紧呢。庆生替她提着坎肩儿，两个人好亲热的样子。

“喏，你可看到了吧？——”我一只手指着他们说道，另一只手往后去捞玉卿嫂的袖子，一抓，空的，我忙回头，吓得我蹲下去叫了起来，“喔唷！你怎么了？”

玉卿嫂不晓得什么时候已经滑倒在地上去了，她的背软瘫瘫地靠在木杆上，两只手交叉着抓紧胸脯，浑身都在发抖。我凑近时，看到她的脸变得好怕人，白得到了耳根了，眼圈和嘴角都是发灰的，一大堆白唾沫从嘴里淌了出来。她的眼睛闭得紧紧的，上排牙齿露了出来，拼命咬着下唇，咬得好用力，血都沁出来了，含着口沫从嘴角挂下来，她的胸脯一起一伏，抖得衣服都颤动起来。

我吓得想哭了，拼命摇着她肩膀喊着她，摇了半天她才张开眼睛，长长地叹了一口气，然后颤抖抖地用力支撑着爬了起来，我连忙搂着她的腰，仰着头问她到底怎么了，她瞪着我直摇头，眼珠子怔怔的，好像不认得我了似的，一忽儿咧咧嘴，一忽儿点点头，一脸抽动得好难看，喉咙管里老发着呼噜呼噜的怪声，又像哭又像笑，阴惨惨的好难听。

她呆立了一阵子，忽然将头发拢了一拢，喃喃地说道：

“走——走啊——去找他回来——去、去、去——”

她一行说着，一行脚不沾地似的跑了起来，摇摇晃晃，好像吃醉了酒一样，我飞跑着追在后面喊她，她没有理我，愈跑愈快，头发散在风里，飘得好高。

13

外面打过了三更，巷子里几头野狗叫得人好心慌，风紧了，好像要从棉纸窗外灌进来似的。

玉卿嫂进了庆生屋里，坐在他床头一直呆呆地一句话都没有讲过，她愣愣地瞪着桌子上爆着灯花的蜡烛，一脸雪白，绷得快要开拆了似的。一头长发被风吹乱了，绞在一起，垂到胸前来。她周身一直发着抖，我看见她苍白的手背不停地在打战，跳动得好怕人，我坐在她身边连不敢作声了，喉咙干得要命。

我们在庆生房里等了好一刻，庆生才从外面推门进来，他一看见玉卿嫂坐在里面时，顿时一呆，一阵血色涌上了脖子，站在屋中央半晌没有出声，他两手紧紧地握着拳头，扭过一边去。玉卿嫂幽幽地站了起来，慢慢一步一步颤巍巍地扶着桌子沿走过去，站在庆生面前，两道眼光正正地落在庆生脸上，两个人都没有说话，呼吸得好急促。

过了一会儿，玉卿嫂忽然跃上前，两只手一下箍住庆生的颈子，搂得紧紧的，头直往庆生怀里钻，迸出声音，沙哑地喊着：

“庆生——庆弟——你不能这样——你不能这样对待我啊，我只有你这么一个人了，你要是这样，我还有什么意思呢？——庆弟——弟弟——”

庆生一面挣扎，一面不停地闷着声音喊着玉姊，他挣扎得愈厉害，玉卿嫂箍得愈紧，好像全身的力气都用出来了似的，两只手臂抖得更起了。

“不、不——不要这样——庆生，不要离开我，我什么都肯答应你——我为你累一辈子都愿意，庆弟，你耐点烦再等几年，我攒了钱，我们一块儿离开这里，玉姊一生一世都守着你，照着你，服侍你，疼你，玉姊替你买一幢好房子——这间房子太坏了你不喜欢——玉姊天天陪着你，只要你肯要我，庆弟，我为你死了都肯闭眼睛的，要是你不要我，庆弟——”

庆生挣扎得一脸紫涨，额头上的青筋暴起小指头那么粗，汗珠子一颗颗冒了出来，他用力将玉卿嫂的手慢慢使劲掰开，揪住她的膀子，对她说道：

“玉姊，你听着，请你不要这样好不好，你要是真的疼我的话，你就不要来管我，你要管我我就想避开你，避得远远的，我才二十来岁呢，还有好长的半辈子，你让我舒舒服服地过一过，好不好，玉姊。我求求你，不要再来抓死我了，我受不了，你放了我吧，玉姊，我实在不能给你什么了啊，我——我已经跟别人——”

庆生放了玉卿嫂，垂头闷闷地咳了一声，喉咙颤抖得哑了嗓，他抱了头用力扤着自己的头发，烦恼得不得了似的。玉卿嫂僵僵地站着，两只手臂直板板地垂了下来，好像骨头脱了节一样，动都不晓得动了。她的脸扭曲得好难看，腮上的肌肉一凹一凸，一根根牵动着，死灰死灰的，连嘴唇上的血色都褪了。她呆立了好一阵子，忽然间两行眼泪迸了出来，流到她嘴角上去，她低了头，走向门口，轻轻地对我说道：

“走吧，少爷，我们该回去了。”

14

淑英姨娘生了一个大胖娃仔，足足九磅重，是医生用钳子钳出来的，淑英姨娘昏了三天才醒过来，当然我妈又给拖住了。

这几天，我并不快活，我老觉得玉卿嫂自从那夜回来以后变得怪透了。她不哭，不笑，也不讲话，一脸惨白，直起两个眼睛。要不就是低着头忙忙地做事，要不就蜷在床上睡觉，我去逗她，也不理我，像是一根死木头，走了魂一样，蓬头散发，简直脱了形。

到了第四天晚上，玉卿嫂忽然在装扮起来。她又穿上了她那素素净净白白的衣裳，一头头发抿得光光的拢到后面挽成了一个松松的髻儿，一对白玉的耳坠子闪闪发亮了。她这几天本来变得好削瘦好憔悴，可是这晚，搽了一点粉，装饰一下，又变得有点说不出的漂亮了，而且她这晚的脾气也变好了似的，跟我有说有笑起来。

“少爷！”她帮我剥着糖炒栗子，问我道，“你到底喜不喜欢我呢？”

“我怎能不喜欢你？”我敲了她一下手背说道，“老实跟你讲吧，这一屋除了我妈，我心里头只有你一个人呢！”

她笑了起来说道：“可是我不能老跟着你啊！”

“怎么不能？要是你愿意的话，还可以在我们家待一辈子呢！”

她剥完了一堆糖炒栗子给我吃以后，突然站了起来抓住我的手对我说道：

“少爷，要是你真的喜欢我的话，请你答应我一件事，行不行？”

“行啊。”我嚷道。

“我今天晚上要出去到庆生那儿有点事，很晚才能回来，你不要讲给别人听，乖乖地自己睡觉。你的制服我已经熨好了，放在你床头，一摸就摸得到，记住不要讲给别人听。”

她说完忽然间紧紧地搂了我一下，搂得我发痛了，她放了手，匆匆地转身就走了。

那一晚我睡得很不舒服，夜里好像特别长似的，风声、狗叫、树叶子扫过窗户的声音——平常没在意，这时统统来了。我把被窝蒙住头，用枕头堵起耳朵来，心里头怕得直发慌，一忽儿听到天花板上的耗子在抢东西吃，一忽儿听到屋檐上的猫子在打架，吵得好心烦，连耳根子都睡发烧了。也不晓得几更鼓我才朦朦胧胧合上眼睛睡去，可是不知怎么搞的那晚偏偏接二连三做了许多怪梦——梦里间又看到了玉卿嫂在咬庆生的膀子，庆生的两只青白手臂却抖得好怕人。

15

一早我就被尿胀醒了，天还是蒙蒙亮的，窗外一片暗灰色，雾气好大，我捞开帐子，发现对面玉卿嫂的床上竟是空的。我怔怔地想了一下，心里头吃了一惊——她大概去了整夜都没有回来呢！我恍恍惚惚记起了夜里的梦来，纳闷得很。我穿了一件小袄子，滑下床来，悄悄地下楼走进了后园子，后门闩子又是开的，我开了园门就溜出去了。

雾气沾到脸上湿腻腻的；太阳刚刚才升起来，透过灰色的雾，射出几片淡白的亮光，巷子地上黏黏湿湿，微微地反着污水光，踩在上面好滑。有几家人家的公鸡，一阵急似一阵地催叫起来，拖板车的已经架着车子咯吱咯吱走出巷子口来了，我看不清楚他们的脸，可是有一两个的嘴巴上叼着的烟屁股却在雾气里一闪一闪地发着昏红的暗光。我冻得直流清鼻涕水，将颈子拼命缩到棉袄领子里去。

我走到庆生的屋子门口时，冻得两只手都快僵了，我呵了一口气，暖一暖，然后叫着拍拍他的门，里面一点声音都没有。我等了一会儿，不耐烦了，转过身去用屁股将门用力一顶，门没有拴牢，一下子撞开了，一个踉跄，跌了进去，坐在地上，当我一回头时，嘴巴里只喊了一声“哎呀！”爬在地上再也叫不出第二声了。

桌子上的蜡烛只烧剩了半寸长，桌面上流满了一饼饼暗黄的蜡泪，烛光已是奄奄一息发着淡蓝的火焰了。庆生和玉卿嫂都躺在地上，庆生仰卧着，喉咙管有一个杯口那么宽的窟窿，紫红色的血凝成块子了，灰色的袄子上大大小小沁着好多血点，玉卿嫂伏在庆生的身上，胸口插着一把短刀，鲜血还不住地一滴一滴流到庆生的胸前，月白的衣裳染红了一大片。

庆生的脸是青白色的，嘴唇发乌，鬈鬈的发脚贴在额上，两道眉毛却皱在一起。他的嘴巴闭得好紧，嘴唇上那转淡青色的须毛毛还是那么齐齐地倒向两旁，显得好嫩相。玉卿嫂一只手紧紧地挽在庆生的颈子下，一边脸歪着贴在庆生的胸口上，连她那只白耳坠子也沾上了庆生喉咙管里流出来的血痕。她脸上的血色全褪尽了，嘴唇微微地带点淡紫色。她的眉毛是展平的，眼睛合得很拢，脸上非常平静，好像舒舒服服在睡觉似的。庆生的眼睛却微睁着，两只手握拳握得好紧，扭着头，一点也不像断了气的样子，他好像还是那么年轻，那么毛躁，好像一径在跟什么东西挣扎着似的。

我倒在他们旁边，摸着了他们混合着流下来的红血，我也要睡下去了，觉得手上黏湿湿的，冷得很，恍恍惚惚，太阳好像又从门外温吞吞地爬了进来似的。

16

我在床上病了足足一个月，好久好久脑子才清醒过来。不晓得有多少个夜晚我总做着那个怪梦——梦见玉卿嫂又箍着庆生的颈脖在咬他的膀子了，鲜红的血一滴一滴一滴流到庆生青白的胁上。

《现代文学》第一期

一九六〇年三月

黑 虹

1

——一定是天气的关系！

耿素棠在桥头停下来这样想：

——一定是因为这个才三月天就闷得人出汗的鬼天气！唉，怎么周身都有点不对劲了——

一阵温温湿湿的晚风，从河面吹起，直向她胸窝里扫了过来。她闭上了眼睛，微微仰起头，让这阵和风从她的颈边轻轻地拂过去，把她刚才夹在人堆子里燠出来的汗丝擦得干干凉凉的。

这时正是黄昏，六点钟。中山桥头刚刚抛起几团亮黄的灯光来，跟着动物园、美军顾问团，各处接二连三，一盏又一盏，一盏又一盏，像千千万万只眼睛，统统睁开了。桥边儿童乐园里面的玩具马儿，玩具飞机上的电灯，也“啵！”的一下，一齐亮起，转动、转动——尽是一簇簇五颜六色的大花球。

她探头出去，看见桥下污黑的淡水河面荡满了亮光，一串串、一排排，连接不断地闪着、耀着，流下去——哎，挤！

她记得刚才从中山桥走过来时，膀子上竟给人家碰了三次：一次碰在一个男人的公事袋上，一次碰在一个女工的便当盒上，还有一次碰在一个中学生的书包上。桥上一窝蜂一样，她简直看不清一堆堆是些什么人，她只觉得到处都是一条条人影，晃来，晃去，有的穿红，有的穿绿，细细尖尖的高跟鞋，蠢头蠢脑的日本木屐，的的笃笃，在水泥桥上用力敲、用力蹬。

“哈、哈、哈，抓到了吧？”两个擦鞋童在桥上捉迷藏，差点撞进了她怀里来。

“叭——叭——叭——叭——”，“嗖！”一下，“嗖！”又一下，就好像恰恰从她肘旁擦过去一样，一辆汽车跟着一辆，从桥上溜过去，喇叭声愈响、愈尖，愈逼人，她觉得头有点晕，想出汗——

河水一定动得很厉害，河面亮黄色的光辉，一直不停地在闪着、耀着。

“隆、隆、隆、隆”，耿素棠感到身后好像有几十个滚石向她压来一样，震得耳朵都有点聋了。她回头看见一大串军卡车穿过中山桥，向台北市区飞快驶去。每一辆卡车走过，总扬起一大片灰尘来，撒在渐渐暗下来的暮色里，变成一团稀薄的沙雾，被各处射来的灯光一映，又灰又黄，马路灰黄的，两边的楼房也是灰黄的，一切东西在这六点钟的暮色里，总沾上了一层半明半暗的灰黄色。

灰黄的沙雾，浮着，沉下去，散开，渐渐稀薄，渐渐消失——“这算什么？只有几块苦瓜！”她忽然想起刚才吃晚饭时，她丈夫对她这样冷冷地责问道，筷子往桌上一拍，脸绷得像块鼓皮。她看见他的眼镜子朝着她一闪一闪发着逼人的亮光。

——这张脸怎么一下子变得这样陌生，这样可恶了呢？她心里纳闷着。

好白，好肿，她从来没有看见过这么难看的脸谱，太不自然，太不自然了，两腮下垂，鼻子皱起，嘴角却撇得弯弯的。

——像头老虎狗！她想讲给他听。

“难吃死了！”大毛将嘴里一块苦瓜吐到桌上，接口嚷道。

“苦的，咽都咽不下去。”二毛也咧起一嘴七缺八歪的小蛀牙嘀咕着。

“十块钱菜钱要买山珍海味吗？不吃算了，饿死你们活该！”她推开桌子站起来用力喝道，她觉得血管要炸了似的，全身发胀。

两个孩子吓得呆头呆脑，丈夫板得铁青的脸上冷得刮得下霜来。就是那样六只眼睛睁得浑圆向她瞪着时，她摔开房门跑出来的。

——一定是天气的关系。

耿素棠想，要不然她不会突然变得这样毛躁起来。自从过了阴历年以来，就是这一晚特别暖，暖得有点闷，有点压人，暖得实在太不应该。才不过是三月天的光景，她穿了一件短袖旗袍，两条膀子露在外面一点也不觉得寒浸。风吹来，反而凉爽。

她用力透了一口气，桥底飘上来的和风拂得她舒服极了。

沙雾消失着，转暗下来——

她看见投进雾里来的灯光愈来愈密，东一团，西一团，灯光里模模糊糊尽是一堆堆晃动着的人影、车影。中山北路已经开始热闹起来了。耿素棠觉得迷惘起来，这晚好像还是她头一次进到台北市来似的，她走在这条路上，竟觉得陌生得很，一切都走了样：西餐饭馆雪亮的玻璃门，红衣黑裤小玩具人似的仆欧，橱窗里摆着假古董的工艺店，总使她觉得有点新奇，有点怪诞。路上的人喽、车喽都好像特别忙，特别乱似的；车头的灯光，闪亮闪亮地直朝着她扫过来，刺得她的眼睛都张不开了，她有点慌张，不晓得怎么搞的，身体一直发热。

——一定是因为这个闷得人出汗的鬼天气！

她站在一家工艺店门口歇脚时，又这样想道，她觉得周身实在有点不对劲。店里有两个洋兵在买假古董，她看见他们手里拿着两尊滑稽透顶的瓷像，一个是济公活佛，大嘴巴笑得好丑怪，皮球一样的肚皮鼓出裤子外面来；还有一个是寿星公公，顶头好像给谁打肿了一样，凸起碗大一个瘤子。

洋兵捧着两尊瓷像当宝似的，一个老摸济公的大肚皮，一个乱敲寿星公的脑袋，叽叽呱呱，笑得前俯后仰。

柜台后面的伙计，谄笑，摇头，乱伸手指。

洋兵做手势在还价。

伙计谄笑，摇头。

洋兵脸上的笑容渐渐凝结，手一挥。

珖琅！济公的肚皮开了花。

——唉，糟蹋了！

耿素棠不禁暗暗叹息，她记得大毛、二毛不知向她求过多少次买一尊济公活佛的瓷像来玩，统统给她打了回去。

“妈，我想要那个大肚皮济公的瓦公仔。”

“我也要！”

——他们还以为他们的爸爸在开银行呢！一个月五百块的小公务员！

“你们识相些就替我快点滚出去！”她记得当她扬起鸡毛掸帚冲过去时，两个小家伙吓得像一对老鼠一样地窜了出去。

——不是吗？不是活活像一对阴沟里爬出的小耗子？

耿素棠想起下午大毛和二毛哭巴巴扭做一团跑回来时，

从头到脚尽是阴沟里漆黑烂臭的污泥。

——一对淹得半死的小耗子！

她不记得怎么下的狠手，打、打得两个面目不清的小东西跪倒求饶为止。

——天气！

她想。

——这种天气就是要叫人发脾气，叫人烦躁，厌倦，倦、倦、倦——

突然窗橱里伸出一张女人的胖脸来，朝天狮子鼻，两个大洞一掀一掀的，瞪着她，满脸凶相。耿素棠猛吃一惊吓得心里一寒，回头就走。

“钉——铃铃铃——”一架三轮车截在她前面。

“太太，要车吧？”

“啊，不要，不要。”耿素棠一面摆手，一面向路旁一条巷子里退了进去。

B——A——R——“BAR”——B——A——R

红的、绿的、紫的，整条巷子全闪烁着霓虹灯光，一连串排着五六家酒吧。一明、一暗，一起、一落，东跳、西跳，忽亮、忽灭，全闪着 B——A——R、B——A——R——的英文字母，歪的、斜的，惨惨的红、森森的绿、冷冷的紫，染得整条巷了更幽暗、更阴森。

耿素棠一跑进来，猛然看到头顶上悬着一对怪眼，一连朝她眨了好几下，她倒抽了一口冷气，站住了脚。

那是一对独眼大黑猫，尖眉尖眼，尖鼻子尖嘴巴，耳朵是尖的，尾巴也是尖的，尖得人好难受，耿素棠觉得眼睛都被这对黑猫尖溜溜的亮胡须刺痛了。

一个发着绿光，一个发着紫光，两只独眼睛冷冷的，你眨一下，我眨一下。

血红、紫红、绛红、粉红，四朵蔷薇闪着四种不同的花色，时而上涌，时而下落，突地冒起红焰焰几个花头，突然又统统谢落剩下几片萼子，在空中浮着、飘着。

黑猫吧、蔷薇吧、东京吧、风流寡妇吧，一个个排着下去，各个招牌上都用霓虹灯做出一些稀奇古怪的标志来：披头散发的野女郎，背上驮着大包袱的日本艺妓。

B——A——R、B——A——R——英文字母像扯鸡爪疯一样拼命跳着、抖着，歪过来、斜过去——

又静又乱，又亮又幽暗，巷子里一个人也看不见，酒吧的大门都闭得紧紧的，黑猫吧那扇浑圆的大黑门，严紧得像个皱缩的猫嘴巴，有一只脱了毛的癞狗从垃圾箱里跑了出来，溜出巷子口去。

“嘶——嘶”，耿素棠听见了它喘气的声音。

“叭——”的一声，一辆一九五九漆黑的雪佛兰，擦过她身边，车屁股一翘，猛停在黑猫吧门口，后座的鬼眨眼指挥灯，一闪一闪，不停地亮着。

——哦，老天，又是一对猫眼睛！

耿素棠觉得有点乱，亮红亮红的，比头顶那两个还要尖，还要长，中间还有个溜黑的眼珠子，尖得人好难受，眼角儿直往上翘。

车门一开，跳出一个黑人来，她一眼就看到了那两排龇在唇外的白牙，跟额下一双溜溜转的白眼球。

——像头黑猩猩！

她想，那么高大的身材，少说些也有六呎多，两个阔肩向前张，裤带却系在小腹上，松松懒懒的，偏偏穿件猩血的短袖衬衫，漆黑，通红，灯光照在皮肤上却是一层油亮亮的墨绿色。

——他想做什么？为什么不进酒吧间去？喔，朝这边走来了呢！东倒西歪，一定喝醉了，眼珠子转得邪得很哪，唉、唉，走过来了，真的走过来了，哎——

她的脚有点软，想叫起来了。她看见他朝她伸出一只毛茸茸的手臂来，好粗好大，一块一块发亮的，尽是鼓得紧邦邦的肌肉。

“咯、咯、咯、咯”，她忽然听到背后扬起一阵吃吃的笑声，猛回头，看见身后不远，站了一个黑衣女人，在笑，笑得全身都颤抖着，一头乌黑的长发齐中间分，堆在肩上，黑色的紧身裙，亮黑的细腰带，亮黑的高跟鞋，嘴唇被灯光映成了紫乌色。

——一身那么软，好细的腰！像水蛇，像一条抬起头来袅动着的水蛇，一掐就会断——

她看见那个黑人一把捞住那个女人的细腰，连拖带拥，走向黑猫吧去，黑衣女人吃吃地笑着，尖声怪叫：

“Oh! Naughty, you, naughty!”

猫嘴巴一样的圆门张开了，现出一个大黑洞来，一黑一红两团影子直向黑洞里投了进去。一阵摇滚乐狂叫着从里面溜了出来，一个女人的声音沙哑地吼着：

“Hold me tight to-night——”

耿素棠猛然感到一阵昏眩，面颊上给红铁烙了一下似的，热得发烫。

……绿的、紫的、红的，上面也有猫眼睛，下面也有猫眼睛，一亮、一灭，东眨一下、西眨一下……

2

“太太，要喝酒还是要吃饭？”

“啊，随便，呃，喝酒罢。”

“我们有白干、青酒、红露、太白……”

“好，好，就要白干。”

第一口下去，猛一阵剧痛，像被一个什么爪子在喉咙里抓了一下似的，耿素棠赶忙低头捂住了嘴巴，她不敢透气，嘴巴稍微张开一点，这口辛辣辣的烈酒就会呛出来了。一团滚烫的热气，从胃里渐渐上升、翻腾、扩散，直往她脑门里冒上来，暖、暖，全身都开始发暖了。眼前的东西都生了雾，迷迷濛濛的，食堂门口倒挂着那两排鸡鸭，热腾腾直在冒白烟。

“喂，油麻鸡呵！”

“当归鸭哪！”

九点钟，圆环这一带正是人挤人的时候。家家摊铺门口总有一两伙计喊着叫着，在兜揽顾客。雪亮的电灯把人面上的油汗都照得发光了。鱿鱼乌贼的腥臭，油炸肚肠的腻味，熏人的鸡鸭香，随了锅里的蒸汽，飘散出来。

马路上，巷子里，嘀嘀哒哒尽是木屐的响声，收音机播着靡靡咽呜的日本歌曲，柜台上哼哼唧唧有人在唱又像哭泣，又像叹息的台湾哭调。

“咔嚓——”一声，油锅里滚下了几只青青白白没头没脚的鸡子，一阵黑黄色的油烟突地冒了起来，婉婉约约，往上袅娜伸去。

——好极了！

她咬着下嘴唇，心里对自己这样说：

——好得很哪，晚上到圆环来，还要一个人喝酒呢！

“爱一个会喝酒的女人一定不是好货！”她记得丈夫曾经对她这样说过。

——胡说！

她撇了一下嘴，猛抓起杯子又吞了一口，热辣辣的酒下得很痛，连咽口水都发痛了，痛得怪舒服的，她好像看见她丈夫那双眼镜子又在向她发着逼人的亮光了。

“咔嚓——”又是一阵油烟冒起，飘着，往外散——

“哇——”对面卖中药摊铺边小竹床上有个婴孩哭了起来，一个扎着头发的胖女人从里面摇摇摆摆跑出来，抱起婴孩，忙忙解开衣服，将一个白白胖胖的大奶子塞进婴孩嘴里去，婴孩马上停止了哭声，两双通红的小手拼命地揪住女人白胖的奶子，贪婪地吸吮着。

“啊、啊，乖乖要睡觉，乖乖要吃奶奶——”

耿素棠看见那个胖女人露着胸脯，全身抖动着在哄婴儿吃奶的样子，心里突然起了一阵说不出的腻烦。她记得头一次喂大毛吃奶时，打开衣服，简直不敢低头去看，她只觉得有一个暖暖的小嘴巴在啃着她的身体，拼命地吸，拼命地抽，吸得她全身都发疼。乳房上被啮得青一块，紫一块，有时奶头被咬破了，发了炎，肿得核桃那么大。一只只张牙舞爪的小手，一个个红得可怕的小嘴巴，拉、扯，把她两个乳房硬生生地拉得快垂到肚子上来——大毛啃完，轮到二毛；二毛啃完，现在又轮到小毛来了。

“啊、啊，乖乖要睡觉——”对面那个胖女人歪着头，闭着眼睛，自言自语地哼着，婴儿蜷作一块在她怀里睡得甜甜的，嘴巴里还含着奶头。

油烟在飘着，散着，从黑黄渐渐变成一片模糊的雾气，收音机里有一个男人瘟瘪瘪地在唱着日本歌。

——是天气，一定是天气的关系。

她心里想，酒液从她喉咙管热辣辣地滑到胃里去。

——要不然我不会冒火去打小毛的屁股。

“你是想要我的命还是怎么的！”下午小毛泻得一床烂屎时，她气得颤抖抖地喊了起来，跑上去倒提起那一双乱踢乱蹬的小脚，一巴掌打在屁股上，五条手指印，红里发青。小毛翻起一双眼睛，哭哑了，面色涨得紫红，缩在床角上干干瘦瘦的，像是人家厨房里扔出来噎了气的胎猫儿。她跪在床前吓呆了，赶忙抱起小毛乱揉一顿。

——要是他懂得话的话，我恨不得想哭给他听：仔仔，妈妈不是想打你，妈妈实在是洗屎片洗得心寒了！

耿素棠想一定那些尿布屎片使得她的神经太过紧张，床底下堆着一桶还不算，那间斗大的小房间里竟像扯万国旗一样，从这个角拉到那个角，从床头一直晾到床尾；天气已经闷得怪了，房里的奶馊、尿臊、屎臭，一阵又一阵地涌起上来。她在房里待不了一会儿就得跑出去用力吸一口新鲜空气。可是病在床上的小毛又不争气，隔不了一两个钟点就叭的一声，滑下一泡稀脏稀臭的烂屎来。

忽然她起了一身的鸡皮疙瘩，嚼在嘴里的一块猪肠差点想吐了出来，她想起下午替小毛换屎片时，一手摸到了一团暖烘烘溜滑的东西，那是一堆黏在屁股上的稀粪。

“七巧！”

“八仙！”

“全来到——哈、哈、哈，干杯，快点，快快——”

七八个人头，晃动着，喊着，杯子举得老高。

“喂，伙计！”有一个人站起来叫道，“再加一盅‘龙凤会’。”

其余的人马上爆出一阵欢呼，杯子举得更高。

伙计从柜台下面捉出一条长长的东西，往柱子的铁钉上一挂。一条油亮的黑影，拼命地扭动起来，扭、扭、扭——嗳，一条蛇！

耿素棠赶快偏过头去，她看见那个伙计跑上前，一把抓住蛇腰往下一扯，“嗞！”一声，蛇皮脱了下来。她闭上了眼睛，脑子里有几只猫眼在眨。

……红的、紫的，一只毛茸茸的粗手一把抓住了那个水蛇一样的细腰，袅动，袅动……

“咯，咯，咯——”一阵笑声在食堂的角落里响了起来，耿素棠看见那边一个男人猪肝色的醉脸正在向一个女人的耳朵根下凑过去，女的躲避，笑，又是吃吃地笑，吃吃地笑——“伙计，结账。”

她蓦然站了起来，胃里那团热气突地往上一冒，额头上马上沁出了几粒汗珠，眼前的雾愈来愈浓，她想走，快点走，走到一个清静的地方歇一歇，那阵吃吃的笑声刺得她很不舒服，头发重，脚是轻的。

油烟不住地冒——

中药铺门口有个瘦小的男人，跳出跳进，红着脖子叫喊在卖虎鞭，一群小伙子围着他，个个看得死眉瞪眼。

3

夜渐渐深了，植物园里静得了不得。碎石子路上有人走过，喀轧喀轧的脚步声一直走到老远还隐隐约约地听得到。荷塘里涨了水，差点冒到路上来，塘面浮着灰白的水雾，一缕一缕绕在竖出水面的荷叶上。

天上有一弯极细极细的月亮，贴在浑黑浑厚的云层上，像是金纸绞成的一样，很黄很暗。高大的椰子树静静地直立着，满园子里尽是一根根黑色的树影子。

开始降露了，耿素棠觉得腿子碰在草地上湿湿的，她靠在一棵椰子树脚下，一动也不动地坐着。头重得抬不起来，手脚直往下缒，一点也不听调动了。她想好好地歇一歇，口干得难受，胸里窝着的那团暖气，一直在翻腾，散也散不去，全身都有一种说不出的慵懒，最好就这样靠着，再也不要动了。

——唉，这种天气——

她心里还在抱怨着，忽然间她听到了一阵声音，大概是从那边树林里发出来的，开始很模糊，渐渐地移近了，愈来愈清楚，是一阵女孩子合唱的歌声。她看见树林的黑影子里有几点白影子在浮动着，忽隐忽现，一阵风从塘里掠过，把那阵歌声一个字一个字都吹了过来：

……

我不知为了什么，

我会这般悲伤，

有一个旧日的故事，

在心中念念不忘；

……

晚风料峭而幽回，

静静吹过莱茵，

夕阳的光辉染红——

染红了山顶——

……

歌声飘着、浮着，有些微颤抖，轻轻的，幽幽的——

——是了，是了，就是那首“萝”——《萝累娜》！唉，《萝累娜》！

她坐了起来，仔细地听着，有一点隐痛从她心窝里慢慢地爬了出来，渐渐扩大，变成了一阵轻微的颤抖，抖，抖得全身都开始发痒发麻。泪水突地挤进了她的眼眶里，愈涌愈多，从她眼角流了下来。

好多年好多年没有这样感觉过了，压在心底里的这份哀伤好像被日子磨得消沉了似的，让这阵微微颤抖的歌声慢慢撬，慢慢挤，又泻了出来，涌进嘴巴里，溜酸溜酸，甜沁沁的，柔得很，柔得发融，柔化了，柔得软绵绵的，软进发根子里去。泪水一直流，流得舒服极了，好畅快，一滴、一滴，热热痒痒地流到颈子里去。

白影子在黑树林里慢慢地浮动着，一隐、一现——

……

晚风料峭而幽回，

静静吹过莱茵，

……

——唉，太悲了些，《萝累娜》。

那么久，那么远，埋得那么深，恍恍惚惚，竟隔了几十年似的，才不过是二十七八岁，耿素棠觉得好像老得不懂得回忆了。是日子，是这些日子把人磨得麻木了。远远的那些声音，远远的那些事情，仿仿佛佛的人影子，都随着这远远的歌声在转，在动——

一现一隐，白影子、黑影子，交叉着、交叉着。

——哎，小弟。

她又看见一双忧伤的眼睛在凝视着她了，深深的，柔柔的——

她为什么叫他小弟，她有点记不得了，在班上她总觉得他比她小，她喜欢他，当他弟弟。

就是那一夜晚，在公园里，也是这么一个温温湿湿的三月天，也有这么一钩弯弯细细的小月亮。

“我以后不想见你了。”小弟忽然对她说，他们两人站在亭子里。

她望着他，她不懂。

“你不懂得我！”他抬起头来，两腮通红。

她看到一双柔得使人心都发软的眼睛。

他回头走了，她追了上去，握住了他的手，两个人相对站着，好久好久都没有话说。

那时有人在唱《萝累娜》，就是这首听得人心酸的《萝累娜》。

……

染红了山顶——

……

白影子愈走愈远了，渐渐模糊，渐渐消失在黑色的树影里。

……

——染红——

染红——

耿素棠突然挣扎着站了起来，她觉得眼前一黑，脚下几乎站不稳了，又一阵热汗冒上了她的头顶，胃里翻腾很厉害，想吐，她赶忙撑住了一根树杆子。

……灰色的房，灰色的窗，窗外下着灰濛濛的冷雨，小弟苍白的嘴角上有血丝，白色的被罩上染着红红的一大片……

……一双疲倦的眼睛半睁着，柔、柔、柔得好忧伤……

耿素棠觉得嘴巴里咸咸的，不晓得什么时候渗进了许多泪水。

——唉，那双眼睛怎么会那样忧伤呢？

她忽然想道，她自己为什么不在那个时候也死去算了？她记得她曾经有过那个想法的，可是后来不知道怎么搞的，不仅没有去死，而且还嫁了人，生下三个跳蹦蹦哭喳喳的小东西来。她纳闷得很，心里有点歉然，有点懊恼，真是煞风景透了！自从她进了那间鸡窝一般的小房间之后，就真的变成一个赖抱母鸡了。整天带着一群小家伙穷混穷磨，好像没有别的事可做，就专会洗屎布似的。她忽然奇怪起来，这五六年来在那个小鸡窝里到底是怎么混过去的，那一房的尿臊屎臭，一年四季墙壁上发着绿阴阴的湿霉，有时半夜里，破裂的天花板忽然会滚下一个老鼠来，掉在人身上软趴趴的。

——那种地方再也住不得了！

她差不多想大声喊了起来，踉踉跄跄地跑到石子路上去。

——不，不能回去，走，随便到哪儿，愈远愈好。

喀轧、喀轧，碎石子路上一直响着急切紊乱的脚步声，由近而远，沉寂下去。

4

硬，冷，笔直，一根根铁索由吊桥的这一头一直排下去，桥头的这几根又粗又大，悬空吊着有几丈高，愈下去，变得愈细，到最后那些，只剩下一撮黑影；桥身也是这样，慢慢窄，慢慢细，延到桥尾合成了一点，有一盏吊灯挂在那里，发着豆大的黄光。

耿素棠走上碧潭这座吊桥时，桥上一个人也没有了。空空的，一眼望去，两边尽是密密麻麻的铁索网。上面是一片压得低低的天空，又黑又重，好像进了一个巨大无比的捕兽笼一般，到处都竖着一条条铁索影子。

酒性发得厉害，她走在桥上，竟觉得整条桥都在晃荡着。脑袋昏醺醺，如同坐升降机一样，心里一上一下，有时忽而内里一空，整个心都给掏走了似的。她扶着铁栏杆，走几步就得歇一歇，走到桥中央时，胃里又想翻起来了，她连忙伏在栏杆上，停了下来。桥底下是一片深黑，深得叫人难得揣度，什么东西都看不见。远远的地方有水在急流着，像在前面，又像在背后，哗啦哗啦，不晓得是从什么方向发出来的水声，山腰那边有一盏昏红的小灯，她恍惚记得那儿有个煤矿，白天有些沾得满面黑煤的矿工出入着，晚上只剩了这么一盏孤灯吊在黑暗里，晃着，闪着，在发红光。

到底夜深了，四周寂沉沉的，一阵阵山气袭过来，带着一些寒涩的木叶味，把晚上的闷热荡薄了许多。

哗啦哗啦，流水单调地响着。

远远那边还闪着台北市的灯光。

……白影子，黑影子，交叉着，一隐一现，一隐一现……

……

晚风料峭而幽回，

静静吹过莱茵，

夕阳的光辉染红，

染红了山顶——

……

远远的，轻微微的，仿仿佛佛她耳边总好像响着那首歌。

忧伤的《萝累娜》！忧伤的眼睛！

她觉得整个胸窝里，一丝一丝，尽挂满了一些干干的酸楚。

真是煞风景，她想，怎么搞的后来又会嫁了人了？她实在不明白，反正这些日子过得糊里糊涂的，难得记，难得想，算起来长——长得无穷无尽，天天这样，日日这样，好像一世也过不完似的，可是仔细想去，空的，白的，什么东西都没有。

——这是怎么一回事？

她问她自己道，真的，她跟她丈夫相处了这么多年，他对她好像还只是一团不太真实的影子一样，叫她讲讲他是一个什么样子的人，她都难得讲得清楚，天天在一起，太近了，生不出什么印象来。她只记得有一次他打肿过她的脸，耳朵旁留下一块青疤总也没有褪去。除此而外，她大概对他没有更深的印象了。反正他每天回来，饿了，要吃饭，热了，要洗澡，衣服破了，要她补，鞋子脏了，要她擦，用得着她时，总是平平板板用着一个腔调指使她，好像很应该，很是理所当然的样子。

——他当我是什么人了？

她猛然摇了几下桥上的铁栏杆，心里愤怒地喊着。她记起昨天晚上，睡到半夜里，他把她弄醒，一句话也没有说，爬到了她床上来。等到他离开的时候，也是这样默默地一声不出就走了。她看见他胖大的身躯蹑脚蹑手地爬上了他自己床，躺下不到几分钟，就扯起呼来。

她看得清清楚楚，他那微微隆起的肚皮，一上一下，很均匀地起伏着。她听到了自己的牙齿在发抖，脚和手都是冰凉的。

山腰里那盏小红灯一直不停地眨着，晃着，昏昏暗暗的，山气愈来愈浓，带些凉意了。

耿素棠觉得皮肤上有点凉飕飕的，心里那团热气渐渐消了下去，可是酒意却愈沁愈深，眼皮很重，眼睛里酸涩和醋一样。她紧握着桥上的铁索勉强支撑着，累得很，全身里里外外都累得一点力气也没有了。她感到一阵莫名其妙的孤独，孤独得心里直发慌，除了手里抓着这几根冷硬的铁索外，别的东西都不晓得跑到哪里去了似的。

好疲倦，不能了，再也不能回去受丈夫的冷漠，受孩子们的折磨了。她得好好地歇一歇，靠一靠，靠在一个暖烘烘的胸膛上，让一只暖烘烘的手来抚慰一下她的面颊，她需要的是真正的爱抚，那种使得她颤抖流泪的爱抚，哪怕——哪怕像那只毛茸茸的手去抓那个水蛇腰一样——

耿素棠感到脸上猛一阵辛辣，热得裂开了似的。

——唉，醉了，今天晚上 定是醉了！

她觉得她的心在胸口里开始捶，捶得隐隐作痛起来。

……钉子上扭动着的黑蛇，猪肝色的醉脸；毛茸茸的手去抓，去抓，去抓那条袅动着的水蛇……

“Hold me tight to-night——”

她忽然记起了那一阵从黑色圆洞里溜出来狂叫着的摇滚乐。

……上面下面都有猫眼睛，红的、绿的、紫的，东眨一下，西眨一下……

“喂，一个人吗？”

她一回头，看见有一个男人恰恰站在她身后，站得好近，白衬衫，黑长裤，裤腰系得好高，扎着宽皮带，带头闪着银光，紧绷的裤管，又狭又窄，一个膝盖微屈着，快要碰到她的长衫角了。

——什么人？什么人敢站得这样近？

她看不清楚他的面貌，她只看到他含在嘴上的香烟，一亮、一灭发着红光。

——哦，连领扣都没有扣好，还敞着胸膛呢！

“怎么样，一个人吗？”低沉的声音，含着香烟讲话的。

她看见他的脸凑了过来，慢慢逼近，烟头一闪一闪地亮着，她闻到了一股男人发油的浓香。一阵昏眩，她觉得整座吊桥都像水波一样地晃动了起来。

哗啦哗啦，远远的地方，不知从哪个方向发着急切的水流声。

5

当她把脚伸到潭水里的时候，一阵寒意猛地浸了上来，冷得她连连打了几个寒噤。

清晨四五点钟的时候，潭水面上，低低地压着一层灰雾，对面那座山在雾里变成了黑幢幢的一团影子，水是墨绿的，绿得发黑，冰冷。

寒意一直往上浸，升到骨盘上来了。耿素棠觉得潭水已经灌进她骨头里去了似的，她看到水里冒出了几缕红丝，脚踝还在淌血。她刚才从堤岸上走下来时没有穿鞋子，让尖石头割破的。

她弄不清是怎么回事了，只是恍恍惚惚记得刚才醒来的时候，看见窗外那块旅社的洋铁招牌，正在发着惨白的亮光。

她是赤着足走下楼的，她不敢穿鞋子，怕发出声音来。

——那是什么人？是什么人呢？

她觉得迷惘得很，一股男人发油的浓香，从她下巴底，从她领子里，从她胸口上，幽幽地散发出来，刺得她很不舒服。

——哦，要洗掉这股气味才好。

她向水里又走了一步。

——哎，冷！

呜——呜，远远的有火车在响了。

——天快亮了呢，唔，冷！小毛的奶还没有喂过。

——他的脸不晓得板成什么样子了，我要告诉他：像头老虎狗，哈，哈——

哗啦哗啦，水声不知是从哪里发出来的。

——好是好听，

……

夕阳的光辉染红——

染红了山顶——

……

太悲了些，太忧伤了——

哎唷，冷死了！可是，这么浓的气味不洗掉怎么行？

——怪不？在上面热得出汗，水里面冷得发抖，怪事！——可了不得！床底下那桶尿片不晓得臭成什么样子了？嗳，冷，唉——

她看见雾里渐渐现出了一拱黑色的虹来，好低好近，正正跨在她头上一样，她将手伸出水面，想去捞住它，潭水慢慢冒过了她的头顶——

天亮了，一匹老牛拖着一辆粪车，咿呀唔呀，慢吞吞地从黑色的大吊桥上走了过去，坐在粪车头的清道夫正仰着脑袋在打瞌睡，脸上遮着一顶宽边的破草帽。

《现代文学》第二期

一九六〇年五月

小阳春

当——当——

校园里的大古钟开始敲响了。

樊教授一面走着，抬起了头，向天上望去。太阳在浅蓝色的天空里，亮得化成了一团不成形体的白光，真是一个标准的小阳春，樊教授想道，他觉得阳光刺眼得很，只有十月天下午的太阳才能这样晶亮夺目。

高楼上的钟声，一声一声地荡漾着，如同一摊寒涩的泉水，幽幽地泻了下来，穿过校园中重重叠叠的树林，向四处慢慢流开。樊教授放慢了步子，深深地透了一口气，他觉得有点闷，沉重的钟声好像压到他胸口上来了似的。就是这种秋高气爽的小阳春，他记得最清楚了，穿着一件杏黄色的绒背心，一听到钟声就夹着书飞跑，脚不沾地似的，从草坡上滑下来，跳上石阶，溜到教室里去，那时他才二十岁呢！难怪教授讲错了书的时候，他会站起来一把抓住教授的痛脚，弄得那些戴眼镜的老先生们面红耳赤。可是海因斯教授却称赞他是最有希望的青年数学家，就是那位有两撇翘得很滑稽八字胡的德国教授，曾经点着头，用着德国腔的英语对他这样说的（当——当——钟声像冷重的泉水汩汩地冒着）。樊教授最记得了，穿着一件轻软杏黄色的绒背心，夹着一本厚厚的高等微积分，爬上最高那个草坡，仰望着十月清亮的天空，那时他真觉得那无穷远的地方，有一个巨大无比的东西在召唤着他似的，他的胸襟骤然开阔得快要炸裂了。才二十岁，樊教授想道，那时才二十岁呢！

樊教授在校园的大道上，一步一步慢慢走向校门口去。大道的两旁尽是一排排巨大的白杨树，越远越密，一堆堆蓊蓊郁郁的；风一吹，叶子统统翻了起来，树顶上激起了一朵朵银绿色的浪花。一大片，海水一般地波动着。沙啦沙啦，叶子上发出来的声音，由近而远飘洒过去，二十岁的人仰望着天空时，心中的感觉是多么不同呢？樊教授想道，他看见白杨树的叶子轻快地招翻着，一忽儿绿，一忽儿白。青年数学家——是那位德国教授这样说过的。他多么欣赏那位老先生的翘胡子呢！那天在研究室里，那位老先生忽然转过身来拍着他的肩膀对他说道：“孩子，努力啊！你是个最有希望的青年数学家。”

当——古钟又鸣了一下，冷涩的泉水快要流尽了，树林子里一直响着颤抖的音丝。樊教授陡然停住了脚，把夹在左胁下那本焦黄破旧的初等微积分拿了下来，一阵说不出的酸楚呛进了他的鼻腔里。他感到有点恼怒，好像失去了些什么东西一样，追不回来，再也追不回来了。他的手紧紧抓住那本翻得书边发了毛的初等微积分，心中窝着一腔莫名的委曲。对了，樊教授想道，这种感觉是一个五十多岁白了头发还在教初等微积分的教授所特有的，在这种小阳春的天气，站在校园里的大道上，手里捧着一本又旧又破的初等微积分——他抬起了头，浅蓝天空里那团白光，晶亮而冰寒。二十岁的人仰头望着天空时，确实不太一样，樊教授想。他的嘴巴紧闭着，眼睛眯成了一条缝。

X轴Y轴Z轴（白杨树的叶子在招翻着，像一阵骤雨飘洒过去），我不喜欢这些坐标轴，樊教授想道，慢慢步向了学校的大门。我不喜欢这些太过具体太过狭隘的东西，他想。最高的抽象数学观念，是能够蕴涵一切的——不，不，实在太具体了！一个函数导式的几何意义，每年都得再三重复地讲给那些学生听。蔓叶线、摆线，黑板上全是一拱一拱的弧线。粉笔灰飞扬着，红的弧、黄的弧，点、线、面、体——这些三度空间的东西都太狭窄了，他想道，穿着杏黄色轻软的绒背心，仰天站在草坡上，就在那个时候他迸出了一句：“我要创造一个最高的抽象观念！”

当——古钟鸣了最后一下，泉水枯竭了，树林里顿时静穆了下来，学生们快要走完了。

“樊教授再见。”这两个学生是谁？樊教授纳闷道，点着头轻快地走过去。他急切做了一个手势想唤住他们。“要创造抽象的观念。”他想告诉他们。“努力啊，孩子。”他简直想走过去拍拍他们的肩膀，对他们说。年轻人真当努力，真当有创造的精神——

然而十月的阳光却这般刺目，樊教授想道。他用手遮着额向天上望去，心中有一种说不出的欠缺之感。“多么不完满呢？”樊教授对自己说道。黑板上还得画满一拱一拱的弧线来。太具体了，这些几何图形。一定要创立一个总括一切的抽象观念——“樊氏定理”，在烫金亮黑的书面上印着FAN’S THEORY两个大得能包括宇宙一切现象的英文字——那是个二十岁青年数学家的梦想，一个伟大的梦，大得把人的胸口都快撑裂了的，站在草坡上，穿着件杏黄色的绒背心（几片白杨的叶子被风刮了下来，在空中载浮载沉，一忽儿翻成银白，一忽儿翻成亮绿，飘飘然落到校门口的喷水池里）。樊教授在池面看到了自己的影子，两鬓的白发在风中微微地颤抖着。五十岁的人是应该有这种欠缺之感了，他默默地想道。停了下来，低头注视着池里的倒影。池面有几朵白睡莲，莲叶已经凋残得参差不齐了。喷泉的水量很小，只有几线水柱冒出来，忽高忽低，发出泠泠的水声。池底有蓝色的天，白得发亮的太阳，还有一个两鬓灰白的人影，可是到底还欠缺了一点东西，他想到。喷泉的水柱冷冷地响着，水柱在阳光下反映着彩色的光：水红、亮线、晶紫，闪着、闪着——

3 2 3 1 5̣

3 2 3 1 5̣

“看看我的新鞋、看看我的新鞋”，预备——起！一二三、一二三，打腿、低回旋、再回旋——

丽丽乖，丽丽是个最听话的乖孩子。不要吵，爸爸在想东西。爸爸在创造一个最伟大的定理。爸爸想出来以后就变成世界上最了不起的数学家了。懂吗？乖女，不要吵，静些儿。爸爸在想东西，爸爸要——

一二三、再回旋，不行啊！老师要我们回家练习的。爸爸快点来看，快点来，“看看我的新鞋、看看我的新鞋”——为什么皱眉，爸爸不许皱眉头，皱着眉头好难看，丽丽不爱看爸爸皱眉头。丽丽要跳“看看我的新鞋”，预备——起！一二三、一二三——

风吹过来，把池子里的影子搅乱了，破残的莲叶遮住了亮白的阳光。可是丽丽毕竟是个最乖巧最惹人疼爱的孩子，樊教授想道。他俯下身去，把池里的莲叶拨开，池底顿时现出了一团白光，又亮又寒。她会做出种种逗人怜爱的小动作来。甩动着脑后那撮油亮的小马尾，在榻榻米上，踮起脚尖打转转，转啊转啊，转得那么快，红裙子张成了一把小洋伞，两条粉白滚圆的小腿子跳动得多么有趣呢？爸爸不许皱眉头，她会嫩稚稚地抗议；她会嘟着小嘴嚷着爸爸亲亲，丽丽要爸爸亲亲——可是爸爸在想一条最伟大的数学定理，丽丽那样吵法可不行，爸爸真的要想不出来了。

丽丽毕竟是个最惹人怜爱的孩子，樊教授想道，不能怪她，一点也不能怪她。池子里有蓝色的天，白色的太阳，还有一个白了头发的人影，然而到底还是有些欠缺之感，他想。不对劲，这样很不对劲。要抽象，要能涵盖宇宙之一切（又有几片白杨叶子飘落到池面，随着水流在打转）。可是素琴却偏偏要在隔壁旁唱赞美诗，他摇了一摇头想道——

主耶稣

主耶稣

救世主

拯救我等罪人

好凄楚的声音，尖锐、颤抖，升高、升高，升到了屋顶突然停在那里，开始，抖、抖、抖——“我一定要创造一个最高的抽象观念！”他塞住了耳朵，趴到书桌上愤怒地叫道(叶子在池面一直打着转，有风，水面有微微的波纹)。她非得要叫她的上帝来拯救人类不可吗？他纳闷道。她捧着歌本，皱紧了眉头，凄楚地唱着：“拯救我等罪人。”她总喜欢把罪加在别人身上。她喜欢穿着僵硬干净的蓝布长衫，头发剪得短短直直的，穿着一双雪白的短统袜，苦着脸皱起眉头告诉别人："我们都有罪！"她设法使每个人都有犯了罪恶的感觉。"我们都有罪！"她这样说。她说那天是耶稣复活的日子，她穿着蓝布长衫，披着黑丝巾去教堂祈祷。她要替丽丽祝福。她还要替我赎罪呢！樊教授陡然仰起了脸，紧皱着眉头，大声说了出来："可是我没有罪啊！"（又一阵风刮来，池面的日影碎成一块一块的白光。）丽丽发着高烧，她却锁上了大门到教堂去祈祷。可怜的小东西，一个人躺在床上会多么害怕呢？她会想到些什么？她会想到爸爸皱着眉头看她跳芭蕾舞吗？

水池的喷泉突然高冒，无数的水柱外吐四泻，叮叮咚咚，把池面的影子统统敲碎，白的、蓝的，融成了一大片乱影——

开始是一大团黑烟，血红的火焰一大片一大片卷出来，顺着风扫盖过去，染红了半边天。街心中挤满了人，狂跑着，喊叫着。救火车发出刺耳的笛声，到处在冒浓烟。"完了！"他挤在人群中喃喃地说道，黑烟愈来愈浓。完了，他知道从那个时候起，挤在人群中，看着一团团黑烟从他家里冒出来时，他前半生的一切都完了。黑烟掩盖了他的视线，他听到有人在惨叫：救命——救命——

然而她却要去教堂祈祷，樊教授想道。嗨，她还说要替丽丽祝福。樊教授转过身子，沿着水池继续往前走去。可怜的小东西，她一个人睡在床上不知想些什么。（泉水在他身后隐隐约约地响着，水声愈来愈微。）她该是多么地害怕呢？

可怜，她再也不会穿了那条红裙子，转动着粉白滚圆的小腿子，踮起脚嫩稚稚地叫着爸爸不许皱眉头了。他知道，当他挤在人堆中看着一团团黑烟往外冒的时候，他的前半生统统完结了。

“我一定要惩罚她！”樊教授喃喃地说道，慢慢走向了公共汽车站，“我要她一辈子良心不得安宁。”他说那天是复活节，她要去教堂祈祷，她穿着僵硬的蓝色布长衫，苦着脸告诉别人：“我们都有罪。”然而她犯的却是一个不可饶恕的罪，火烧的时候，大门是锁着的。可怜的小东西，她再也不会嘟着小嘴叫爸爸亲亲了。我一定要惩罚她，樊教授想道，我一定要她一辈子不得安心。

太阳已经斜了，好快，樊教授踏上公共汽车，回头往天上望去，阳光亮而寒。他又记起就在这种小阳春的天气，穿着一件杏黄色的绒背心，站在草坡上，仰望着天空，从心底喊出了那句：“我要创造一个最高的抽象观念！”那时才二十岁，二十岁的人望着天空时，心胸是多么不同呢，他默默地想道。他看见远处的白杨叶子不停地在招翻着，一忽儿绿，一忽儿白。

我会得到补偿的，樊太太想道，向窗外望出去，一点都不觉得，整个下午就这样溜走了。太阳斜到那边去了，好快，只读了一章《圣经》，Thou shalt be rewarded！多么庄严，多么感人。那是对我讲的，樊太太想道。合上了《圣经》，将书紧抱在胸前，挪近窗口去。Thou shalt be rewarded！那好像是天边发出来的声音（太阳透过薄云层，放出了一片斜光射到对面微紫的山头上）——可是阿娇还没有将米淘好，厨房的自来水响得叫人多么心烦——我会得到补偿的，这一世我不在乎吃苦，在那里，樊太太仰着头望着天边那片斜光想道，在天国里，我就会得到补偿了——他说六点钟就要回来吃饭，阿娇连米都没有淘好，厨房里的自来水响得多么可怕，好像用水不要花钱似的。她就爱那样蹲在地上，歪着头，一双大得唬人的胖手插到雪白的米里去，翻啊搅啊，好像小孩子玩泥沙一般，唉，自来水的声音实在烦人——主啊！樊太太突然闭上眼睛轻轻地叫了一声，一阵辛酸从心底冲了上来。我真的不在乎受苦，樊太太咬紧了下唇努力平静下来。通过窄门，进入天国，在那里我就会得到补偿了——

可是他说过六点钟就要回来吃饭了，樊太太想道，将手里那本英文《圣经》放回书架上，把衣柜打开，拿出一件胸上印着一个巨大红色罪字的白外衣来。阿娇连米都没有淘好。她将一块黑色的丝巾披到头上，走向厨房去。

“先生六点钟就要回来吃饭了，”她对阿娇说，“你知道吗？”

她在玩水呢，樊太太想道，天哪，她的裙子捞得多么高，连大腿——哦，连三角裤都露出来了。两只肥胖的大手——指甲上还涂了蔻丹呢——在米堆子里翻来搅去，一头头发偏向一边去，把头都缒歪了，多么丑怪——

“你知道吗？”她这样说，阿娇想道。她没声没息地走到厨房门口站在那里冷冷地这样说。她头上披着黑头巾，一脸布满了皱纹，皱得眉眼部分不清了，真像我们阿婆家里那头缺了牙的母山羊。阿娇抹去脸上的水珠，站起来，面对着樊太太。真的，她想。那年阿婆的芋苗被那头母山羊偷吃了好些，阿婆使劲抽了它几下，“咩——”拉长脸乱叫，露出一口缺齿——就是这个样子，嗨，真是一模一样，鼻子眼睛都皱成了一团。

唉！这个世界上有多少罪孽，樊太太打开了大门。阿娇的裙子却捞得那么高，她想道。大门关上了，砰然一声在空洞的客厅中颤抖了一会，余音传到了厨房里——

“你知道吗？”她的声音是冰冷的，阿娇想道。走进了客厅里，朝窗口那张沙发上躺了下来。太太总是那么冷冰冰的，真奇怪，她整天跑到教堂里，穿着那件稀奇古怪的白袍子不知搞些什么名堂。太太是一个怪人，阿娇想道。将脚上的木屐踢到桌子底，把赤脚跷到沙发的扶手上，顺手拿起了一张电影广告来。先生也是一个怪人，阿娇摇头想着——《禁男地带》，喔唷，这个女人没有穿上衣呢！两个乳房圆鼓鼓的，像柚子一样；躺在旁边那个男人长得倒很漂亮，结实的腰杆，这种瘦腰最好看了，有些男人的小腹，软瘩瘩地凸起出来，真没味道——

可是先生和太太都是怪人，他们可以好几天面对面不说一句话，然后先生忽然攀着太太发了疯一样大声喊道："是你害了丽丽，就是你！就是你！"太太的嘴巴只会发抖，脸上惨白一句话也说不出来。怪人！他们都是怪人！呀，《心酸酸》，多么有趣的名字，念起来就有点叫人心酸了，一定是最后女主角失恋跳河死了。赤裸裸的暴露，大胆的描写，未婚男女，不可不看，哦，"明知失恋真艰苦"，"真艰苦"，阿娇闭了眼睛喃喃地念着。报纸从她手上滑了下来，阳光从窗外斜照进来，爬到了她的胸口及颈子上，她感到有些微温暖及痒麻。"真艰苦，"她喃喃地念着——

烟味。他的房里全是烟味。枕头上也是烟味。他老抽香蕉牌的香烟，烟味浓极了！在黑暗中，他嘴上的烟头一亮一暗，浓重的烟味一阵一阵喷过来，我说我要回去，他却要我躺在他的枕头上。唉！烟味呛得人快透不过气来了。我怕得心中直发疼。他的手上尽是老皮，刮得人的肩膀痛得很，可是我不敢动。我发抖地说我要回去，可是他的手却在我颈子上慢慢地抚摩着，我不敢动，我真的怕得心里直发慌。唉，烟味，唉，我舐到自己的眼泪，咸的。我要回家去了，我颤抖抖地说道，我要——

可是门铃响了，阿娇从沙发上跳了起来。我早就该杀了他去了，那头脏猪！可是门铃响得急得很，一定是先生回来了——杀死他！脏猪！杀死他！杀死他！——

史氏函数论、李氏群论、无穷级数特殊展法——樊教摸着壁架上一本一本厚厚的洋文书，心中有一股说不出的悲喜交集之感，平滑坚硬的书面摸着舒服极了。要有亮黑的书面的，樊教授想道。上面印着两个英文字：FAN'S THEORY，大大的，大得能包括宇宙间一切的现象，闪着金光，刺得人张不开眼睛来——可是明天第一节课还得讲超越函数的微分法呢，樊教授拿了一本初等微积分坐到窗口去。室内没有开灯，书上的黑字一团模糊。天色转成了暗蓝，对面的山头变成了一个黑色的三角形。先由 Sine 讲到 Co-Sine。厨房里有碗碟撞击的声音，阿娇在洗碗，她说她八点钟要出去看电影。她说她要把大门的钥匙带出去。然后到 Tangent，再到 Co-tangent，阿娇说电影要十一点钟才散场，最好把大门钥匙带出去。对面那座山头变成了一个黑影，浮起来了。然后讲到 Secant。然后再到 Co-Secant。然后——然后——然后升起一团团黑烟，然后有人凄惨地喊叫：救命！救命——樊教授慢慢地站了起来，膝上的书咕咚一声跌到地板上去。室内完全暗了，桌子上的烟灰缸反映着些微银色的光。

“我一定要惩罚她！”樊教授站在客厅中央大声说了出来。可是她却穿着僵硬的蓝布长衫告诉别人，我们都有罪！她有意避开我。她狡猾得像一头猫。她走路总是踮起脚，没有声音的。她不让我有机会，她冷冰冰地瞅着，瞅着。悄悄地打开门，闪着身子溜出去，像一头夜猫，披着黑色的黑巾，告诉别人：我们都有罪——

可是阿娇却把客厅里的灯捻亮了。先生，她歪着头说，头发统统跌到一边去。她穿着大团花的裙子。先生，她扭着屁股，歪着头说。她也要出去了。她们都溜走了。然后——然后按摩的瞎子在窗下凄哑地吹着笛声，然后——然后手里捏着初等微积分躺在沙发上做梦：梦见在一个又冷又亮的小阳春，穿着杏黄色的绒背心，站在草坡上，望着天空喊道：我要创造一个最高的抽象观念！梦见榻榻米上一对小腿子在打转子。梦见火，梦见烟。梦见有人凄惨地喊叫：救命！救命！然后壁上的钟又冷又重地敲着：当——当——当——

可是阿娇却扭动着腰肢，把门打开要出去了。她也要走了、她也要走了、要走了、要走了——

"不要离开我！"樊教授突然大声喊了出来，摇摇晃晃走过去，抓住了阿娇胖的手臂，一脸扭曲着。

《现代文学》第六期

一九六一年一月

青 春

太阳已经升到正中了，老画家还没有在画布上涂下他的第一笔。日光像烧得白热的熔浆，一块块甩下来，黏在海面及沙滩上。海水泛着亮白的热光，沙粒也闪着亮白的热光。沙滩上的大岩石不停地在冒水烟，烟色热得发蓝，整个海湾都快被蒸化了。

老画家紧捏住画笔，全神贯注地想将颜料涂到画布上去，可是每当笔接近布面时，一阵痉挛抖得他整个手臂都控制不住了。额头上的汗水又开始一滴一滴落到了他的调色盘上。阳光劈头盖脸地刷下来，四处反射着强烈的光芒，他感到了一阵白色的昏眩。

站在岩石上的少年模特儿已经褪去衣服，赤裸着身子摆出了一个他所需要的姿势，在等着他涂下他的第一笔，然而他的手却不停地在空中战栗着。

早上醒来的时候，阳光从窗外照在他的身上。一睁开眼睛，他就觉得心里有一阵罕有的欲望在激荡着，像阳光一般，热烘烘地往外迸挤。他想画，想抓，想去捉捕一些已经失去几十年了的东西。他跳起来，气喘喘地奔到镜前，将头上变白了的头发撮住，一根根连皮带肉拔掉，把雪花膏厚厚地糊到脸上，一层又一层，直到脸上的皱纹全部遮去为止，然后将一件学生时代红黑花格的绸衬衫及一条白短裤，紧绷绷地箍到身上去。镜中现出了一个面色惨白，小腹箍得分开上下两段的怪人。可是他不管自己丑怪的模样。他要变得年轻，至少在这一天；他已经等了许多年了，自从第一根白发在他头上出现起，他就盼望着这阵想画想抓的欲望。他一定要在这天完成他最后的杰作，那将是他生命的延长，他的白发及皱纹的补偿。

然而他的第一笔却无法涂到画布上去。他在调色盘上将嫩黄、浅赭，加上白，再加上红，合了又合，调了又调，然后用溶剂把颜料洗去，重新用力再合再调，汗水从他的额上流下来，厚层的雪花膏溶解了，他的脸颊上变得黄一块，白一块，皱纹又隐隐地现了出来。他想调出一种嫩肉色，嫩得发亮、嫩得带着草芽上的腻光，那是一种青春的肉色，在十六岁少男韧滑的腰上那块颜色，但是每次调出来都令他不满。欲望在他的胸中继续膨胀，渐渐上升。

海水向岸边缓缓涌来，慢慢升起。一大片白色的水光在海面急湍地浮耀着，丝——丝——丝——哗啦啦啦——海水拍到了岩石上，白光四处飞溅，像一块巨大无比的水晶，骤然粉碎，每一粒碎屑，在强烈的日光下，都变成了一团团晶亮夺目的水花。少年赤裸的身子，被这些水花映成了一具亮白的形体。

“赤裸的 Adonis！”老画家低声叫了出来。窝在他胸中那股欲望突地挤上了他的喉头，他的额上如同火焰一般地烫烧了起来。少年身上的每一寸都蕴涵着他所有失去的青春。匀称的肌肉，浅褐色的四肢，青白的腰，纤细而结实，全身的线条都是一种优美的弧线，不带一点成年人凹凸不平的丑恶。他不喜欢 Gainsborough 的穿着华美衣服的 Blue Boy。他要扯去那层人为的文雅，让自然的青春赤裸裸地暴露出来，暴露在白热的日光底下及发亮的海水面前。他要画一幅赤裸的 Adonis，一个站在冒着蓝烟岩上赤着身子的少年。老画家的手颤抖得愈来愈厉害了。太阳将热量一大堆一大堆倾倒下来。沙上的热气袅袅上升，从他脚上慢慢爬上去。他手上的汗水，沿着笔杆，一串一串流到调色盘上。他在盘上急切地调着，可是他却无法调出少年身上那种青春的色彩来。

丝——丝——丝——哗啦啦啦——又一个浪头翻了起来，顿时白光乱蹿，老画家感到一阵摇摇欲坠的昏眩。他觉得上下四方都有一片令人喘息的白色向他逼近，他赶紧抓住了画架。他看见站在岩石上的少年却仍然仰着头，闭着眼睛，做出了一个振振欲飞的姿势。他的心中愈来愈急躁，他要抓住那少年青春的气息，不让它飞跑。他心中一直在催促 :“要快，要快点下笔啊！”可是他的手却抖得厉害。他焦急地摇了一摇头，他实在涂不下去。海浪一个接着一个，啵！一个，啵！又一下，一朵朵亮白的水花在少年身后不停地爆炸。欲望在老画家的喉管中继续膨胀着，沙上毒热的蒸汽熏得他的头快要裂开似的。陡然间他发出了一声无力的呻吟，将调色盘上尚未调好的颜料，一大片一大片，狂乱地甩到画布上去，少年仰着头，海风轻轻地拂动了他的卷发。老画家丢下了画笔及调色盘，咬紧牙齿喃喃说道 :“我一定要抓住他，我要把他捉到我的画上，我一定要——一定要——”

“孩子，我们休息一会儿再工作吧！”老画家蹒跚地爬上岩石，向少年说道。少年正在白热的日光下自我陶醉着。他看见老画家爬上来，立刻展开了一个天真的笑容说道 :

“伯伯，我一点都不累，太阳底下晒得舒服透了。”他伸了一个懒腰，仰着面，双手在空中划了几个大圈子。老画家的心中骤然一紧，少年的一举一动，都显得那么轻盈，那么有活力，好像随时随地都可能飞走似的。他感到自己身上的关节在隐隐作痛，可是他咬紧了牙根，用力往岩石上爬去。少年一蹲一起，在活动腿上的肌肉，一直露着牙齿向老画家天真地笑着。

当老画家快爬到岩石顶的时候，他觉得心房剧烈地跳动起来，少年的每一个动作对他都变成了一重压力，甚至少年脸上天真的笑容，也变成了一种引诱，含了挑逗的敌意。老画家匍匐在岩石上，紧攀着滚烫的石块往上爬。日光从头顶上直照下来，少年浅褐色的皮肤晒得起了一层微红的油光，扁细的腰及圆滑的臀部却白得融化了一般。小腹上的青毛又细又柔，曲鬈地伏着，向肚脐伸延上去，在阳光之下闪着亮光。

"我一定要抓住他！"老画家爬到岩石顶喃喃地说道，他看到了少年腹下纤细的阴茎，十六岁少男的阴茎，在阳光下天真地竖着，像春天种子刚露出来的嫩芽，幼稚无邪，但却充满了青春活力。他心中的欲望骤然膨胀，向体外迸挤了出来。他踉跄地向少年奔去，少年朝他天真地笑着。他看见少年优美的颈项完全暴露在他眼前，微微凸出的喉骨灵活地上下颤动着。他举起了双手，向少年的颈端一把掐去。少年惊叫一声，拼命地挣扎，他抓住了老画家的头发用力往下揿，老画家发出了几声闷哑的呻吟，松了双手，少年挣脱了身子，立刻转身后跑，跳到水中，往海湾外游去。

丝——丝——沙啦——一个浪头翻到了岩石上，白色的晶光像乱箭一般，四处射来，一阵强烈的昏眩，老画家整个人虚脱般瘫痪到岩石上。岩石上蒸发起来蓝色的水烟在他四周缓缓升起，他全身的汗水，陡然外冒。红黑花格的绸衬衫全沁透了，湿淋淋地紧贴在他身上，汗臭混着雪花膏的浊香一阵阵刺进了他的鼻腔。太阳像条刺藤在他身上使劲地抽笞着，他感到全身都热得发痛，他的心跳得愈来愈弱，喉咙干得裂开了似的。突然间他觉得胃里翻起一阵作呕的颤栗，在他身体旁边，他发现了一群螃蟹的死尸，被强烈的日光晒得枯白。

“我——要——抓——住——他——”老画家痛苦微弱地叫着，他吃力地挣扎着抬起头来，整个海面都浮了一层黏稠的白光，他看到少年白色的身体在海面滑动着，像条飞鱼，往海平线飞去。他虚弱地伸出手在空中抓捞了一阵，然后又整个人软瘫到岩石上。水花跟着浪头打到他的脸上，打到他的胸上。他感到身体像海浪一般慢慢飘起，再慢慢往下沉去。白色的光在他头顶渐渐合拢起来，在昏迷中，他仿佛听到天上有海鸟在干叫，于是他突然记起有一天，在太阳底下，他张开手臂，欣赏着自己腋下初生出来的那丛细致亮黑的毛发。

老画家干毙在岩石上的时候，手里紧抓着一个晒得枯白的死螃蟹。海风把沙滩上的画架吹倒了，阳光射到了画布上，上面全是一团团半黄不白的颜料，布角上题着“青春”两个字，字迹还没有干，闪着嫩绿的油光。

《现代文学》第七期

一九六一年三月

藏在裤袋里的手

入夜以后，雾愈来愈浓。酝酿了三四天，雨还是下不畅快。到了晚上，空气里的水分统统挤了出来，凝成一团团软瘩瘩的水雾，挂在半空中，又湿又重。经过霓虹灯一照，西门町的上空变成了一大片潮湿的霉红色。

吕仲卿倚在新生戏院对面的一根铁灯柱下，望着戏院的广告牌在发呆。新生正在放映《流浪者》，广告牌上画着安妮麦兰妮及珍妮伍华的像。湿雾从吕仲卿的头顶慢慢滑进他的颈子里，他感到一阵奇痒，又温又黏，痒得他全身直冒鸡皮疙瘩。这是一个回潮的三月天，他觉得整个人里里外外，都是腻湿腻湿的。他没有掏出手帕来揩去颈背上的湿气，他的两只手深深地插在裤袋里，手掌心不停地在发汗。每逢星期六的晚上，他挨玫宝赶出来以后，总要忍受这一阵挣扎的痛苦。那一股奇怪的欲望，不自主地会在他心中翻腾起来。

一走到大街上，他就把双手插进了裤袋里，街上的人愈多，他的手藏得愈严紧。他挣扎着想避开街上的人群，可是那一股欲望却像炼火一般，愈烧愈辣毒。他感到脑门热涨得快要炸开了似的，脚下却虚弱得不能移动。他把面颊贴在冰凉的铁柱上，含糊地叫着："玫宝，嗳，玫宝……"在迷濛的雾气里，他看见广告牌上安妮麦兰妮伸着一双胖手拼命地在乱抓；珍妮伍华咧着嘴，一头乱发，像丛枯白的稻草。

玫宝喜欢打桥牌，这晚她又约了银行里几位太太到家里来斗牌。吕仲卿对于桥牌一窍不通，四门子花色，他老搞不清楚。可是他却渴望着这晚的来临，因为只有在打牌的时候，吕仲卿才有机会跟玫宝亲近。他可以乘她在牌桌上聚精会神的当儿，端张椅子，挨着她身后，悄悄地坐下来。

这晚玫宝穿了一袭深玫瑰红的洋装，圆领短袖，在粉红色的座灯下，整个人好像融化了一般，全身圆熟得散出浓郁的香味来。吕仲卿坐在她身后，一直瞅着她浑圆的颈项在出神。不晓得有过多少次，他想在她润滑的颈脖上亲一下，可是他总也没敢这样做。尤其当玫宝晚上卸装，坐在梳妆台前把头发刷上去的时候，吕仲卿看见她的项背完全露在灯光下，他就禁不住朝她慢慢地走了过去。可是他还没有挨近她身边，玫宝就会倏地一下转过身来，把刷子丢到台上，冷冰冰地截住他道：

"干吗？干吗？你又想做什么啦？"

吕仲卿当时真恨不得回头就溜，可是他的脚却生了根一般，一脸通红，半天说不出一句话来。他知道玫宝嫌着他，他一点也不怪玫宝。玫宝是一个精明能干的女人，处处要强。可是他却不行，他什么也不行。他站在她面前，简直手脚都不知道该怎么放才好。他站着比玫宝还要矮半截，一身瘦得皮包骨，眉眼嘴角总是那么低垂着。玫宝老说他笑起来也是一副哭相。他不怪玫宝，他自己也厌恶着自己。他在玫宝面前总想装着很开心很坦然的样子，但是只要玫宝朝他多望一眼，他就不自主地扯手扯脚，一会儿摸摸领带，一会儿掸掸衣角，好像全身爬满了蚂蚁似的，直到玫宝不耐烦骂起他来：

“别那么神经兮兮好不好？弄得我周身都不自在了！”

可是没有办法，他天生来就是那么一个神经质的人，玫宝骂了他，他只有感到歉然，老惹玫宝生气。无论玫宝对他怎么难堪，他总默默地忍着。他就是离不开玫宝，半步也离不开她。他们结婚没有多久，玫宝就吵着要分房睡，常常半夜里，玫宝尖叫着把枕头塞到他手里，把他推出房门外，啐着他嚷道：

“我受不了你这副窝囊样子，你懂不懂？我看见你就心里头发紧。”

可是他实在离不开玫宝，他百般央着玫宝让他跟她在一起。玫宝在房中置了一铺架床，她让吕仲卿睡上铺，她自己睡下铺，她说这样他总不至于半夜里爬下来扰她了。吕仲卿睡在上铺觉得很满足，虽然每晚爬上去有点吃力，可是他睡得倒还安稳，蜷在被窝里，他感到玫宝离得他很近。有时他闭着气，静听玫宝均匀的呼吸声，他忍不住轻轻地唤一声：

“嗳，玫宝——”

“哈哈，你这张老K到底让我挤下来了吧？”玫宝眉飞色舞地伸出手去把下家一张红心老K拈了过来。吕仲卿看见她滚圆白润的膀子上，泛着一层粉红色的光辉。他微眯着眼睛，深深地吸了一口气，玫宝的头发上幽幽地在散着一阵浓香。玫宝用的是一种叫做“柔情之夜”的法国香水，香水瓶子的形状是一个蔷薇色的裸体女人。玫宝不在家的时候，吕仲卿老爱偷偷地去抚弄这瓶香水。他一闻到那股香味，心中就软得发暖。他会抱着玫宝的浴衣，把脸埋到玫宝的枕头上，拼命地嗅着，把浴衣的领口在他腮上来回地揉搓，浴衣及枕上都在散发“柔情之夜”，浓一阵，淡一阵，嗅着嗅着，忽然间，吕仲卿整个人都会瘫痪在玫宝的床上，痉挛地抽泣起来。

“Trump！”下家伸出一只黝黑的手，把玫宝的方块A扫了过去，瘦骨嶙峋的手指上，戴着一粒卵大的蓝宝石，紫光不停地闪耀着。

玫宝叫了一声哎哟，头往后一仰，发尖触着了吕仲卿的鼻子，吕仲卿猛吃一惊，赶忙退缩，将身子坐正。玫宝回头瞥见吕仲卿坐在她身后，把手中的牌放下，打量了他两眼，问道：

“你又呆坐在这里干什么了？”

吕仲卿觉得脸上一热，好像做了什么亏心事被识破了一般，搓着手，讪讪地答道：

“我——我在看你打牌呢。”

一说完这句话，吕仲卿就恨不得闭上眼睛，躲开玫宝的视线，他觉得玫宝两道闪烁的眼光，往他心中慢慢刺了进去似的。

“看我打牌？哈！”玫宝忽然尖叫起来，当着人的时候，玫宝总喜欢跟他过不去，她拿起一张梅花十送到吕仲卿面前带着威胁性的口吻问道：

“这叫什么花头？你倒说说看。”

吕仲卿感到有点眼花，牌上的梅花，一朵朵在打转子，他闻到玫宝的指尖发出了一丝“柔情之夜”的香味来。

“说呀，你不是说在看我打牌吗？连花色都认不清楚？”玫宝把牌愈来愈逼近吕仲卿，他看见她的嘴角似笑非笑地翘着，两只耳坠子不停地晃动。另外三位太太都放下了牌，抱着手，在等待着，吕仲卿觉得脸上烧得滚烫。

“说呀！说呀！说呀！”玫宝一直催促着。吕仲卿朝她眨了一眨眼睛，嘴唇抖动了好一会，却说不出话来。

突然间玫宝的对家放声笑了起来，一身翠绿色的绒旗袍痉挛地扭动着，于是四个女人都一齐着了魔一般地狂笑起来。玫宝手里不停地摇动那张梅花十，喘着气叫道：

"说出来啊！这叫什么？这叫什么哪？"

吕仲卿干咳了几声，瘦脸上的肌肉抽动着，做出了一个僵僵的笑容，他也想随着她们笑一下，可是他笑不出声音来。他觉得一阵接着一阵的热流，直往他脸上涌来，他知道自己又在脸红了，而且一定还红得非常滑稽。他不由自主地将椅子朝外面挪了一下，移出了粉红色的光圈外。桌子上又恢复了牌局，玫宝的手灵活地洗着牌，金色的扑克一张张在跳跃。她的一举一动吕仲卿都默默地注视着，他的眼光跟着她丰腴的手膀一上一下地眨动，他心里也跟着一阵紧一阵松，忽儿沁甜，忽儿溜酸地搅动着。

不晓得是为了什么缘故，他从小对女人就有一种奇怪的感情，他惧畏她们。他见了女人，就禁不住红脸，周身发热。但是他又喜欢跟她们在一起，悄悄地，远远地看着她们。他小时候整天都缠着姆妈及荷花两个人。他是姆妈的独生子，无论姆妈到哪里，他都跟着去，姆妈到舅妈家打牌他就待在那儿一整天，他不跟小表弟们去斗蟋蟀，他宁愿坐在牌桌下的烧瓷矮凳上，守着姆妈。瓷凳子冰冰凉的，坐着很不好受，可是他离不开姆妈。姆妈老伸手下来抚弄着他的脑袋，一忽儿摘下绣花手帕来替他擤鼻涕，一忽儿把山楂片塞到他的嘴巴里。他喜欢闻姆妈手帕上的枸橼香，可是山楂片甜得他的牙齿直发疼，他不敢张声，他怕姆妈嫌烦，把他撵开。他呆呆地瞅着紫檀木桌上姆妈的胖手臂，雪白的腕上戴着一双碧绿的翡翠镯子，不停地发出当琅当琅撞击的脆响。他耐心地等着，等到姆妈打完牌回家睡觉，他好爬到床上，把头挤过去，偎到姆妈的胖手膀上，他喜欢那股浸凉的感觉——

“你说谁？玫宝，佛兰克辛那屈？我也最讨厌他，瘦皮猴，丑男人！”

“你们两个别说得这样难听，他的戏演得可真不坏啊！”

“算了罢，演得再好我也不爱看，一张脸瘦得只剩下三个指拇宽。”

“喂，你们只顾聊天，该谁攻牌啦？”

“轮到我攻——依我说汤尼寇蒂斯长得倒很漂亮。”

“嘘——瘟生！油头粉面，我最看不得没有男人气的男人。”

“Trump！”

“喔唷，我没算到你还有一张王牌呢。”

“Down 多少？”

“四副。”

吕仲卿将椅子慢慢往外挪，移到玫宝身后不远的角落中去。灯光照不到那一角，吕仲卿轻轻地舒了一口气，他用手把额头上沁出来的汗丝拭掉，他觉得两腮还是滚烫的，脸上的红晕大概还没有完全消褪。他注视着玫宝的背影，玫宝身上那件绉绸的红长裙一动就发出窸窣的碎响，每响一下，吕仲卿不由得心中一缩。他生怕玫宝再回过头来，他晓得如果玫宝看见他还在她身后那样呆坐着，一定会把他赶开的。玫宝说过男人第一件事情就是要拿得起，放得下。可是他什么都摔不开，玫宝说他是削肩膀，承不起东西，最没出息。他不在乎玫宝说这些话，只要玫宝肯要他，不把他攆开，他就心满意足了。他愈是惧畏玫宝，他愈是想亲近她，他对女人那股莫明其妙的惧畏从他很小的时候就有了。他记得有一次姆妈出去吃酒，把他交给丫头荷花。那晚是个七月的大热天，荷花在厨房里洗澡，吕仲卿闯了进去。里面水汽迷濛，荷花赤了身子，在昏黄的灯光下，捧着自己肥大的奶子，用嘴吸吮着。荷花看见他闯进来，怔怔地瞪着他，忽然间笑得很邪地一把捉住他的手，把他拖过去，他吓得喊不出声音来，他看见荷花全身白胖得可怕，头发全跌到胸前，肥大的臀部，高高地翘起。荷花一脸醉红，抓住他的手揿到她的臀部上，在他耳边喃喃地说着："你摸摸看——你摸摸看——"他拼命地挣脱了手，跑回房中跪到姆妈床前，浑身不停地颤抖起来。

自从那晚以后，他再也不肯离开姆妈的床单独睡觉了。一连好几夜，他总做着同一个噩梦，梦见他的手被人捉住揿到一个痴白肥大的女人臀部上。他踢着，喊着，总也挣扎不开，他抱着姆妈的手膀，全身直冒冷汗。自此以后，他见了女人就想躲，躲到姆妈怀里去。他老觉得好像有人牵着他的手去摸女人的臀部似的。那晚他触着荷花身体时那股腻滑痒麻的感觉，老是留在他的指尖上。直到他十六岁娶媳妇的那一晚他才离开姆妈的床。可是那一次的婚姻并不成功，他还没等到揭开新媳妇的头盖，就跑回到姆妈房中，抵死也不肯进新房了。他受不住那个奇怪念头的诱惑，他看见新媳妇娘，他就觉得有人在把他的手从裤袋里扯出来，拖往新媳妇娘去似的。只有躲在姆妈的怀里的时候，他才感到最舒适，最安全。

姆妈过世后，他找到了玫宝。玫宝能给他同样的安全感，他看见玫宝丰腴的手膀及浑圆的颈项，就禁不住想象他小时候躲在姆妈怀里那样偎在玫宝身上。只要玫宝朝他笑一下，他就会觉得从心窝子里暖了出来。可是他不敢亲近玫宝，他只有暗暗地眷恋着她。

前天晚上有月亮，他从上铺爬了下来，月光下，玫宝露在毛毯外的膀子显出了一抹葱绿的腻光，吕仲卿蹲在床边，悄悄地看着她，不知不觉地，他把头挤了过去偎在玫宝的膀子上。等到玫宝醒来发觉他蹲在床前时，立刻把他推开狠狠地骂了他一顿，她尖叫着啐他道："下流！下流！我从来没有看见过这样下流的男人——"

"哎呀，可了不得！一定是咖啡煮焦了。"玫宝陡然间推开椅子跳了起来。客厅里弥漫着焦咖啡的浓香。玫宝看见吕仲卿缩在客厅的角落里，立刻气冲冲地跑过去指着他喊道："你们看看，咖啡烧得一塌糊涂，他却坐在那儿发傻。你难道是死人哪！咖啡香得刺鼻子了，你也不会去替我看看。"

吕仲卿一脸涨红，迟疑地站了起来，吞吞吐吐地说道：

“我——我这就去替你去把咖啡端来。”

玫宝把牌摔到桌上摆摆手阻住他道：

“算了，算了，你这种人还能做出什么好事情来？”说着一径走过去把电炉上的咖啡壶拿了起来。吕仲卿站在客厅中央，脑子里嗡嗡作响，他看见粉红色灯光下的三位女人都咧开搽着口红的嘴向着他，他盯着一只枯黑的手上那粒闪着紫光的蓝宝石喃喃地说道：

“真抱歉，我——我——没在意——咖啡煮焦了——”

三个女人都一齐哄笑起来，玫宝的对手朝着玫宝叫道：

“玫宝呀，你的先生真有意思。”

玫宝端着咖啡走过来，擦过吕仲卿身旁对他冷冷地说道：

“你趁早替我走开点，我看见你就一肚气。痴不痴、呆不呆的，四十靠边的人了，就没做出过一件叫人看着爽眼的事情来。整天只会跟着人穷磨，你为什么不学别人的先生，自己出去逛逛街，看场电影去呀？”

三个女人笑成了一团，有一个喘着气叫道：

“玫宝呀，你真要不得，把你先生说成那个样子，我觉得你先生怪好玩的。”

吕仲卿感到头有点晕，眼睛迷迷濛濛的，整个客厅都浮在一圈粉红色的光晕中一般。他趔趔趄趄退到了卧房中。里面几个太太的小女孩子正在学跳水手舞，收音机里播着普里斯莱唱的《不要那样残忍》，声音颤抖而急切。几个女孩子看见吕仲卿闯了进来，都发出了一声尖叫，一窝蜂撞进吕仲卿的怀里，把他推出房门叫道：

“吕伯伯不要来捣蛋，吕伯伯快点出去。”

吕仲卿跌撞出来，结结巴巴地说道：

“乖乖，吕伯伯想问你们要不要吃点心，吕伯伯想——”

外面玫宝拍着桌子大叫道：

“你不要去搅她们好不好？你为什么不出去，要死赖在家里呢！”

“玫宝，别去管你先生，让我们打牌。”

“不行，我一定要他出去，他在这里，我玩都玩不痛快。”

“算了罢，你先生在这里并不碍事啊。”

“不，不，我要他出去。出去啊，听到没有，你替我快点走——”

湿雾像一面面沾了露水的蛛网，一层又一层地罩到了吕仲卿的脸上。吕仲卿的双手往裤袋里愈插愈深，手掌心流出来的汗水，沁湿了他的裤袋。新生戏院最后一场戏散了，一大群人拥到街心，向四面散去。霉红色的水雾裹住了他们的头部，吕仲卿看见有几个穿着艳色旗袍的身躯在雾影里晃动着。他不自主地往灯柱后面退去，将额头紧紧地抵在铁柱上。他的心开始像擂鼓一般，一下一下沉重地敲了起来。那股奇怪的欲望在他胸中，愈翻愈急，慢慢升高胀大，他又觉得有人从他的裤袋中把他的手往外拉扯了。“玫宝——”他咽呜地低喊着，他耳朵里仿佛响着玫宝尖叫的声音：“下流！下流——”

暖雾如同千千万万只软绵绵的小手指，不停地在吕仲卿的头发上、颈子上轻轻撩拨着。笃、笃、笃，一阵高跟鞋的声音，朝灯柱这边走了过来。吕仲卿紧握着拳，手指甲抠进了掌心，一阵刺痛钻入他的心房，他咬着牙齿，下巴颏不停地抖动着。雾里现出了一个紫色的身影，朝他愈逼愈近。他感到一阵强烈的昏眩，好像在很远很远的地方传来一缕极细微、极熟悉的声音，邪邪地召唤他道：“你摸摸看——你摸摸看！”那个穿着紫缎旗袍的身躯从他身旁摇曳着走了过去，高跟鞋沉笃地踏在水泥地上，臀部的地方箍得发出了一团紫色的亮光。吕仲卿陡然觉得一股不可抗拒的力量，把他插在裤袋里的手猛拔了出来，他朝着那团紫光踉跄地奔了过去。

一阵女人失惊的尖叫把行人统统集中过来。吕仲卿见霉红色的湿雾中人影幢幢，从四面八方朝他围拢。人声轰隆轰隆，好像雾里发出来的哑雷一般，他张着口，拼命地在吸气，他觉得胸口被塞住了似的。他看见许多人头在他面前摇晃着，一对对眼睛朝他冷冷地瞪着。他感到非常疲倦，全身一点力气也没有了。他想蜷着身子，躺到地上去。他听到一阵女人尖锐的咒骂声。他觉得衣领、手臂都被人钳住了。他没有挣扎，任凭别人推来扯去。突然他觉得口角上起了一阵剧痛，一只粗壮的手在他颊上狠命地批打起来，他失去了重心，倒在别人的身上。

吕仲卿回家的时候，牌局早已散了。全屋漆黑，他摸索着进了卧房，玫宝已经安睡了。他脱去鞋子，赤着足，悄悄地爬到上铺，钻进自己的毛毯中去。这晚吕仲卿睡得十分安稳，他把玫宝挂在床头的浴衣拿上去拥在胸前一块儿睡。浴衣上幽幽地散着“柔情之夜”的浓香，合着他嘴角上流出来血的甜腥，一阵阵熏到他面上来。他感到喝醉了一般，脑门昏陶陶的。在睡梦中他像满足了的婴儿一样，天真地咧开嘴笑了起来。他好像觉得自己的头枕到了玫宝的膀子上，一双手却舒舒服服地藏进了裤袋里。

《现代文学》第八期

一九六一年五月

寂寞的十七岁

1

回到家里，天已经蒙蒙亮了。昨天晚上的雨还没有停，早上的风吹得人难耐得很，冰浸的。大门紧闭着，我只得翻过围墙爬进去。来富听到有人跳墙，咆哮着冲过来，一看见是我，急忙扑到我身上，伸出舌头来舔我的脸。我没有理它，我倦得走路都走不稳了。我由厨房侧门溜进去，走廊一片浑黑。我脱了皮鞋摸上楼去，经过爸爸妈妈卧房时，我溜得特别快。

回到家里第一件事情就是到浴室里去照镜子，我以为一定变得认不出来了，我记得有本小说写过有个人做一件坏事，脸上就刻下一条“堕落之痕”。痕迹倒是没有，只是一张脸像是抽过了血，白纸一般，两个眼圈子乌青。我发觉我的下巴颏在打哆嗦，一阵寒气从心底里透了出来。

我赶忙关上灯，走进自己房里去，窗外透进来一片灰濛濛的曙光，我的铁床晚上没有人睡过，还是叠得整整齐齐的，制服浆得挺硬，挂在椅背上，大概是妈妈替我预备好早上参加结业式用。我一向有点洁癖，可是这会儿小房里却整洁得使我难受。我的头发黏湿，袖口上还裹满了泥浆，都是新公园草地上的。我实在不愿泥滚滚地躺到我的铁床上去，可是我太疲倦了，手脚冻得僵硬，脑子里麻木得什么念头都丢干净了。我得先钻到被窝里暖一暖，再想想昨天晚上到底是怎么回事。我的心乱得慌，好多事情我得慢慢拼凑才想得起来。

2

说来话长，我想还是从我去年刚搭上十七岁讲起吧！十七岁，啧啧，我希望我根本没有活过这一年。

我记得进高一的前一晚，爸爸把我叫到他房里。我晓得他又要有一番大道理了，每次开学的头一天，他总要说一顿的。我听妈妈说，我生下来时，有个算命瞎子讲我的八字和爸爸犯了冲。我顶信他的话，我从小就和爸爸没有处好过。天理良心，我从来没有故意和爸爸作对，可是那是命中注定了的，改不了。有次爸爸问我们将来想做什么，大哥讲要当陆军总司令，二哥讲要当大博士，我不晓得要当什么才好，我说什么也不想当，爸爸黑了脸，他是白手成家的，小时候没钱读书，冬天看书脚生冻疮，奶奶用炭灰来替他焐脚，所以他最恨读不成书的人，可是偏偏我又不是块读书的材料。从小爸爸就看死我没有出息，我想他大概有点道理。

我站在爸爸写字台前，爸爸叫我端张椅子坐下。他开头什么话都不说，先把大哥和二哥的成绩单递给我。大哥在陆军官校考第一，保送美国西点；二哥在哥伦比亚读化学硕士。爸爸有收集成绩单的癖好，连小弟在建国中学的月考成绩单他也收起来，放在他抽屉里。我从来不交成绩单给他，总是他催得不耐烦了，自己到我学校去拿的。大哥和二哥的分数不消说都是好的，我拿了他们的成绩单放在膝盖上没有打开。爸爸一定要我看，我只得翻开来溜一眼，里面全是A。

“你两个哥哥读书从来没考过五名以外，你小弟每年都考第一。一个爹娘生的，就是你这么不争气。哥哥弟弟留学的留学，念省中的念省中，你念个私立学校还差点毕不得业，朋友问起来，我连脸都没地方放——”

爸爸开始了，先说哥哥弟弟怎么怎么好，我怎么怎么不行。他问我为什么这样不行，我说我不知道。爸爸有点不高兴，脸沉了下来。

“不知道？还不是不用功，整天糊里糊涂，心都没放在书本上，怎么念得好？每个月三百块钱的补习老师，不知补到哪里去了。什么不知道！就是游手好闲，爱偷懒！”

爸爸愈说愈气。天理良心，我真的没有想偷懒。学校里的功课我都按时交的，就是考试难得及格。我实在不大会考试，数学题目十有九会看错。爸爸说我低能，我怀疑真的有这么一点。

爸爸说这次我能进南光中学是他跟校长卖的面子，要不然，我连书都没得读，因此爸爸要我特别用功。他说高中的功课如何紧如何难，他教我这一科怎么念，那一科该注意些什么。他仔仔细细讲了许多诸如此类的话。平常爸爸没有什么和我聊的，我们难得讲上三分钟的话，可是在功课上头他却耐性特大，不惜重复又重复地叮咛。我相信爸爸的话对我一定很有益，但是白天我去买书、买球鞋、理发、量制服，一天劳累，精神实在不济了。我硬撑着眼皮傻怔怔地瞪着他，直到他要我保证：

“你一定要好好读过高一，不准留级，有这个信心没有？”

我爱说谎，常常我对自己都爱说哄话。只有对爸爸，有时我却讲老实话。我说我没有这个信心，爸爸顿时气得怔住了，脸色沉得好难看。我并没有存心想气他，我是说实话，我真的没有信心。我在小学六年级留过一次级，在初二又挨过一次。爸爸的头筋暴了起来，他没有作声，我说第二天要早起想去睡觉了，爸爸转过头去没有理我。

我走出爸爸房门，妈妈马上迎了上来，我晓得她等在房门口听我们说话，爸爸和妈妈从来不一起教训我，总是一个来完另一个再来。

“你爸爸——”

妈妈总是这样，她想说我，总爱加上“你爸爸——”我顶不喜欢这点，如果她要说我什么，我会听的。从小我心中就只有妈妈一个人。那时小弟还没出世，我是妈妈的幺儿，我那时长得好玩，雪白滚圆，妈妈抱着我亲着我照了好多照片，我都当宝贝似的把那些照片夹在日记本里，天天早上，我钻到妈妈被窝里，和她一齐吃“芙蓉蛋”，我顶爱那个玩意儿，她一面喂我，一面听我瞎编故事，我真不懂她那时的耐性竟有那么好，肯笑着听我胡诌，妈妈那时真可爱。

“你爸爸对你怎么说你可听清楚了吧？”

妈妈冲着我说，我没有理她，走上楼梯回到我自己房里去，妈妈的脾气可不大好，爸爸愈生气愈不说话，妈妈恰巧相反。我进房时，把门顺带关上，妈妈把门用力摔开骂道：

“报应鬼！我和你爸爸要给你气死为止。你爸爸说你没出息，一点都不错，只会在我面前耍强，给我看脸嘴，中什么用呀！猥猥琐琐，这么大个人连小弟都不如！你爸爸说——！”

“好了，好了，请你明天再讲好不好？”我打断妈妈的话说。我实在疲倦得失去了耐性。妈气哭了，她用袖子去擦眼泪，骂我忤逆不孝。我顶怕妈妈哭，她一哭我就心烦。我从衣柜里找了半天拿出一块手帕递给她。真的，我觉得我蛮懂得体谅妈妈，可是妈妈老不大懂得人家。我坐在床上足足听她训了半个钟头。我不敢插嘴了，我实在怕她哭。

妈妈走了以后，我把放在床上的书本、球鞋，统统砸到地上去，趴到床上蒙起头拼命大喊几声，我的胸口胀极了，快炸裂了一般。

3

我不喜欢南光，我慢些儿再谈到它吧！我还是先讲讲我自己。你不晓得我的脾气有多孤怪，从小我就爱躲人。在学校里躲老师、躲同学，在家里躲爸爸。我长得高，在小学时他们叫我傻大个，我到现在走路还是直不起腰来。升旗的时候，站在队伍里，我总把膝盖弯起来缩矮一截。我继承了妈妈的皮肤，白得自己都不好意思。有人叫我“小白脸”，有人叫我“大姑娘”。我多么痛恨这些无聊的家伙。我常在院子里脱了上衣狠狠地晒一顿，可是晒脱了皮还是比别人白，人家以为我是小胖子，因为我是个娃娃脸，其实我很排，这从我手梗子看得出来，所以我总不爱穿短袖衣服，我怕人家笑。我拘谨得厉害，我很羡慕我们班上有些长得乌里乌气的同学，他们敢梳飞机头，穿红衬衫，我不敢。人家和我合不来，以为我傲气，谁知道我因为脸皮薄，生怕别人瞧不起，装出一副高不可攀的样子，其实我心里直发虚。

我不是讲过我爱扯谎吗？我撒谎不必经过大脑，都是随口而出的。别人问我念什么学校，我说建国中学；问我上几年级，我说高三。我乘公共汽车常常挂着建中的领章，手里夹着范氏大代数。明明十七，我说十九。我运动顶不行，我偏说是篮球校队。不要笑我，我怕人家瞧不起。爸爸说我自甘堕落，我倒是蛮想要好的，只是好不起来就是了。

我找不到人做伴，一来我太爱扯谎；二来我这个人大概没有什么味道，什么玩意儿都不精通。我贴钱请小弟看电影他都不干，他朋友多，人缘好，爸爸宠他，说他是将才。小时我在他腿子上咬下四枚牙印子，因为妈妈有了他就不太理睬我了。我想着那时真傻，其实我一直倒蛮喜欢他的，可恨他也敢看不起我，我一跟他说话，他就皱起鼻子哼道："吹牛皮。"

一到礼拜天，我就觉得无聊，无聊得什么傻事都做得出来。我买了各式各样的信封，上面写了"杨云峰先生大展"、"杨云峰同学密启"、"杨云峰弟弟收"。我贴了邮票寄出去，然后跑到信箱边去等邮差。接到这些空信封，就如同得到情书一般，心都跳了起来，赶忙跑到房里，关起房门，一封封拆开来。妈妈问我哪儿来的这么多信，我有意慌慌张张塞到裤袋里，含糊地答说是朋友写来的。

礼拜天晚上，爸爸和妈妈去看京戏，小弟有的是朋友，家里只有我孤鬼一个。我只有把来富放到客厅来做伴。来富傻头傻脑的，我不大喜欢它，它是小弟的宝贝。我觉得实在无聊了，就乱打电话玩，打空电话。有时我打给魏伯飏，他是我们班长，坐在我后面，在南光里只有他对我好。其实他家里没有电话，我是在瞎闹。我跟他说烦死了，一晚上抽了两包香烟。我常偷妈妈的香烟抽。抽烟容易打发时间。我跟魏伯飏说如果不要剃光头，我简直想出家当和尚，到山里修行去。我告诉他，我在家里无聊得很，在学校里更无聊，倒不如云游四海，离开红尘算了。我在武侠小说里常常看到有些人看破红尘入山修道的。

有时我打给吴老师，她是我小学六年级的国文老师。我碰见这么多老师，我觉得只有她瞧得起我。她把我那篇《母亲》贴到壁报上去，里面我写了妈妈早上喂我吃"芙蓉蛋"的事，我得意得了不得，回家兴冲冲讲给妈妈听，妈妈撇了撇嘴道："傻仔，这种事也写出来。"妈妈就是这样不懂人家。不知怎的，我从小就好要妈妈疼，妈妈始终没理会到这点。我喜欢吴老师，她的声音好柔，说起国语来动听得很。我不大敢跟我同年龄的女孩子打交道，在班上不是她们先来逗我，我总不敢去找她们的。不知怎的，她们也喜欢作弄我。我告诉吴老师听，我考进了建国高中，第一次月考我的国文得九十分，全班最高。我答应过年一定去跟她拜年。其实吴老师早嫁人了，跟先生离开台北了。我去找过一次，没有找到她。

我曾这样自言自语拿着听筒讲个个把钟头，有一次给小弟撞见了，他说我有神经病，其实我只是闷得慌，闹着玩罢了。

我在家里实在闷得发了馊，没有一个人谈得来的。爸爸我可不敢惹，我一看见他的影子，早就溜走了。我倒是很想和妈妈聊聊，有时爸爸出去应酬，撂下她一个人在客厅里闷坐，我很想跟妈妈亲近亲近。可惜妈妈的脾气太难缠，说不到三句话，她就会发作起来。先是想念在美国西点的大哥，想完大哥又想二哥，然后忽然指我头上来说：

"还不是我命苦？好儿子大了，统统飞走了，小弟还小，只剩下你这么个不中用的，你要能争点气也省了我多少牵挂啊！你爸爸老在我面前埋怨，说你丢尽了杨家的脸，我气起来就说'生已经生下来了，有什么办法呢？只当没生过他就是了'。"

说完就哭，我只得又去找手帕给她。去年暑假我偷了爸爸放在行李房的一架照相机，拿去当了三百块，一个人去看了两场电影，在国际饭店吃了一大顿广东菜，还喝了酒，昏陶陶跑回家。当票给爸爸查到了，打了我两个巴掌。那次以后，爸爸一骂我就说丢尽了杨家的脸。我不晓得为什么干下那么傻的事情，我猜我一定闷得发了昏。

我对我补习老师也没有真心话说。我的补习老师全是我爸爸派来的奸细。补习老师头一天来，爸爸就把他叫去，把我从小到大的劣迹，原原本本都抖出来，然后交代他把我的一举一动都要报告给他听，他跟补习老师所讲的话我都听得清清楚楚，因为我们家个个都有偷听的本事。

你说叫我跟谁去说话，只有跟自己瞎聊了。不要笑话我，我跟我自己真的说得有滋有味呢。

4

在学校里我也是独来独往的。一开始我就不喜欢南光。谭校长是爸爸的老同学，爸爸硬把我塞进去。我猜谭校长也有苦说不出。我的入学试，数学十一分，理化三十三分，英文三十五。谭校长劝爸爸把我降级录取，爸爸不肯，他说十六岁再念初三太丢人。谭校长勉强答应我试读一个学期，所以一开学爸爸就叮嘱我只许成功不准失败。爸爸死要面子，我在小学那次留级，爸爸足足有三四天没出大门，一个朋友也不见。

我不喜欢南光的事情难得数，头一宗我就跟我们班上合不来，他们好像一径在跟我过不去似的。我们是乙班，留级生、留校察看生，统统混在里面，而且我们班上女生特多，嚷得厉害，我受不了，我怕吵。

同学大略分为两三类。有几个是好学生，就像考第一的李律明，上了高中还剃个和尚头。鼻头上终年冒着粉刺，灌了脓也不去挤。余三角讲课时，他们老爱点头，一点头，余三角就把黑板擦掉，我连几个角还分不清楚。这些人，没的说头。有些同学巴结他们，为的是要抄他们的习题，考试时可以打个pass。我不会这套，做不出就算了，所以老不及格。

还有一些是外罩制服，内穿花汗衫的。一见了女生，就像群刚开叫的骚公鸡，个个想歪翅膀。好像乐得了不得，一天要活出两天来似的。我倒是蛮羡慕他们，可是我打不进他们圈子里，我拘谨得厉害。他们真会闹，一到中午，大伙就聒聒不休谈女人经，今天泡这个，明天泡那个。要不然就扯起嗓门唱流行歌曲，有一阵子个个哼*Seven Lonely Days*。我听不得这首歌，听了心烦。过一阵子，个个抖着学起猫王普里斯莱，有两个学得真像。我佩服他们的鬼聪明，不读书，可是很容易混及格。

我坐在几个大女生后面，倒霉极了。上课的时候，无缘无故，许多纸团子掷到头上脸上来。这些纸团，给我前面的唐爱丽居多，给吕依萍和牛敏的也不少。“下午两点新生戏院门口CK”，“下午五点凯利JJ”。唐爱丽不像个高中生，我敢说她起码比我大两岁，老三老四，整天混在男孩子堆里。她敢拿起杜志新的帽子，劈头盖脸打得杜志新讨饶。一到下雨天不升旗，她就把大红毛衣罩在制服外面。我们班的女生，都不大规矩似的。大概看多了好莱坞的电影，一点大年纪，浑身妖气，我怕她们。

除了魏伯飏以外，我简直找不出一个人谈得拢的。魏伯飏不爱讲话，他很懂事，喜怒全不放在脸上，我猜不透他的心事。

你说我在学校哪还有什么意思，一个人游魂似的，东荡荡，西晃晃。一下课他们就成群成伙去投篮，上福利社，只有我不喜欢夹在他们里面，我躲在教室里面看闲书，什么小说，我都爱看，武侠小说、侦探小说，我还爱看《茶花女》、《少年维特之烦恼》，我喜欢里面那股痴劲。妈妈老说我愣头愣脑不懂事，我自己倒觉得蛮懂的。我看了《欲望街车》回家难受了老半天，我不懂马龙白兰度对费雯丽为什么那么残忍，费雯丽那副可怜巴巴的样子，好要人疼的。

我上课常常心不在焉，满脑子里尽是一些怪想头。上三角时，我老在桌子角上画字，我把“杨云峰”三个字，颠来倒去写着玩，我的字真丑，连名字都写不好，我练习本上的名字总是魏伯飏替我写的，他的字漂亮。

有一次我伸头出窗外看一只白头翁在啄树上的石榴花，余三角把我抓了起来问道：

“杨云峰，什么叫对称？”

我答不出来红了脸。

“你东张西望当然答不出来，回去照照镜子，你的眼睛就跟你的鼻子对称。”

余三角自以为很幽默地解释道。全班哄笑，唐爱丽回头向我做鬼脸，我觉得她真难看，我不懂杜志新和高强他们那么喜欢泡她，两个人还为她打架呢！从此以后，余三角就对我印象不佳。第一次月考我得了个大鸭蛋，他写了张通知给我爸爸，希望家长和学校密切合作。爸爸向我提出严重警告，他又加请了一个数学老师，是师大数学系的学生，我讨厌这些大学生。

才挨爸爸警告过两三天，我又碰到了倒霉事。王老虎要我们星期一背英文，我把这件事完全忘了。那天早上到了学校才猛然记起来，我的记性实在不好。那一课是讲空气里的水分子如何撞击凝成雨点，颠来倒去，句句话都差不多。我没去升旗，躲在教室里拼命硬背。王老虎最恨学生背不出书，她说学英文，就要死背。她骂起人来，不给脸的，我试过一次，吓怕了。我愈急愈背不出，心发慌，头顶直冒汗，我收拾了书包，跑出学校，在新公园里混了半天。爸爸接到旷课单后，有三天没有跟我说话。他连眼角也没扫我一下。吃饭的时候，他的脸黑得跟铁板一样，我低着头，把汤泡在饭里，草草把饭吞掉，躲进自己房里去。妈妈装不知道，爸爸不先发作，她不会开火的。

那三天我差点不想活了。要是爸爸即刻骂我一顿，甚至揍我一顿，我还好过些。我顶怕他黑脸，我心寒。出人意料之外，过了三天，大概妈妈疏通过一番，爸爸气平了些，他向我晓以大义，着实地教训了几句，他说我要是这学期读不及格，就别想再念书，当兵去算了。最后还要我写过悔过书，发誓不再逃学。

唉！我觉得做人真麻烦。

5

我从小就恨体育，我宁愿生来就是个跛子，像我们班谢西宁那样，坐在篮球场边替同学们看管衣服。我比他们发育得早，十七岁的人，胳肢窝及大腿上的汗毛都长齐了，我们上篮球和足球课时，赖老师规定要我们打赤膊。他们都笑我是猴子变的，全身的毛，我恨透了。有一次踢足球，我躲到竹林子里没出来参加，赖老师罚我脱去外衣裤在操场中央做十个伏地挺身，他们都围着我笑，高强蹲下来拍手叫我加油，杜志新用手拔我腿上的毛，我用脚蹬他，没有蹬到。

学期中的时候，赖老师要我们做体能测验，全是机械运动。他叫魏伯飏带队领我们去操场，他亲自在单杠那儿挖沙地。前几天下过雨，沙地都结成了硬块。第一项测验项目就是倒挂金钩，我顶怕那个玩意儿，我从来没有翻上去过，我的手臂跟身体一点都不平衡，细杆子似的，没有劲道，放学时，我瞅着没人，也去练过几天单杠，可是无效，我的腿太长，拖在下面翻不上去。我们排队坐在沙池旁边等候，赖老师按着学号，一个个叫上去做。头一号是高强，他简直是个猴儿，浑身小肌肉块，他一上体育课就脱得赤精大条，他在手掌上吐了一泡吐沫，抹把沙子，起身一纵就翻了上去。第二个是李律明，我以为他只会读书，一定不会这套把戏。他脱下眼镜，不慌不忙，居然一纵也上去了。我有点失望，心里开始发虚了。赖老师一个一个叫着，我坐在沙地边好像上了法场，等着去砍头似的。他点到第三十号，我硬着头皮走上去，抬头看看那根杠子，天那么高。我也学他们在地上抹抹沙子，我明明晓得无济于事，我在拖时间，做最后一分钟的挣扎。我跳上去抓住了杠子，用力蹬了两下没有用，翻不上去。我拼命蹬踢，蹬得整个人在半空中来回晃荡。我猜我的样子一定很难看，他们在我对面一直发笑。我跳了下来，听见有人笑道："杨云峰踢得像只青蛙！"

赖老师不肯饶过我，他一定要我上去试。又是一番蹬踢，还是不行。他叫几个同学上来托住我的屁股，往上用力一送，把我翻到空中去，我觉得一阵头晕，心一慌，手滑开了，一跤摔进沙坑里去。我觉得满头金星乱迸，耳朵雷鸣一样。我趴在沙坑里没有动，嘴巴里塞满湿沙块。我听见他们笑得厉害，我宁愿摔死了算了。

有一个人走过来把我扶了起来，我一看，是魏伯飏。我赶忙低下头把嘴里的沙子吐掉，我干笑着直说没关系，我不愿他看见我这副狼狈样子。他扳起我的脸说：

“你的鼻子流血了。”

经他一讲我才发觉一嘴巴的血腥气，整个脸都摔麻木了。我感到有点头晕，晃了两下。魏伯飏赶紧抓住我的膀子，我掏了一下，没有带手帕。魏伯飏拿出他的来捂到我鼻子上说：

“你把头仰起来，靠在我肩上，我陪你到医务室去，你的脸色白得怕人。”

赖老师叫我先回家，不必参加降旗了。魏伯飏扶我到医务室，里面没有人。他叫我躺下来，他去把杨护士请了来。杨护士用硼酸水把我鼻腔及嘴巴的泥沙洗去，用两团棉花球塞到我鼻孔里。我只好张开嘴呼吸，我的手肘及膝盖也擦了，杨护士要替我擦碘酒，我不肯，我怕痛，她替我涂了点红药水。

我把魏伯飏的手帕弄脏了，浸满了血块，我说拿回去洗干净再还给他。

“你不要说话，躺一会儿就好了。”他说。

“你去上课吧，我就会好的。”我说。

他不肯，他要送我回家，他说我的脸色太难看。他回教室清理东西，把我的书包也带来了。他跟我慢慢走到大门口去，我的头晕浪似的。他叫了一辆三轮车，我们一同上车。

走到半路，我的鼻腔又开始流血了。魏伯飏把手臂伸过来，他叫我把头仰起来枕到他手弯里，那样血可以流得缓一些。鼻血流进我嘴巴里，又咸又腥，我把魏伯飏的手帕掩着嘴，慢慢将血水吐到手帕上去。天渐渐暗了，路上有电灯光射过来。我仰着头感到整个天空要压下来了。我觉得十分疲倦，一身骨头都快散开了似的。

“杨云峰，你今天真倒霉，你不会翻单杠，赖老师实在不该勉强你的。”

魏伯飏对我说道。不晓得哪儿来的一阵辛酸，我像小孩子一般哭了起来。平常我总哭不出来的，我的忍耐力特大，从小我就受同学们作弄惯了。我总忍在心里不发作出来。爸爸妈妈刮我，我也能不动声色。心里愈难受，我脸上愈没表情。爸爸有次骂我恬不知耻，因为他骂我时我没有反应。可是枕在魏伯飏手弯里，我却哭得有滋有味。魏伯飏吓得怔住了，他拍着我的背一直对我说道：

“喂，喂，别哭啦！这么大个人，怎么像娃娃似的。我们在大街上啊！”

我可管不了那么多了。我靠着魏伯飏失声痛哭起来。魏伯飏叫三轮车夫停下来对他说道：

“请你把帘子挂起来，我弟弟的身体不舒服。”

我哭得更厉害，眼泪鼻涕鼻血涂得魏伯飏一身。大哥二哥在家时从不理睬我。只要有人给我一句好话，我反而觉得难受。魏伯飏没有办法，只得让我哭个痛快。我下车时看见魏伯飏的衣服给我搓得稀脏。我指指他肩上的血块，他笑着说没关系，催我快点回家休息。我回到家中把脸上的血污洗净，赶紧蒙头大睡，我推说不舒服，没有起来吃晚饭。我不让爸爸晓得这天的事，他晓得了，一定又要说我没出息的。爸爸的身体很壮，他老说在中学时，一口气可以来上二十几个倒挂金钩。

6

我晓得我不讨人喜欢，脾气太过孤怪。没有什么人肯跟我好，只要有人肯对我有一点好处，我就恨不得想把心掏出来给他才好。自从魏伯飏那天送我回家以后，我不知道怎样对他感激才好。我这个人呆呆的，一点也不懂得表示自己的感情。我只有想法帮帮他的小忙，表示报答他。他是班长，我常常帮他抄功课进度表，帮他发周记大小楷，有时帮他擦黑板，做值日，我喜欢跟他在一起，在他面前，我不必扯谎，我知道他没有看不起我，我真希望他是我哥哥，晚上我们可以躺在床上多聊一会儿。

我对人也有一股痴劲，自从和魏伯飏熟了以后，整天我都差不多跟他磨缠在一块儿。早上我在公共汽车站等他一起上学，下午我总等他办好事情一同回去。下课解小便我也要他一道去，不要笑我，我实在没人做伴，抓到一个就当宝贝似的。

魏伯飏这个人真好，什么事都替你想得周周到到的。可是他太沉默，我跟他处了很久还是摸不清他的心事。后来有几次，我发觉他有点避开我。有一天放学，我邀他一起回去，他说有事，叫我先走。我要等他，他不肯。我一再坚持要陪他，他把我叫到操场角落上对我说：

“杨云峰，我想我还是老实告诉你吧！最近我们过往太密了，班上的同学把我们讲得很难听，你知道不？”

我没有察觉到，我不大理睬我们班上那些人。我知道有几个人专会恶作剧，我的书上他们常常写上“杨云峰小姐”“杨云峰妹妹”，我为了这个换过多少本书，我简直恨透了这些家伙，可是表面上我都装着不知道，那些人愈理愈得意，魏伯飏告诉我他们把我叫做他的姨太太，因为他们开玩笑把吕依萍叫做魏太太。魏伯飏说早上他还为了这个把杜志新揪到操场的竹林子里揍了一顿。我听了半晌没有说话。我对他说：

“我想我们以后还是不要在一起算了。”

我向他道了再见，独自回到家里去。那天晚上，我又一个人在打空电话了。我告诉魏伯飏听，我真的想出家当和尚，把头剃光算了。我从来没有感到像那样寂寞过。

我在班上不和魏伯飏讲话了。一有空，我就伏在桌子上打瞌睡。下课时，吕依萍和牛敏她们老爱拥到唐爱丽位子上来，交头接耳，疯癫得了不得。有时她们一屁股坐到我桌上，害得我打瞌睡的地方都没有。我懒得跟她们交涉，我避到楼上，倚着石栏晒太阳去，冬天的太阳软绵绵的，晒得人全身都有一股说不出的懒怠劲，我喜欢那么悠悠晃晃，做白日梦。一堂课我胡思乱想混去了半堂。我老想到出家修行这个念头，国文老师出了“我的志愿”这个作文题目，我说我但愿能够剃发为僧，隐居深山野岭，独生独死，过一辈子。国文老师给了我一个丙，批着：“颓废悲观，有为之现代青年，不应作此想法。”我不是悲观，我在南光里就是觉得无聊乏味。我不懂杜志新为什么整天那样乐，一进教室就咧着嘴向他那一伙叫道：

“喂，我跟你们说，昨天我在 Tony 家的 Party 里碰到金陵女中的小野猫，那个妞儿，骚得厉害，我和她跳过两个恰恰，我敢说一个照面，我就把她泡上了。你们等着瞧，我去约她去。”

我也佩服李律明，他能天天六点钟到学校，把彭商育编的《三角讲义》从头做到尾。余三角一考试就说：

“这次的题目，我看只有李律明一个人拿得到八十分。”

我不会泡 Miss，我说过我的脸皮太薄。也不会埋头用功，我提不起那股劲，我不是为自己读书，我在为爸爸读。

大考的时候，学校放了三天假，让我们温习功课。我没有在家看，下午补习老师来过后，我就带书到学校里去了。我在家里安不下心来，爸爸和妈妈常借故走到我房里瞧我是不是在看书。爸爸进来说找前一天的《中央日报》，妈妈进来说拿午点给我吃。有时我看书看得眼倦了，歪着身子矇着一会儿，一听到他们脚步声，就吓得赶忙跳起来胡抓一本书，乱念一顿。

那天下午有点阴寒，台北这阵子一直阴雨连绵。我穿了一件银白色的太空衣，围上一条枣红的围巾，乘车到学校里去。大考期间，学校的教室全部开放，让学生自习。可是这天学校里连人影都不见一个。寒流来了，又下雨，大家躲在家里，才是四点多钟，天色乌沉沉的。教室的玻璃窗，外面看进去，全是黑洞。我走到楼上尽头我们高一乙班去，想不到唐爱丽在里面，要是早知道她在那儿，我一定不会进去的了。

“嗨，是你！”唐爱丽站起叫道。

我知道她在等人，快放假的前两天，她得到好多纸团了。我开了日光灯，坐到自己座位上去。

“我还以为是杜志新呢！”唐爱丽在讲台上踱来踱去说道，“这个死鬼，约好我四点钟在这里等他，四点二十五分了，人影子还不见。等一下他来了，我不要他好看才怪呢！”

我没有理她，乘她转身的时候，我溜瞅了她两眼。唐爱丽穿了一件西洋红的呢大衣，大衣领还露出一角白纱巾来，我猜一定是她故意把纱巾扯出那么一点来的。唐爱丽最会做作了。高中女生不准烫头发，可是唐爱丽的发脚子一径是卷的。这天卷得特别厉害，大概用火钳烧过了。无论唐爱丽怎么打扮，我总觉得她难看。她的牙齿是龅的，老爱龇出来，她在牙齿上戴钳子，看着别扭得很，他们爱泡她，他们说她骚。

唐爱丽在讲台上走来走去，走得我心乱死了。我眼睛盯在书上，来去总在那几句上。我想叫她坐下来，不要来回穷晃荡，可是我不敢。

“我想杜志新一定让他的老头儿关起来了。”唐爱丽说道，“你猜呢？”她问我。

我摇摇头说不知道，唐爱丽有点不耐烦了，她向我说道：“杨云峰，不要读你的鬼书了，我们来聊聊天吧！反正你读了也不及格的。”

我恨她最后那句话。唐爱丽走到我旁边坐了下来，她把大衣解开撂到桌子上，里面穿了一件紧身毛衣，鲜红的，她喜欢红色。唐爱丽的话真多，东问西问，好多话我都答不上来，我一答不出，她就笑。我希望她快点离开，我不会应付女孩子，尤其是唐爱丽，我简直怕她。她一点也不像高中生，她居然敢涂口红。

“呀，你这件太空衣真好看，是什么牌子的。”唐爱丽忽然站了起来，走到我跟前伸手把我的衣领翻了起来。我吓了一跳，我的心跳得厉害。

“是外国牌子嘛！是不是香港带来的？”

唐爱丽凑近我在看我的衣服牌子，我闻到她头发上一股浓香。我不喜欢女人的香水。唐爱丽放开我的衣领，突然将手伸进我领子里去，她的手好冷，我将颈子缩起打了一寒战。

“哈哈，”唐爱丽笑了起来，“杨云峰你真好玩。”她说。

唐爱丽的手在我颈背上一直掬弄，搞得我很不舒服，我的脸烧得滚烫，我想溜走。唐爱丽忽儿摸摸我头发，忽儿拧拧我耳朵。我简直不敢看她。忽然间她扳起我的脸在我嘴上用力亲了一下，我从来没有和女孩子亲过嘴，我不懂那套玩意儿。我的牙齿闭得紧紧的，我觉得唐爱丽的舌头一直在顶我的牙门。我真有点害怕，我的头晕死了。唐爱丽亲了我的嘴又亲我的额头，亲着亲着，她将我整个耳朵一口咬住，像吮什么似的用力吮起来，她吐出舌头乱舔我的脸腮，我觉得黏瘩瘩的，很难受。我好像失去了知觉一般，傻怔怔地坐着，任她摆布。

唐爱丽亲了我一会儿，推开我立起来。我看见她一脸绯红，头发翘起，两只眼睛闪闪发光，怕人得很。她一声不响，走过去，将教室的灯关上，把门闩起，又向我走了过来。教室里暗得很，唐爱丽的身躯显得好大，我觉得她一点都不像高中生。我站了起来，她走过来搂住我的颈子，把我的手拿住围着她的腰。

“杨云峰，你怎么忸怩得像个女孩。”

她在我耳边喃喃地说。她的声音都发哑了，嘴巴里的热气喷到我脸上来。突然间，她推开我，把裙子卸了丢在地上，赤着两条腿子，站在我面前。

“唐爱丽，请你——不要——这样——”

我含糊地对她说，我的喉咙发干，快讲不出话来了，我害怕得心里直发虚。唐爱丽没有出声，直板板地站着，我听得到她呼吸的声音。突然间，我跨过椅子，跑出了教室。我愈跑愈快，外面在下冷雨，我的头烧得直发晕。回到家的时候,全身透湿,妈妈问我到哪儿去来。我说从学校回来等车时,给打潮了。我溜到房里，把头埋到枕头底下直喘气。我发觉我的心在发抖。

7

我不喜欢唐爱丽，我着实不喜欢她。可是不知怎的，我很替她难受，我觉得实在不应该那样丢下她不管。我觉得她直板板地站在我面前，好可怜的；到底她是第一个对我那样好过的女孩子。

第二天，我写信写了一天，我实在不大会表达自己的感情。我向她道歉，我说我并不想那样离开她的。我以后一定要对她好些，希望她能做我的朋友，我告诉她我好寂寞，好需要人安慰。我把信投了出去,我寄的是限时专送,还加挂号,我怕她收不到。那一晚我都没睡好，我希望唐爱丽接到我的信以后，不再生我的气了。

大考的头一天，早上考数学、英文，下午考三民主义。我五点钟就爬了起来，把三角公式从头背了一遍，我常把公式记错，余三角爱整我，老叫我在堂上背积化和差公式。我晓得我的三角死定了，三次月考平均只有二十八。

我到学校时，到处都站满了人在看书。我一走进教室时，立刻发觉情形有点不对。他们一看见我，都朝着我笑，杜志新和高强两个人勾着肩捧着肚子怪叫。前面几个矮个子女生挤成一团，笑得前仰后翻，连李律明也在咧嘴巴。我回头一看，我写给唐爱丽那封信赫然钉在黑板上面。信封钉在一边，上面还有限时专送的条子，信纸打开钉在另一边，不知道是谁，把我信里的话原原本本抄在黑板上。杜志新及高强那伙人跑过来围住我，指到我头上大笑。有一个怪声怪调的学道："唐爱丽，我好寂寞。"我没有出声，我发觉我全身在发抖。我看见唐爱丽在座椅子上和吕依萍两个人笑得打来打去，装着没有看见我。我跑到讲台上将黑板上的字擦去，把信扯下来搓成一团，塞到口袋里去。杜志新跑上来抢我的信，我用尽全身力气将书包砸到他脸上，他红着脸，跳上来叉住我的颈子，把我的头在黑板上撞了五六下，我用力挣脱他，头也没回，跑出了学校。

我没有参加大考，这两天来，我都是在植物园和新公园两地方逛掉的，我的钱用光了，没地方去。爸爸问我考得怎么样，有把握及格没，我说大概可以。我在日记本上写了几个大字："杨云峰，你完蛋了！"

8

昨天是大考的最后一天。我从新公园回家已经五点钟了。爸爸不在家，妈妈洗头去了。小弟告诉我爸爸到南光去了，我们校长来了电话。我知道大难将临。这几天我都在等待这场灾难，等得已经不耐烦了。我刚走到楼上，就听得爸爸的汽车在门外停了下来：

“你三哥呢？”爸爸一进门就问小弟。

“刚上楼。”小弟答道。

“叫他下来。”爸爸的声音发冷的。

我不等小弟来叫，自己下楼走到爸爸书房里。爸爸在脱大衣，他听见我开门，并没有转过身来。他把大衣挂到衣架上，然后卸下围巾，塞到大衣口袋里。他的动作慢得叫人心焦，我站在他写字台前，心都快停了。爸爸坐到椅子上冷冷地说道：

“我刚刚去见过你们校长。”他的声音压得低低的，我看见他额头及手背上的青筋暴了起来。我没有出声，呆呆地瞪着地板。

“他说你没有参加大考。”爸爸见我没有搭腔，索性明说了出来。我仍然没有说话，我不知说什么才好。

“你说吧，这两天你到底搞什么去了。”爸爸站起来，走到我跟前，问到我脸上来。

“我在新公园和植物园里。”我照实答道。我没抬起头来，我怕看爸爸的脸色。

“哦，在公园里呢！你还告诉我考得不错——”

爸爸举手一巴掌打在我脸上，我向后连连打了几个踉跄才煞住脚，我觉得脸上顿时麻木了半边。

“你去死！你还是个人哪，书不读，试不考，去逛公园——”

爸爸气得声音抖了，伸手又给了我一个巴掌。我脸上痛得快淌眼水了，可是我拼命抵住，不让眼泪流下来。在爸爸面前，我不想哭。

“逃学、扯谎、偷东西，你都占全了。我们杨家没有这种人！我生不出这种儿子！亏你说出口，不考试去逛公园——你不想读书，想做什么呀！文不能文，武不能武，废物一个，无耻！”

爸爸动了真气，足足骂我半个多钟点。骂完后，靠在椅子上怔怔出神起来。我猜他一定很伤心，我想说一两句道歉的话，可是我说不出来。我转身，想离开爸爸的书房，我站在爸爸面前有点受不了，我的脸热痛得像火烫过一般。

“回来！”爸爸突然喝住我道。我只得又转过身来。

“我告诉你，明天是你们结业式，你们校长要你一定参加，他给你最后一个机会，下学期开学以前让你补考。你好好听着：明天你要是敢不去学校，我就永远不准你再进这间屋子。”

爸爸一个字一个字地告诉我，我知道爸爸的脾气，他说得出做得出的。

我上楼回到自己房里，小弟跟了上来。他问爸爸为什么发那么大的脾气，是不是我又逃学。我没有理他，我要他借我五十块钱。我身上一毫子都没有了。我从来弄不清我裤袋里有多少钱的，我没有数字观念。小弟比我精于计算，我知道他有积蓄。小弟最初不肯，我把手表脱下来押给他，我答应一有钱即刻还他。小弟掏出五十块给我，我把钱收进裤袋，穿上我的太空衣走了出去。我一定要在妈妈回家以前溜出去，妈妈回家知道我没有去考试，一定也要来讲一大顿的，而且她一定会哭，我受不了。无论谁再要对我讲一句重话，我就发疯了。

9

我不晓得去哪里好，我想去找魏伯飏，我在学校已经有一个多月没有跟他讲话了。他写过一封信给我，他说我们这样分手他很难受，但是他不愿人家把我说得那么难听。我知道他是为我好，魏伯飏这个人真周到。可是我不好意思见他，他一定也看到我给唐爱丽那封信。你不晓得我心里有多懊丧，我的右耳根子刀割一般，爸爸的手太重了。

这几天，台北一直有寒流，空气沉甸甸的，直往下坠，我把太空衣的领子翻了起来，遮住脖子，走过街口时，那股风直往领子里灌。我在重庆南路衡阳街一带溜达了一下，逛不出个名堂来。路上人来人往，刚好是下班放学的时候，公共汽车站挤满了人。天黑得早，店铺都开了灯。许多学生在杂志摊上翻书看，我也挤了进去，拿起一本《健而美》来，里面全是模特儿的裸体照，有些姿势照得很难看，我赶忙合上，交给摊贩，他向我龇牙齿，我掉转头，匆匆走过对街去。我真不知道去哪儿好，我觉得好无聊。

我信步溜到西门町，一大堆人在新生戏院排队赶七点钟的电影。我走到新生对面一家小吃馆要了一碟萝卜丝饼。外面闻着香，拿来半个也吃不了，我一点胃口也没有。馆子里暖和，外面冷，我呆坐着混时间，看着对面挤电影的人一个个拥进戏院。等到人走得差不多的时候，我忽然看见对街有两个太保装束的男孩子走到街心向我这里乱挥手，立即有两个女孩子从隔壁咖啡馆跑出来，拉拉扯扯走过街去。我赶忙起身换个位子，背向着他们。我猜我的脸在发白，那两个男的，有一个是杜志新，另外一个不认得，两个女孩，竟是唐爱丽和牛敏。唐爱丽穿着那天那件西洋红的大衣，头上还系了一块黑花头巾。他们大概考完试约好出来赶电影的。

我忙忙付了账，离开西门町。我不管了，我一定要去找魏伯飏。我不怕他笑我，你不晓得我心里的悲哀有多深。魏伯飏住公园路，就在新公园过去一点。我到魏伯飏家时，魏伯飏妈妈告诉我，刚刚有几个同学来找他出去看电影，走了还不到十分钟。魏伯飏妈妈问我为什么这样久不到他们家玩。她真好，对我讲话总是那么客客气气的。她又问我大考考得怎么样，我说还可以。我请他告诉魏伯飏听，我来找过他。魏伯飏就是那么周到，他连他妈妈也没有告诉我逃学的事情。

我离开魏伯飏家，沿着新公园兜了两个大圈子，我一面走一面数铁栏杆那些柱子，刚好四百根。我不愿到闹街上去，我怕碰见熟人，可能还会碰到妈妈，她平常在西门町的红玫瑰做头发。

新公园里面冷清清的，没有几个人影子，只有播音台那儿亮些，其余的地方都是黑压压的。我走到公园里博物馆的石阶上去，然后从旁边滑下来。滑下来时我看见博物馆底下石柱子中间有两个人影子。我猜他们一定在亲嘴。我真的听到他们发出吧哒吧哒的声音来。亲嘴亲得那么响，真蠢。我记得唐爱丽那天和我亲嘴，一点声音也没有，我的牙齿关得紧紧的。

我绕到扩音台那儿，那里亮些，暗的地方我怕闯到有人亲嘴。我点了根香烟，用力吸了几口。嘴淡得很，这几天胃真坏，肚子饿得要命，就是吃不下东西。扩音台前有个大理石的日晷，我竖起那根石针，来回转着玩。我觉得无聊到了极点。

有一个人从我背后走来向我借火，他说他忘记带打火机，我把火柴递给他，他点上烟，还给我火柴，说了声谢谢，站在我旁边，徐徐地吐着烟圈。我低着头继续在拨弄日晷上的石针。我发觉他并没有离开的意思，我猜不透他是干什么来的。新公园这个地方到了晚上常发生稀奇古怪的事情，可是我不想离开新公园，我没有别的地方去。

那个人问我一个人在公园里做什么，我说买不到电影票，顺便来逛逛。我撒谎从不费心机，随口就出来了。他邀我一同去散散步，他说站着冷得很，我答应了，我的脚板早就冻僵了。我看不清楚那个人的脸，他穿着一件深色的雨衣，身材比我高出一个头来。大概是中年男人，声音低沉，讲话慢慢吞吞的。

我们沿着网球场走去。他问我叫什么名字，读什么学校，我瞎编了一套。他告诉我他叫李 ××，我没听清楚。我不在乎他叫李什么。我正觉得无聊，找不到伴。

“你刚才买哪家的电影票。”他问我。

“新生，《榆树下的欲望》。”我说。

“哦，我昨天刚看过，还不坏，是部文艺片。”他说。

我们走到一半，天下雨了。雨水打到脸上来，冰冷的。

“你冷吗？”他问我道。

我说我的太空衣很厚，可以挡风。他脱下雨衣，罩到我身上，拉着我跑到网球场边一丛树林子里去。他的雨衣披在身上很暖和，我裹着坐到林子里一张双人椅上，我在街上逛了两个多钟头，两腿酸得厉害。他坐在我旁边在擦额上的雨水，他要替我擦，我说用不着。他说冷雨浸在头发里会使人头痛，他硬伸过手来替我揩头，我裹紧他的雨衣没有作声。他替我擦好雨水，掏出两支香烟，塞给我一支，自己点上一支，他拿出一个打火机来点烟，我不懂他刚刚为什么要扯谎。我们坐着一起抽烟，没有说话，我听得到他猛吸香烟的声音。雨不停地下着，将叶子上发出沙沙的响声来。过了一会儿，他把手上的香烟丢掉，把我手上的香烟也拿去按灭，树林子里一片漆黑，我从树缝里看到台大医院那边有几条蓝白色的日光灯。他把我的两只手捧了起来，突然放到嘴边用力亲起来，我没有料到他会这样子。我没想到男人跟男人也可以来这一套。

我没有表，不晓得逃出新公园时已经几点钟了。我没有回家，我在空荡荡的马路上逛了好一会儿，路灯发着紫光，照在皮肤上，死人颜色一般，好难看。我想到第二天的结业式，想到爸爸的话，想到唐爱丽及南光那些人，我简直厌烦得不想活了。我荡到小南门的时候，我真的趴到铁轨上去过，有一辆柴油快车差点轧到我身上来。我滚到路旁，吓得出了一身冷汗，跑了回来。

10

天已经大亮了。我听见小弟在浴室里漱口。我的头痛得快炸裂了一般，肚子饿得发响。妈妈就要上来了。她一定要来逼我去参加结业式，她又要在我面前流泪。我是打定主意再也不去南光了，爸爸如果赶我出去，我真的出家修行去。我听见楼梯发响，是妈妈的脚步声。我把被窝蒙住头，搂紧了枕头。

《现代文学》第十一期

一九六一年十一月

那晚的月光

台大物理系毕业考最后一科是理论物理。题目繁而难，延长两小时还没有考完。天暗了，教室里开上了灯，李飞云最后一个交卷。克洛教授在他面前踱来踱去，李飞云觉得头有点发晕，他抬起眼，发觉克洛教授正在看他，克洛教授的眼镜反射出金光来，他感到一阵眼花，慌忙站起来，把卷子递给克洛教授。最后一大题，他一个字也没写，那一题占三十分。

李飞云回到位子上，脑子里空空的，两只手伸到抽屉里盲目地摸索一阵。

“别尽发傻了，我们走吧。”陈锡麟从后面拍拍李飞云的肩膀说道。

李飞云站起来，跟着陈锡麟一同走出教室，门外闹哄哄的，大家正在讨论考试题目，李飞云和陈锡麟避开人群往楼下走去。

“怎么样？”陈锡麟问道。

“不行得很。”李飞云摇摇头，瘦脸上现出一丝苦笑来。

“总有六十分吧？”陈锡麟侧过头望着李飞云道。

“大概要补考了，最后那题我一点也不会。我只看到第六章，最后两章，根本没看。昨晚上完家教回去，太累了，倒在桌子上睡了过去。”

“总会及格吧？”

李飞云的脸牵动了几下，停了半晌，忽然转头对陈锡麟说道：

“别老谈考试了，陈锡麟，我在想我们已经算毕业了呢！”

“嗯，毕业了——”陈锡麟漫声应道，两个人默默地走出了理学院。

校园里一片金黄色，像浸在一大池水溶溶的金液里似的。润绿的朝鲜草坪上，映得金碧辉煌。风是热的，又温又湿，柔柔地拂过来。李飞云用力吸一口气，一股醇香，冲进他脑门里。校园里的栀子花刚刚绽开。

“陈锡麟，我想在草坪上躺一会儿。”李飞云对陈锡麟说道。陈锡麟点了点头，两个人走到文学院门口一块草坪上，陈锡麟靠在一棵椰子树脚下，李飞云俯卧在陈锡麟旁边，椰子树的阔叶吹得沙啦沙啦的。李飞云将脸紧贴在毛茸茸的草丝上，一流泥土的浓香在他周围浮动起来，他看见山那边反映着一束束晶红的夕阳光柱。李飞云的面腮在草须上轻轻地滑动着，六月的草丝丰盛而韧软，触着人，有股柔滑的感觉。不知怎的，李飞云一摸到校园里这些浓密的朝鲜草就不禁想起余燕翼颈背上的绒毛来。

“我跟你说，李飞云，我喜欢你。”余燕翼那晚在李飞云耳根下，轻轻地，轻得差不多听不见声音地说道。就在那一刻，李飞云第一次发觉余燕翼可爱，大概那夜月光特别清亮，大概余燕翼那袭敞领的蓝绸裙子格外迷人。李飞云看到余燕翼浑圆的项背，露在月光下，泛着一层青白的光辉。他搂住余燕翼的腰，将脸偎到她项背上去。

“李飞云，我让给你那份家教，你还预不预备去？”陈锡麟问李飞云道。

“只好去试试再说，”李飞云答道，忙将脸抵紧草地，“我已教了三家，时间实在分不开，可是我还需要兼一两家。”

“燕翼快生了吧？”陈锡麟问道，余燕翼和陈锡麟妹妹是铭传女校的同学，李飞云第一次遇见她是在陈锡麟妹妹的生日舞会里。

“李飞云，你怎么可以这样做？”余燕翼搬去和李飞云住在一起的那天，陈锡麟对他这样说道，“你真糊涂，你这样做一定会后悔的。”陈锡麟扣住李飞云的膀子盯着他说。李飞云没有说话，怔怔地瞪着陈锡麟，脸上毫无表情。

“哦，李飞云——”陈锡麟歇了半晌，若有所悟地放开李飞云的手，转身离去。

“陈锡麟，你预备什么时候出国？”李飞云翻过身来，问陈锡麟道。他看见天空里散着一大片紫色的绮霞，椰子树的阔叶在阳光里摇曳得金辉闪烁。

“还没准得很，那要看我能不能申请得奖学金，我已经写了信给 M.I.T. 和加州大学，还没有回音。”

“我真希望你能进 M.I.T.，你的分数够他们的申请条件，你是我们系的第一名，他们会要你。”李飞云突然变得亢奋起来，拍着陈锡麟的膝盖说道，“你一定得设法出去，我对你极有信心，你会成功的，陈锡麟。”

“我也想出去，可是问题多着呢，如果去不成，我就想考清华研究院然后回台大教书。”

“不，不，你一定得想办法出国，学物理的在这儿没有希望。”李飞云说道，他漫然望着校园的尽头，一堆青山正在转成暗紫色。

理学院走出一群学生，交头接耳地争论着，其中有一个看见李飞云和陈锡麟坐在文学院草坪上，即刻挥着手跑过来喊着：

“原来你们两个坐在这里享受，害得我好惨！”

“嗨，小弟。”陈锡麟招呼道。

“盛世杰。”李飞云接着招呼。

李飞云、陈锡麟和盛世杰在中学同学六年，一同保送台大，进入物理系。三个人的环境悬殊很大，但却莫名其妙地结成了好朋友。盛世杰从来不愁钱的来源，陈锡麟的零用钱都是当家教得来的，李飞云赚钱却是为了生活，他一向靠姊姊给学费。现在余燕翼快生产了，他又要多加几家家教。盛世杰是永远长不大的小弟，陈锡麟是善体人意的老大哥，李飞云是班上出了名的圣人，三年的大学生活没有谈过一句女人，经常他和女同学在一块儿竟会窘得说不出话来，然而那天晚上李飞云却将脸偎到余燕翼的颈背上去，余燕翼是第一个轻柔地对他说"我喜欢你"的女孩子,那晚的月色太清亮了，像一片荫蓝的湖水。

"我猜得不错吧？"盛世杰兴高采烈地叫道，"我就晓得克洛这个老头子会考第八章的习题，最后那题我连答案都记得了，我叫你们多注意那章，你们听了我的话没有？"

"小弟，你怎么老爱谈考试？"李飞云说。

"小弟，你到了考试就爱三天六夜说个没了的，你觉不觉得我们现在已经算毕业了？"陈锡麟说道。

"毕业？我觉得明天好像还要来上课似的，"盛世杰怔一下，笑了起来说道，"那么今天我们三个人聚聚，我请你们去吃一顿。走，走，我们且乐一乐。"盛世杰抓着李飞云和陈锡麟就走。

"不，小弟，我今天得回去吃饭。"李飞云挣开盛世杰的手讷讷地说道。

“不行！”盛世杰坚持道，在李飞云和陈锡麟面前他常常任性得像一个小孩，“怎么说你今天也得陪我们两个老朋友，难道你连一刻都离不开你那一位？”

盛世杰爱开李飞云的玩笑，因为李飞云容易脸红，盛世杰觉得好玩。李飞云窘得干笑了几声，含糊地分辨着。盛世杰笑得很开心，拉着他们快步走出学校，李飞云也想跟着盛世杰开心地笑一下，可是他笑不出来。他看见天色渐渐压下来，心里竟有一股说不出的惶惑。

三个人进台大的那一天，也是盛世杰请客，在台大旁边“好味道”的小阁楼上，那天三个人足足喝完了一瓶清酒。盛世杰兴奋地举手在空中划了一个圈子说他一定要做个核子物理学家，那时瑞典刚发表李政道和杨振宁获得诺贝尔物理奖金。李飞云一向不惯夸口，可是那天他却告诉盛世杰和陈锡麟他想毕业以后到美国 M.I.T. 读理论物理做个物理科学家，那是他心中唯一的志向。

这天盛世杰又选定了“好味道”，他还是像以前那样兴高采烈。叫了一样菜又叫一样，陈锡麟和李飞云一直说吃不了那么多。盛世杰不肯，他说三个老朋友在一起，一定要吃得尽兴。小弟还是老样子，雄心万丈，发誓要读完博士，小弟的父亲在美国已经替他在史丹佛大学申请好奖学金，九月他就要动身了。

“小弟，这四年你一点也没有变，”陈锡麟摇摇头笑着说道，“我记得你上了高三一逗还会赖哭，你永远是一个Baby！”

“还提那时候的话！”盛世杰天真地笑了起来，“我怎么没变？那时我总坐第一排，现在我比你两个都高出半个头来。个个都变喽！李飞云前两年提到女人还会脸红，想不到竟抢在我们前面中头彩，你们都说李飞云是圣人，我就说他会阴着坏，哈，哈，来来，我们为李大嫂干一杯。”

盛世杰把酒杯举到李飞云面前，他把陈锡麟的杯子斟满，逼着陈锡麟一同对李飞云举杯。李飞云一直干笑着推开盛世杰的杯子，嗫嚅道：

“小弟，别开玩笑，小弟——”汗珠从他发脚一粒粒沁出来流到他面颊上。

盛世杰把李飞云的杯子凑到李飞云唇边，硬逼他干杯。李飞云不大会喝酒，才喝一半，就呛得一脸紫涨，他捂着嘴嘶哑地说道：

“不行了——小弟。”

“算啦，放过他吧。”陈锡麟劝说道。

盛世杰放下杯子，笑得非常开心。盛世杰和陈锡麟不停地谈话，从大学一直谈到中学。李飞云很少插嘴，他默默地吃着菜，可是他喜欢听盛世杰他们谈旧事，有时候他听得禁不住笑了起来。三个人一直吃了两个多钟点，后来盛世杰说他妈妈等他回去看电影，才离开了“好味道”。

"再见，陈锡麟，"盛世杰踏上脚踏车回头向他们挥手道再见，"李飞云，你们过两天一定要来我家找我啊！李飞云，代我问候嫂夫人，生了娃娃不要忘记请我吃喜酒。"

"小弟真有意思。"陈锡麟抱着手，看着盛世杰的背影点头道。

"我真羡慕他，"李飞云说，"我陪你到车站去，陈锡麟。"

"你还是早点回去好。"

"不要紧的。"李飞云低声说道。他抬头望望天空，一大片暗紫色，西边漠漠地映着一块乌青的亮光，太阳已经沉下去了。罗斯福路公共汽车总站挤满了车辆，闪亮的车灯交叉射耀着。李飞云陪同陈锡麟走到公共汽车站，等候〇南公共汽车。

"黄静娟最近来信没有？"李飞云倚在车站的铁柱上问陈锡麟道。陈锡麟和黄静娟好了两年，黄静娟到了美国就和陈锡麟疏远了。

"有三个多月没来信，我连着写了五六封给她，一封也没回，前些时，她来信说忙，我不怪她，可是我觉得出来，她已经渐渐淡下来了。"

"我觉得你快点赶去美国，恐怕还能挽救。"

"罢，罢，"陈锡麟摇摇手道，"我想得很开，就是这么一回事，我很过得去，一点也没有对不起她的地方，我绝不勉强她，那样毫无意思。"

“人真靠不住，”李飞云说，“——汽车来了，你上去吧，过两天来我那儿走一趟，我请你吃餐便饭。”

陈锡麟一只脚踏上汽车，突然转过身来将李飞云拉过去，把一沓钞票塞进李飞云衣袋，急促地说道：

“拿住这些，你需要。”

李飞云赶忙将钞票掏出来想还给陈锡麟，陈锡麟已经上了车，车掌吹了一声哨子，汽车缓缓开走了。李飞云紧捏住那沓钞票，站在路旁发怔。

“噢，陈锡麟——”他喃喃地喊道。公共汽车开过，空气里荡起一股暖风，柔柔地拂到李飞云脸上来。

七八点的时候，天暗得最快，李飞云回到他住的那条巷子时，里面一片黢黑，李飞云住在巷子底一家专租给台大学生的旧木阁楼上。他和余燕翼租了楼顶一间房，每月三百块。

李飞云爬上楼梯，走进房里，余燕翼正坐在饭桌边，她看到李飞云走进来，一句话也没有说。李飞云看不清楚她的脸，他看见她怀着孕的身躯，在昏暗的灯光下，显得特别臃肿，鼓圆的肚子紧抵着桌沿，桌上的菜饭摆得整整齐齐，还没有动过。

“我刚刚和陈锡麟他们在外面吃过了。”李飞云走到书架边将手上的笔记塞进书堆里。

“我以为你会回来吃饭，所以一直等着你。”余燕翼低声说道，她仍然坐着没有动。

“你应该先吃的。”李飞云说。

“你跟我说过你们今天考完毕业试，我多加了两样菜。”

余燕翼的声响有些微颤抖，李飞云觉得心里一紧，他最近愈来愈怕和余燕翼说话，他怕听她的声音。余燕翼从来不发怨言，可是她一举一动，李飞云总觉得有股乞怜的意味，就像她坐在饭桌边，鼓圆的肚子抵紧着桌沿这个姿势，李飞云看着非常难受。她总那么可怜得叫人受不了，李飞云想道，他觉得心里一阵一阵在紧缩。余燕翼正吃力地弯下腰去盛了一碗，又佝下去盛第二碗。

“你一个人吃罢，我已经吃饱了。”李飞云说。

余燕翼迟疑了一会儿，把盛好的半碗饭倒回锅里，坐到椅子上，低头吃起来。

李飞云脱去衬衫，蹲下身整理书架上的书籍。每个学期完了，他总要整理一次，把念完的书收拾好，需要的课本及参考书摆上书架。大学一二三年级，李飞云将所有攒下来的钱都花到参考书上。台大对面的欧亚书店专做翻版洋书生意，李飞云去买书常常超过预算，于是他就把伙食费扣成两餐，有时中午买两个面包果果腹就算了。从一年级起他就拟好一个读书计划，在四年内，将物理方面的基本学科打下扎实的根基，然后到数学系选读高等微积分、微分几何、向量分析、李氏群论等，他想将来出国念理论物理，所以先把数学基础弄好。三年来，他每次都得到自然科奖学金，一年一千圆，他统统拿去买了参考书，可是毕业考他却担心要补考了。

真滑稽，他想道，倒在桌子上竟会睡了过去，他真不喜欢克洛教授那副金丝边的眼镜，看人的时候，闪光闪得那么厉害。

“陈锡麟替你找好家教没有？”余燕翼道，她吃了一碗饭，四样菜动过两样，她把其余的都收到碗柜里。

“我明天就去试试，不晓得人家要不要，我只能教两天，分不开时间了。”

“我们明天要付房租和报纸钱，房东太太早晨来过两次。”

“我上星期才交给你四百块呢！”李飞云回头诧异地问道。

“我买了一套奶瓶和一条小洋毡。”余燕翼答道，她的声音有些微颤抖，她勉强地弯着身子在揩桌子。李飞云猛觉得心里一缩，他没有出声，他把理出来的旧书一本本叠起来，参考书的书边都积上一叠灰尘，他用抹布将灰尘小心地揩去，大四这一年他一本参考书也没有看，参考书底下压着一叠美国留学指南，里面有 M.I.T.，史丹佛、普林斯敦和加州大学的校历和选课表，他以前有空时最喜欢拿这些选课单来看，心里揣度着将来到外面又应该选些什么课。

“房东太太说明天一定要付给她，我已经答应她了。”余燕翼说道。

“你为什么不先付房租，去买那些没要紧的东西呢？”李飞云说道，他把那些指南狠狠塞进字纸篓里。

“可是生娃娃时，马上就用得着啊。”

“还早得很呢，你整天就记得生娃娃！”李飞云突然站起大声说道，他连自己也吃了一惊，对余燕翼说话会那么粗暴。

“医生说下个月就要生了。”余燕翼的声音抖得变了音。她紧捏着抹布，整个身子俯到桌子上，鼓圆的肚子压在桌面上，松弛的大裙子懒散地拖到脚踝，她始终没有回头来，李飞云知道她哭了。

李飞云走到余燕翼身后，搂着她的腰，将她扳过身来，余燕翼低下头抵住李飞云的肩窝。李飞云默默地拍着她的背没有出声。余燕翼隔不一会儿就抽搐一阵发出一下压抑的哭声来。李飞云感到心里抽缩得绞痛起来，他觉得余燕翼的大肚子紧紧地顶着他，压得他呼吸有些困难。

“不要哭了。”李飞云喃喃地说道，他的眼睛怔怔地望着窗外，怀恩堂顶上的十字架，悬在半空中发着青光。楼下巷子里传来一阵阵空洞的冰淇淋车的铃铛声。空气又闷又热，吹进来的风是暖的。李飞云感到余燕翼的背在冒汗，汗水沁到他手心上。

“不要哭——”李飞云漫声地说。他扳起余燕翼的脸来，余燕翼的眼皮哭得通红，她的心脏不好，怀孕以后，脸及脚背到了晚上一径是浮肿的，面色蜡黄。余燕翼闭着眼睛，脸扭曲得变了样。李飞云将头埋到余燕翼颈边的头发里，低声说道：

“别难受，我会对你好的。我已经毕业了，你不会吃苦了。我可以多兼几家家教。我去建中看过校长，他可能答应在分部让我当教员——莫哭了，听我说，我们可以慢慢积钱，积够了就马上结婚，听我的话，噢，听我说——我一定会对你好的——”

余燕翼的泪水一滴滴流到李飞云的颈窝里，她背上的汗愈冒愈多。

“别难过啦！去，去，你先去洗个澡，我们等会儿一同去看新生的《鸳鸯梦》。”李飞云说，他把陈锡麟给他的那沓钞票塞进余燕翼的裙袋里。余燕翼捞起裙边揩去脸上的泪水，低头蹒跚地走了出去。李飞云看见她丰圆的颈背露在昏黄的灯光下。

那晚的月光太美了，李飞云想道。他把灯关熄，对面教堂青亮的十字架，闪烁在玻璃窗上。他躺在竹床上，四肢展开地仰卧着，一阵说不出的倦怠，突而其来地从四周侵袭过来。六月的晚风滑过椰子树梢，吹得破旧的窗帘肿胀起来。风拂在脸上，像是触着棉絮一般，又暖又软。

那晚的月光实在太美了，李飞云想道，地上好像浮了一层湖水似的。陈锡麟不能怪我，他想，陈锡麟没有看过那么清亮的月光——可是陈锡麟是对的，陈锡麟的话总是对的。他总是那么平稳，陈锡麟有希望，他一定到外国去，他会成为一个大科学家，小弟不如他，小弟太幼稚，可是小弟真有意思，他们都应该出去，学物理的在这儿没有希望——

然而我感到多么疲倦啊！李飞云伸了伸懒腰想道，我好想在文学院门口的草坪上多躺一会儿，那些毛茸茸的草毯真滑真软，躺在上面，永远也不想起来了——可是十五号就要举行毕业典礼了，他们都要穿上那些怪诞的黑袍子到校园里晒太阳，女同学都穿上旗袍到处照相，校长和训导长也会穿上滑稽的黑袍子——我不要穿，李飞云想道，我不要站在校园里傻呵呵地晒太阳，我要躲到文学院门前的椰子树荫下，躺在软绵绵的草坪上真是舒服透了——

“我忘记拿洗澡毛巾了。”余燕翼在隔壁澡房里叫道。李飞云没有听清楚，他也没问余燕翼要什么。

“你拿我的洗澡巾给我好吗？”余燕翼隔了一会儿又叫道。

“好的——”李飞云漫声应道，“我就拿来。”他没有立即爬起来，他翻过身去，胸口压在草席上，双手紧握住竹床杠子。一阵暖风又把破旧的布帘撩了起来，教堂的电钟敲响了，晚间福音已经开始。

嗳，那些草须多么像她颈背上的绒毛，李飞云想到，那么软，那么柔，那晚的月光实在太美了。

《现代文学》第十二期

一九六二年一月

芝加哥之死

吴汉魂，中国人，三十二岁，文学博士，

一九六〇年六月一日芝加哥大学毕业——

吴汉魂参加完毕业典礼，回到公寓，心里颠来倒去地念着自己的履历。愈念，吴汉魂愈觉得迷惘。工作申请书上要他写自传，他起了这么一个头，再也接不下去了。吴汉魂扎实地瞅了一阵在打字机上搁了三四天的自传书，那二十来个黑字，突然蠢蠢移动起来，像堆黑蚁，在搬运虫尸，吴汉魂赶忙闭上眼睛，一阵冷汗，从他额上冒了出来。

吴汉魂来到美国六年，在芝大念了两年硕士，四年博士。最初几年，没有奖学金，吴汉魂在城中区南克拉克街一间二十层楼的老公寓租了一间地下室。这种地下室通常租给穷学生或者潦倒的单身汉住。空气潮湿，光线阴暗，租钱只有普通住房三分之一。每天下午四时至七时，吴汉魂到街口一家叫王詹姆的中国洗衣店帮人送衣服，送一袋得两毛半，一天可得三块多。到了周末，吴汉魂就到城中南京饭店去洗碟子，一个钟点一块半，凑拢，勉强付清膳宿学杂费。因为工作紧凑，对于时间利用，吴汉魂已训练到分厘不差，七时到七时半吃晚饭，吴汉魂便开始伏案自修，一点、两点、三点一直念到深夜里去。

吴汉魂住的这间地下室，窗子正贴近人行道，窗口一半伸出道上。夏天傍晚，邻近的黑人及波多黎各人都拥到公寓外面的石阶上纳凉，半夜三更，有些还倚在石栏上，哼着梦呓似的小调。起初，吴汉魂听到窗外喧哗，总不免要分神，抬头看看，尘垢满布的玻璃窗上，时常人影幢幢。后来吴汉魂每逢看书，就抱着头，用手把耳朵塞住。听不见声音，他就觉得他那间地下室，与世隔离了一般。冬天好得多。大雪来临，人行道上积雪厚达一两尺，把他们的窗户，完全封盖起来。躲在大雪下面，吴汉魂像爱斯基摩人似的，很有安全感。

吴汉魂攻读博士时，得到部分奖学金。他辞去了工作，却没搬出他那间地下室。几年工夫，房间塞满了书籍杂物，搬运麻烦。每月从房租省下来的二十来块钱，吴汉魂就寄回台北给他母亲。他临走时，他母亲贴紧他耳朵，颤抖地对他说：

“趁我还在时，回来看我一趟。三四年不要紧，一定要回来。”

每次他母亲来信，问起他几时得到学位，他总回答说还有一年，然后把积下来的钱，买成汇票，封到信里去。

在他准备博士资格考试时，有一晚，他突然接到舅舅急电，上面写着：“令堂仙逝，节哀自重。”他捧着那封黄色的电报，发了半天怔，然后把它搓成一团纸球，塞到抽屉的角落里。他书桌上正摊着《艾略特全集》，他坐下来，翻到《荒原》，低头默诵下去：

四月是最残酷的季节，
使死寂的土原爆放出丁香，
掺杂着记忆与欲念，
以春雨撩拨那萎顿的树根。
冬天替我们保温，
把大地盖上一层令人忘忧的白雪——

街上在融雪，雪水淅淅沥沥流到他窗上，把窗玻璃溅满了淤泥。他强睁着红丝满布的倦眼，一句一句念着艾氏全集。煤气炉上熬着热浓的咖啡，咖啡壶噗通噗通地沸腾着。

在考试期间，吴汉魂每天都念到牛奶车嘎然停到他窗前的时分。从叶芝、霍金斯，一直读到英国第一首史诗——比沃夫，跟英国七八百年来那一大串文人的幽灵，苦苦搏斗了月余。考试前一天，他又接到他舅舅一封信，他没有拆开，就一并塞到抽屉里去。考完试后，吴汉魂整整睡了两天两夜。

他舅舅的信上说，他母亲因肾脏流血，不治身亡。因为他在考试，他母亲不准通知他，免他分心。他母亲临终昏迷，没有留下遗言。吴汉魂展开那张搓成纸团的电报，放在信边，看看信又看看电报，然后一并塞到火炉中烧掉。那晚他发了高烧，整夜做着噩梦。他梦见他母亲的尸体赤裸裸地躺在棺材盖上，雪白的尸身，没有一丝血色。当他走向前时，他母亲突然睁开老大的眼睛，呆呆地看着他。她的嘴角一直抖动着，似乎想跟他说话，可是却发不出声音来。他奔到他母亲面前，用手猛推他母亲的尸体，尸体又凉又重，像冰冻的一般，他用尽力气，把尸体推落到棺材里去。

吴汉魂走到洗澡间，放满一盆冷水，把整个头浸到水中去。在芝加哥大学广场上，穿上黑色大袍，头上压着厚重的博士方帽，足足晒了三个钟头。典礼的仪式繁杂冗长，校长的训词严肃而乏味。典礼完毕时，他的美国同学都一窝蜂赶到来宾席上，与父母家人拥抱照相。吴汉魂独个儿走到冷饮台前，要了一杯冰水，不停地揮拭额上的汗珠。他的衬衫沁得透湿，额上被方帽的硬边压得陷进两道深沟。直到他返回他阴暗的地下室，他眼前仍然觉得白花花的一片，被太阳晒得视线模糊。吴汉魂揩干净头面，坐到他那张对窗的旧沙发上，吴汉魂在他那间局促的房间中，从来没有这样闲散地静坐过。平常太忙了，一钻回他这间地下室，就忙着烧饭、洗澡，然后塞起耳朵埋头读书，心里不停地盘算：八点到十点看六十页狄更斯，十点到十二点，五首雪莱，十二点到三点——一旦不必做任何事，不要盘算任何计划，吴汉魂觉得坐在椅垫磨得发亮的沙发里，十分别扭，十分不习惯。打字机上那几行字又像咒符似的跳入了他的眼帘：

吴汉魂，中国人，三十二岁——

半露在人行道上的窗口，泼进来一溜焦黄的阳光。芝加哥从夏日的午睡，娇慵地苏醒过来。开始是一两下汽车喇叭，像声轻悄的喟叹，清亮而辽远，接着加入几声儿童嘣脆的嬉笑，随后骤然间，各种噪音，从四面八方泉涌而出。声量愈来愈大，音步愈来愈急，街上卡车像困兽怒吼。人潮声，一阵紧似一阵地翻涌，整座芝城，像首扭扭舞的爵士乐，野性奔放地颤抖起来。吴汉魂突然感到一阵莫名其妙的急躁。窗口的人影，像幻灯片似的扭动着。乳白色的小腿，稻黄色的小腿，巧克力色的小腿，像一列各色玉柱，嵌在窗框里。吴汉魂第一次注意那扇灰尘满布的窗户会出现这么多女人的腿子，而且他更没想到这些浑圆的小腿会有这么不同的色调。一群下班的女店员，踏着急促的步子，走过窗口时，突然爆出一串浪笑。吴汉魂觉得一阵耳热，太阳穴开始抽搐起来。

吴汉魂来到美国后，很少跟异性接触。功课繁重，工作紧凑，吴汉魂没有剩余的时间及精力参加社交活动。吴汉魂除却个子矮小，五官还算端正。可是在他攻读博士第二年，头发却开了顶，天灵盖露出一块油黄的亮光来，看着比他的年龄大上七八岁。因此，在年轻的女孩子面前，吴汉魂总不免有点自卑。他参加过一两次芝城一年一度中国同学舞会。每次他总拖着舞伴躲在一个角落里，一忽儿替她倒可口可乐，一忽儿替她拿炸芋片，他紧张，弄得他的舞伴也跟着紧张。最后他只好悄悄去乞求他的朋友来请他的舞伴跳舞，以解除尴尬的场面。

只有在秦颖芬面前，吴汉魂觉得神态自如。秦颖芬心肠好。他晓得秦颖芬真正爱他，在他临离开台北的前一天晚上，秦颖芬双手紧握住他的衣襟，两眼炯炯地对他说：

“我知道你一走，我们就完了的了。你晓得我不会后悔的——”

秦颖芬的嗓音有点哽咽。吴汉魂把秦颖芬双手拿开，替她披上短褛，挽着她默默地走出植物园。秦颖芬一直低着头，吴汉魂觉得她的膀子在他掌心中颤抖得很厉害。秦颖芬的信来得很勤密，每星期总有一两封。吴汉魂却去得十分稀疏。不知怎的，每次总在他写读书报告或是考试时，才想起给秦颖芬回信，功课一忙，就蹉跎过去了。三年间，秦颖芬的信积了一大盒，到第四年头，秦颖芬却寄来一张烫金结婚请帖。吴汉魂在礼物店里挑了一个下午，选中了一张精致的贺卡，给秦颖芬寄去。他把秦颖芬的信及请帖放到字纸篓里，点上一根火柴，烧了起来，信札在字纸篓中，烧得吱吱发响。烧完后，吴汉魂伸手进去，捞起了一抓又温又软的纸灰。

“Lucinda，你真是个俏妞儿！”

“去你的。少油腔滑调。”

窗口出现半截穿着黄裙的女人身体，结实的臀部左右摆动着。一只筋络虬盘的棕色手臂，一把，将那撮紧细的腰肢捞住，扶往前去。

吴汉魂倏地从沙发上立了起来。他在这间公寓的地下室住了六年，好像这还是第一次发觉到室内的湿气这样逼人似的。一阵酝在通风不良地下室的霉味，混着炒菜后的油腻，经过夏日高温及潮湿的焙酿，在六七点时，从地面慢慢往上蒸发，浓重得令人透不过气来。吴汉魂环视他这间阴暗的住所，水槽里的油污碗碟，冒出槽面，门后的洗衣袋，颈口胀开，挤出一堆肮脏的内衣袜裤。书桌上，纸张狼藉，纸堆中埋着三个黄汁斑斑的咖啡杯。室内的空间，给四个书架占满了。书架上砌着重重叠叠的书籍，《莎士比亚全集》、《希腊悲剧精选》、《柏拉图对话集》、《尼采选粹》。麦克米伦公司、中午公司、双日公司、黑猫公司，六年来，吴汉魂一毛一毛省下来的零用钱全换成五颜六色各个出版公司的版本，像筑墙一般，一本又一本，在他书桌四周竖起一堵高墙来。六年来，他靠着这股求知的狂热，把自己囚在这堵高墙中，将岁月与精力，一点一滴，注入学问的深渊中。吴汉魂突然打了一个寒噤。书架上那些密密麻麻的书本，一刹那，好像全变成了一堆花花绿绿的腐尸，室内这股冲鼻的气味，好像发自这些腐尸身上。吴汉魂胃里翻起一阵恶心，如同嗅中了解剖房中的福尔马林。吴汉魂一把将椅背上的西装外套穿上，夺门冲出了他这间地下室。

六月的芝加哥，在黄昏时，像块刚从烤架上叉下来的牛排，酱汁滴沥，颜色黄爽，洋溢着透熟透熟的肉香。天空里的煤烟是紫色的，浮在绛黑陈旧的大建筑物上，纹风不动。街上的行人，穿得彩色缤纷，但是空气颜色混浊，行人身上，看去如同敷上一层薄薄的煤灰。吴汉魂跟着一大队人，循着警察的哨音，穿过一条条斑马线。从克拉克穿到美的声，从美的声穿到梦露。城中区每条街上都挤满了行人车辆。下班的职员，放学的学生，还有一对对穿戴整齐的年轻情侣，在戏院门口，等候入场，他们亲昵地偎在一处，旁若无人，好像芝加哥是个梦幻中的大气球，他们就是梦中仙侣，乘着气球，飘上半空。

吴汉魂跟着人群，走过 Palmer House 大旅馆，走过 Marshal Field 百货公司，走过 Golden Dome 大酒店。他怔怔地看着金碧辉煌、华贵骄奢的大厦，在芝加哥住了这些年，他觉得好像还是第一次进入这个红尘万丈的城中区似的。平常他进入这一带，总是低着头匆匆走进菜场，匆匆又赶回他的公寓去。没有时间，没有闲情，欣赏这些琳琅满目的橱窗。吴汉魂抬头望望夹在梦露街两旁高楼中间那溜渐渐转暗的紫空，他突然觉得芝加哥对他竟陌生得变成了一个纯粹的地理名词，“芝加哥”和这些陈旧的大建筑，这一大群木偶似的扭动着的行人，竟连不上一块儿了。吴汉魂觉得莫名其妙地彷徨起来，车辆、行人都在有规律地协着整个芝城的音韵行动着。吴汉魂立在梦露街与克拉克的十字路口，茫然不知何去何从，他失去了方向观念，他失去了定心力，好像骤然间被推进一所巨大的舞场，他感觉到芝加哥在他脚底下以一种澎湃的韵律颤抖着，他却蹒跚颠簸，跟不上它的节拍。

天色愈来愈暗，街上华灯四起。人潮像打脱笼门的来亨鸡，四处飞散。吴汉魂像梦游一般，漫无目的徜徉着，四周的景物，如同幻境。当他踏入来喜街的时候，一片强光闪过来，刺得他双目难睁。吴汉魂觉得掉进了所罗门王的宝藏一般，红宝、绿玉、金刚石、猫眼，各色各样的霓虹灯，从街头照到街尾。成百家的酒吧、杂剧院、脱衣舞院，栉比林立，在街两旁排列下去。游客来往不绝地浮荡其间，强烈的彩灯，照得行人须眉如画。许多浓妆艳抹的女人，在酒吧间穿梭似的进出着。当吴汉魂走到红木兰门口时，里面卷出一阵喝彩声来。红木兰两扇艳红的大门全镶着法国式的浮雕，门楣的霓虹灯，盘成一人卷葡萄藤，串串晶紫欲滴的葡萄子，垂落到人头上来。吴汉魂推开那扇红门走了进去。酒吧在地下室，吴汉魂顺着梯子往下走，好像进入霍夫曼的《故事》中去了似的。里面烟雾朦胧，灯光呈玫瑰色，把烟雾照成乳白。酒吧柜台前挤满了买醉的客人。柜台对面的小表演台上，矗立着一个胖大无比的黑女人，伸出两筒巨臂，嘴巴张成一个大黑洞，两排白牙闪亮，喷着一流宏大的沉郁而又充满原始野性的歌声。玫瑰色的灯光照在她油滑的皮肤上，又湿又亮。人们都倚在柜台边欣赏歌者的表演。有几个青年男女嘻笑地朝她讲评着，可是他们的话音却被那流焦躁的歌音冲没了，只见他们的嘴巴急切地翕动。当黑人歌女表演完毕，喝彩声又从平地里爆炸开来，然后大家开始蠢动，里面的人挤到外面，外面的反拥进去。

“白兰地。”

“喂，两瓶莱茵果！”

“马地尼，我说马——地——尼——”

“先生，要什么喝的？”有个穿花背心的酒保问吴汉魂。

吴汉魂要了一杯威士忌苏打。吴汉魂不会喝酒，这是他唯一熟悉的鸡尾酒名。吴汉魂拿着酒杯跟着人挤到酒吧里端。酒吧里充满了呛鼻的雪茄，地上泼翻的酒酸，女人身上的浓香，空气十分闷浊。座地唱机一遍又一遍地播着几个野性勃勃的爵士歌曲：“从今夜扭到天明。”“把这个世界一脚踢走。”“宝贝，你杀了我吧！”吴汉魂啜了两口威士忌，强烈的酒精烧得人喉头发火，他觉得两穴又开始跳动起来。

酒吧里的人分成两个极端。有些交头接耳，不停地讲，不停地笑，谁也不听谁，抢着发言。男的散开领带，满面汗水，女的踢掉高跟鞋，笑得前俯后仰。一个六呎多高的大汉，搂着一个还没有及他胸口的小女人，两只熊掌似的巨手在她臀部上漫不经意地按摩着，女人左右扭动，鬼啾一般吃吃地浪笑。但是另外一些人却呆若木鸡，坐在柜台的旋转椅上，一声不响，一杯又一杯地喝着闷酒。坐在吴汉魂不远处，有个老人，不到片刻工夫，已经喝掉六七杯马地尼。老人戴着一顶旧毡帽，稻草似的白发，从帽檐底伸张出来，他紧裹着一件磨得油亮的皮茄克，仰起脖子，一杯紧接一杯，把酒液灌进干瘪的嘴里，他的眼睛发直，一眨也不眨，好像四周那些人打情骂俏，他完全充耳不闻似的。

夜愈深，人愈挤，大家的脖子热得紫涨，眼睛醉得乜斜了，可是谁也舍不得离开，都抢着买醉，恨不得一夜间，把生命全消磨在翡翠色的酒杯中去似的。

“干吗一个人发呆呀？”一个女人侧着身子挤过吴汉魂身边时，突然凑到他耳根下对他说道。

吴汉魂怔怔地看着她没有作声。

“找不到伴儿，我猜。”女人向他挤了一个媚眼，很在行地说道。“来，让我来陪你聊聊。”然后不由分说地挽着吴汉魂的手臂排开人堆，挤到酒吧后面的座位上。沙发座全塞满一对对喁喁私语的男女，只有一个四人座却由一个醉汉占住，醉汉的头侧伏在桌面，嘴巴张得老大。女人过去把桌上的空酒杯扫到他面前，然后同吴汉魂在对面坐了下来。

“我叫萝娜，他们爱喊我萝萝，随你便。”萝娜笑着说，“你呢？”

“吴汉魂。”

“吴——”萝娜掩着嘴大笑起来，“别扭！我叫你 Tokyo 算了吧！”

“我是中国人。”吴汉魂说。

“啊，无所谓。你们东方人看来都差不多，难得分。”萝娜笑道，吴汉魂看见她露出一排白牙，门牙上沾着口红。萝娜脸上敷着浓厚的化妆品，眼圈荫蓝，蓬松的头发，红得像团熊熊的火焰，萝娜的身躯很丰满，厚实的胸脯紧箍在孔雀蓝的紧身裙里。

“寂寞了，来这里找刺激是吧？”萝娜歪着头，装着善解人意地说道。

“我第一次到这里来。”吴汉魂说道，他不停地啜着杯中剩下来的威士忌。

“得啦，得啦，你们东方人总爱装老实。”萝娜摇着头嚷道。

“这是我第一次到这种地方来。”吴汉魂说。

“放心，我很开通的。”萝娜拍拍吴汉魂的肩膀说道，“莫太认真了。我猜你是个学生吧？”

吴汉魂没有搭腔，他把杯里的剩酒一口喝尽。酒精在他喉头像把鸡爪子，抓得火辣辣的。

“怎样？我猜中了？”萝娜突然凑近吴汉魂脖子，皱起鼻尖，嗅了一下，大笑起来说，“我闻都闻得出你身上充满了书本的酸味。”

“我已经不是学生了，我今天刚毕业。”吴汉魂怔怔地瞪着萝娜，喃喃说道，好像在跟自己讲话似的。

“那么恭喜你呀！”萝娜举杯，一仰而尽，兴致勃勃地叫道，“快去替我买杯杜松子，你也要杯酒来，我们且乐一乐。”

吴汉魂挤进人堆，到柜台买了两杯酒，再挤到萝娜身边。萝娜时而偎近他亲昵地叫一声“我的中国人”，时而举杯嚷道：“为东方人干杯。”

唱机里播着一首震耳欲聋的扭扭《莎莉》，酒台边一大群男女都耸肩踏足，左右晃动起来。整个酒吧人影幢幢，突然有一对男女从柜台后转了出来，大家一声欢呼，让开一条路，围成了一个圈子。男的细长得像竿竹篙，穿着大红衬衫，头发染成淡金，满面皱纹的脸上却描着深栗色的眉毛。女的全身着黑，男装打扮，胸前飘着一根白丝领带，像个矮缩了的小老头。观众喝彩击掌。男的愈扭愈起劲，柔软得像根眼镜蛇。女的舞到兴浓时，突然粗嘎着嗓门，大喊一声：“胡啦——”喝彩声于是轰雷一般从观众圈中爆了出来。

萝娜笑得伏在吴汉魂肩上，指着那个男的说，“他就是有名的‘红木兰小姐’，他的舞伴就是‘红木兰先生’。”

“我的酒呢？”对座的醉汉被闹醒了，蓦然抬起头来，呓语不清地问道，再后又趴跌到桌上，嘴角直冒白泡。他的手把吴汉魂的酒杯扫翻了，酒液全泼在吴汉魂的西装外套上。吴汉魂掏出手帕，默默地把襟上的酒汁揩掉。萝娜凑近吴汉魂端详了一会儿说道：

“怎么吗？你的脸色不大好呢。”

“我的头不舒服，这里空气太闷。”吴汉魂说，他好像听得到自己的两穴在跳动，眼前的人群变得面目模糊，溶蚀在玫瑰红的烟雾里。

萝娜挽着吴汉魂的手臂低声说道：“走吧，到我那儿，我给你医医就好了。”

吴汉魂跟着萝娜走到她的公寓里。萝娜走进房间，双脚一踢，把高跟鞋摔到沙发上，嘘一口气嚷道：“热死我了！”萝娜打着赤足走到冰箱拿出两只炸鸡腿来，一只递向吴汉魂。

“我不要这个。”吴汉魂摇摇头说。

萝娜耸耸肩，倒了杯冰水给吴汉魂。

“我可饿得淌口水了。”萝娜坐到沙发上，跷起腿，贪饕地啃起鸡腿来。吴汉魂呆呆地看着她咂嘴舔唇地吮着手指上的酱汁。

“别急，我来替你医治。”萝娜突然抬头龇着牙齿对吴汉魂笑道，“你晓得，空着肚子，我总提不上劲来的。”

萝娜啃完鸡腿后，把鸡骨头塞到烟灰缸里，然后走到吴汉魂面前，“嘶”的一下，把那件绷紧的孔雀蓝裙子扯了下来。在较亮的灯光下，吴汉魂发觉萝娜露在白亵衣外的肩胛上，皮肤皱得像块浮在牛奶面上的乳翳。萝娜转过身来，用手往头上一抹，将那毯火红的头发，整个揪了下来。里面压在头上的，却是一片稀疏亚麻色的真发，刹那间，萝娜突然变得像个四十岁的老女人，两腮殷红，眼圈晕蓝，露在红唇外的牙齿却特别白亮。吴汉魂陡然觉得胃中翻起一阵酒意，头筋扯得整个脑袋开裂似的。

“还不脱衣服，害臊？”萝娜走到门边把灯熄掉吃吃地笑着说道，“老实告诉你，我还没和中国人来过呢？他们说东方人温柔得紧。”

吴汉魂走到街上，已是凌晨时分。芝加哥像个酩酊大醉的无赖汉，倚在酒吧门口，点着头直打盹儿，不肯沉睡过去，可是却醉得张不开眼睛来。街上行人已经绝迹，只有几辆汽车，载着狂欢甫尽的夜游客在空寂的街上飞驰而过。吴汉魂从一条走到另一条，街道如同棋盘，纵横相连。吴汉魂好像陷入了迷宫，愈转愈深。他的头重得快抬不起来了，眼睛酸涩得泼醋一般，可是他的双腿失却了控制，拖着他疲惫的身体，拼命往前奔走。有些街道，通体幽暗，公寓门口排着一个个大垃圾桶，桶口全胀爆了，吐出一大堆牛奶盒、啤酒罐，及鸡蛋壳来。有些却灯光如画，静荡荡的店面橱窗，竖立着一些无头无手的模特儿。吴汉魂愈走愈急，当他转入密歇根大道时，吴汉魂猛吃一惊，煞住了脚。天空黝黑无比，可是大道上空却浮满了灯光，吴汉魂站在街心中往两头望去，碧荧的灯花，一朵朵像鬼火似的，四处飘散。幽黑的高楼，重重叠叠，矗立四周，如同古墓中逃脱的巨灵。一股阴森的冷气，从他发根沁了进去，吴汉魂打了一个寒噤，陡然拔足盲目往前奔去，穿过高大的建筑物，穿过铁栏，穿过林木，越过一片沙地，等他抬头喘过一口气来的时候，他发觉自己站到密歇根湖的防波堤上来了。

一溜堤岸，往湖心弯了出去，堤端的灯塔，在夜雾里闪着淡蓝色的光辉。吴汉魂往堤端走去，展在他面前，是一片邃黑的湖水，迷迷漫漫，接上无边无涯的夜空。湖浪汹涌，扎实而沉重地轰打在堤岸上。黑暗又浓又厚，夜空伸下千千万万只黏软的触手，从四周抱卷过来，吴汉魂一步步向黑暗的黏网投身进去。空气又温又湿，蒙到脸上，有股水腥味，混着他衣襟上的酒气及萝娜留下的幽香，变成一股使人欲呕的恶臭。他的心一下一下剧烈地跳动起来，跟着湖浪，一阵紧似一阵地敲击着。他突然感到一阵黎明前惴惴不安的焦虑。他似乎听到黑夜的巨网，在天边发出了破晓的裂帛声，湖滨公园树林里成千成万的樫鸟，骤然间，不约而同爆出不耐烦的鼓噪。可是黑夜却像一个垂死的老人，两只枯瘦的手臂，贪婪地紧抱住大地的胸膛，不肯释放。

吴汉魂走到了灯塔下面，塔顶吐出一团团的蓝光，投射到无底无垠的密歇根湖中。吴汉魂觉得窝在他心中那股焦虑，像千万只蛾子在啃龁着他的肺腑，他脸上的冷汗，一滴一滴，流到他颈脖上。夜，太长了，每一分，每一秒，都长得令人心跳息喘，好像在这黎明前的片刻，时间突然僵凝，黑暗变成了永恒。

可是白昼终究会降临，于是他将失去一切黑暗的掩盖，再度赤裸地暴露在烈日下，暴露在人面前，暴露在他自己的眼底。不能了，他心中叫道。他不要再见日光，不要再见人，不要再看自己。芝加哥巨灵似的大厦，红木兰蛇一般的舞者，萝娜背上的皱纹，他突然又好像看到他母亲的尸体，嘴角颤动得厉害，他似乎听到她在呼唤：你一定要回来，你一定要回来。吴汉魂将头埋在臂弯里，两手推出去。他不要回去。他太疲倦了，他要找一个隐秘的所在，闭上眼睛，忘记过去、现在、将来，沉沉地睡下去。地球表面，他竟难找到寸土之地可以落脚，他不要回台北，台北没有二十层楼的大厦，可是他更不要回到他克拉克街二十层公寓的地下室去。他不能忍受那股潮湿的霉气，他不能再回去与他那四个书架上那些腐尸幽灵为伍。六年来的求知狂热，像漏壶中的水，涓涓汩汩，到毕业这一天，流尽最后一滴。他一想起《莎士比亚》，他的胃就好像被挤了一下似的，直往上翻。他从前把莎氏四大悲剧从头到尾背诵入心，可是记在他脑中的只有《麦克佩斯》里的一句：

生命是痴人编成的故事，
充满了声音与愤怒，
里面却是虚无一片。

芝加哥，芝加哥是个埃及的古墓，把几百万活人与死人都关闭在内，一同销蚀，一同腐烂。

“吴汉魂，中国人，三十二岁，文学博士，一九六〇年六月一日芝加哥大学毕业——”那几行自传又像咒符似的回到了吴汉魂的脑际，他心中不由自主地接了下去：

“一九六〇年六月二日凌晨死于芝加哥，密歇根湖。”

《现代文学》第十九期

一九六四年一月

上摩天楼去

天色凝敛，西边有一大抹绛色的彤云，玫宝欠着身子从计程车窗探望出去，纽约曼哈顿上的大厦，重重叠叠，像一大群矗立不动、穿戴深紫盔甲的巨人，吃力地顶负着渐渐下降的苍穹。

寒意愈来愈浓，空气冷凝得像半透明的玻璃液，浮在低空。车子冲过去，把寒气荡开，如同在水中破浪而行一般。玫宝把大衣领子翻起来，将颈子团团围住，只露出一张浑圆的脸来，两团白里透红的腮帮子，冻得凝亮，像刚结成的果子冻，嫩得颠颤颤的。菱角似的小嘴紧紧撮着，一对汪着两泡水光的眸子，像断线的珠儿，滴沥溜转。玫宝来美国密歇根大学读书，可是除掉她五呎六吋的身材外，玫宝通身还找不到一丝大学生的气派。一双粉团似的小手，指头又圆又秃，叉开来，像十根短胖的蚕虫，永远握不拢拳头似的，与她肥硕庞大的身躯不很相称，像农场上饲养着的鹌鹑，身体愈来愈丰满，翅膀却渐渐退化了。一头乌油的盛发，编成两根大辫，连成 U 形，垂在背后。

玫宝坐了两天两夜的西北航空公司飞机，才从台北飞到美国。一路上腾云驾雾，在阿拉斯加降陆时，大呕大吐，玫宝以为这一辈子也到不了她日思夜梦的纽约市了。在百老汇道上飞驰着，玫宝还有点不相信自己身在其境。一路上玫宝都看见穿着大红大绿的波多黎各人，七横八竖地靠在地下车道口的栏杆上，密密麻麻的报摊、水果摊、精品食物铺(Delicatessen)，一个紧挨一个，看得玫宝目不暇接。百老汇这条道名，玫宝听来太熟，太亲切，玫宝此刻觉得不是离家，竟似归家一般，因为在百老汇与九十九街上，玫宝就要见到她阔别了两年的姊姊玫伦了。玫宝一想到她姊姊，心里就发热、发酸、发甜，甜得蜜沁沁的，甜得玫宝想笑，望着那一排排巨厦间隙中涌出来的彤云，玫宝把下巴枕到搁在车窗口的手弯里，在她白胖的手背上，爱娇地轻咬了一下。

玫伦是长姊，玫宝是幺妹。姊儿俩幼年丧母，玫伦在家里把玫宝惯得像只从来没有出过客厅的波斯猫，晚上两姊妹在房中看书时，玫宝总爱坐到玫伦椅子脚的地板上，头仰靠着玫伦的膝头，让玫伦抚弄她那一头婉约齐背的长发。

“姊姊，帮我篦篦头，好舒服的。”玫宝半闭着眼睛说。

“妹娃儿，我看你愈来愈娇了。”玫伦摇着头笑道。

“头痒得很，姊姊，等下替我洗一个。”玫宝说。

玫宝的头是姊姊洗的，玫宝的书桌是姊姊理的，玫宝的睡衣扣子掉了，不理它，姊姊只得钉，晚上睡觉，忘了放帐子，姊姊也只好替她放。跟在姊姊后头，玫宝乐得像个坐在塞满毛毡的摇篮里的胖娃娃，整日嘻笑颜开，只要张口，就有大瓢大瓢的果汁奶浆送到口里来了。玫宝爱吃零食，玫伦在床头柜上摆了一只精致的糖盒，里面经常盛着从西门町买回来的加应子、陈皮梅、花生糖、杏仁酥。考试时，玫宝钻在被窝里，不用翻身，就可伸出手去，把那些喷香的糖果抓来提神了。玫宝爱听音乐，玫伦把自己那架袖珍收音机，挂在她床头，每晚让温柔的肖邦和轻快的莫扎特送她入梦乡。

“这么大个人还不会自己洗头，姊姊也不能替你洗一辈子呀！”玫伦皱着眉头说。玫宝最不爱听这种话，为什么老要说一辈子长、一辈子短的，可是姊姊就爱这样穷聒絮。有时姊姊忽然会捧起玫宝的脸来，一脸正经地说道：

“听着，妹娃儿，你不小了，姊姊老这样惯你，你以后自己怎么站得稳脚？”

姊姊喜欢拿大道理来压人，玫宝不要听，玫宝挨吓得心儿噗通噗通直跳。玫宝赖在地上，双手紧箍着玫伦的腿子。玫宝望着玫伦英爽俊秀的脸庞，恨不得从肺腑中喊出来：姊姊，我爱你。姊姊总以为玫宝是个不懂事的傻丫头，其实玫宝懂，玫宝懂得爱姊姊，有时心中爱得发疼。玫伦在师大毕业演奏时，玫宝坐在礼堂的角落头，听得眼泪像两条蚯蚓，在她脸上爬来爬去。玫伦在台上穿着亮白的旗袍，手指像一排白鸽在钢琴的键盘上飞跃着。肖邦夜曲里那串音符，变成了一群嘹亮清圆的夜莺，飞到玫宝的心花上，把她的心血都啄了出来。玫伦答应到美国朱丽亚音乐学院学好音乐后，写成第一个曲子，就赠给她最宠爱的妹娃儿，玫宝在日记上记下：

幻想曲 No.1，赖玫伦作，献给赖玫宝。

“姊姊，”玫宝紧箍着玫伦，脸贴偎在玫伦的腿上，喃喃叫道，“我要你。”玫伦把玫宝从地上扶起来，放到床上去，把被窝塞到她下巴底，在她耳边说道：

“痴姑娘！”

“到啦，小姐。”计程车的司机说道，“这就是百老汇与九十九街。”司机替玫宝把箱子提了下来。玫宝贴了司机小费。

“谢谢，小姐。”司机咧开嘴笑着说道，“祝你圣诞快乐。”

“祝你也圣诞快乐。”玫宝笑着答道。

百老汇上人来人往，从地下道口冒出来的人潮，都冷缩着脖子，四处乱窜。六呎许高的黑人，穿着自制服卖 Pizza 的意大利人，还有一些操着奇腔怪调的欧洲人，看得玫宝的眼睛浑圆。玫伦写信告诉过玫宝，如果玫宝站在百老汇上，再也不相信自己身在美国，因为百老汇道上，外国人倒占了近半。玫伦在信上已把百老汇写得烂熟了。玫宝要玫伦一个礼拜至少写两封信给她，起先玫伦还遵守诺言，后来一直推忙，一个月还不到两封。玫宝实在不懂姊姊为什么在美国会这么忙法。这次玫宝到美国来，姊姊仍然说圣诞节前后太忙，信上并没有叫玫宝直接到纽约，可是玫宝管不了那些，玫宝等不及了。玫宝在密歇根下了飞机，没有通知姊姊，就直接坐公共汽车跑来纽约，玫宝要给姊姊来个意外之喜，不由得姊姊不依。玫宝提着两只箱子，站在电梯里，兴奋得脸上一阵阵发热，玫宝绝不能等到暑假。玫宝今晚就要见到姊姊，倒在姊姊的怀中，把姊姊的衣襟搓成一团，然后要姊姊马上，就在今晚，挽着她出去逛 Times Square，去逛 Fifth Avenue，那条最富丽、最豪华，象征着美国物质文明达到巅峰的大道。玫宝站在玫伦公寓门口，心都差不多从口中跳了出来。姊姊，玫宝心中叫道，今天晚上让我们，你和我，爬上皇家大厦，站到世界最高的摩天楼顶上去。

“呀，是你，玫宝。”玫伦开门时看见玫宝提着两只箱子站在门外，吃惊地叫道，然后一把将玫宝拖了进去，替玫宝接过箱子，挂好大衣。

“玫宝！玫宝！”玫伦打量着玫宝笑着叫道，“我真不相信我的眼睛，才是两年，你长得这样高大了！”

玫宝激动得满面血红，她一进门就想扑到她姊姊身上，可是她和玫伦站在一起时，突然发觉自己比玫伦高出了半个头，身躯比她细巧的姊姊好像要大上一倍似的，玫宝呆住了，尴尬地搓着双手。

“你看，”玫伦摇摇头笑道，“鼻子冻得那么红。来了也不告诉我一声，还是以前那副任性的脾气。”

玫宝心中想叫道：“姊姊，我要使你惊奇，要你高兴。”可是玫宝的喉咙好像给痰塞住了似的，站在玫伦面前一句话也说不出来。玫伦笑得十分亲切，眼睛里充满了爱怜与纵容的光彩，但是也许因为玫伦打扮得太漂亮了，使得玫宝不敢骤然上前亲近她姊姊。玫伦穿着一袭榴花红低领的绉纱裙，细白的颈项上围着一串珊瑚珠，玫伦的头发改了样式，耸高了好些，近太阳穴处，刷成两弯妩媚的发钩。眼角似有似无地勾着上挑的黑眼圈。玫瑰色的唇膏，和榴花红的裙子，衬得她的皮肤泼乳一般。

“快来，到客厅里暖暖。我还有个朋友，你来见见。”玫伦拖着玫宝的手走进客厅。玫伦的客厅十分小巧，一套沙发，一架座地身历声唱机，一只桃花心木书架，架上摆着两套杂志，一套 Vogue，一套 Bazaar，客厅的墙上却点着两只中国宫灯。客厅的光线晕黄柔和，所有的陈饰总是巧克力和牛乳二色相间。长沙发上坐着一位男客，看见玫宝和玫伦走进来，站起身来对着玫伦说道：

“这位大概是你的妹妹吧，Merriam？”

“是啊，张汉生。这就是我常对你说我最宠爱的玫宝。”玫伦踮起脚尖搂着玫宝的肩膀说道。玫伦替玫宝介绍说张汉生是她在哥伦比亚大学的同学，正在电机系读博士学位。玫伦递给玫宝一杯热咖啡，然后在张汉生身旁坐下。张汉生穿着一套深黑色 Ivy-League 式的西装，戴着宽边眼镜，年轻、自信、精明而有条理。他对玫伦讲话时，语调十分亲切，一径叫着她的英文名字 Merriam。玫伦靠得张汉生很近，口中问着玫宝一路上旅行的情形，问完一句总朝着张汉生妩媚地笑一下。

“你从密歇根坐 Greyhound Bus 来的？”玫伦问玫宝道，“那种车子真会坐坏人的。”

“是啊！”张汉生接着说道，“我跟你一个想法。我从纽约坐到芝加哥一次，一天一夜，从那次以后我再也不坐 Greyhound 了。”

“你在东京住什么旅馆？”玫伦问道。

“机场附近的王子旅馆。”玫宝说。

“傻子！为什么不住帝国大饭店？反正航空公司出钱。”玫伦指着玫宝大笑说道。

“我记得我来的时候停在东京，也是住帝国大饭店。我吃了三顿五块美金的大餐。那边的炸生蚝真是名不虚传！”张汉生也跟着玫伦笑着说道。玫宝低下头一口一口谨慎地啜着咖啡，她觉得她的脸上烫得火烧一般，耳朵里充满了玫伦一声高一声低喜悦清脆的笑声。玫宝不明白姊姊为什么这样爱笑，以前玫伦笑起来最多抿抿嘴，从来没有笑得这样爽朗，姊姊心里一定非常快乐，玫宝心里想道。

“Merriam，Stein 夫妇今晚请些什么人？”

“张乃嘉夫妻，Judy 王，Albert 李，Rita 周，还有一些美国朋友，全是犹太人。”

“我最看不来张乃嘉两夫妻，来了美国十几年，还那么出不得众，小里小器。”

“你的性情也古怪，不喜欢他们就别理他们算了。”

玫宝的眼睛从桃花木书架那两排色彩鲜艳的时装杂志一直溜过去，溜过张汉生微皱的眉头，玫伦妩媚的发钩，然后停到乳黄色墙上那两盏精致的中国宫灯上，朱红的络缨绾着碧绿的珠子，灯玻璃上塑着一对十四五岁梳着双髻的女童在扑蝴蝶。玫伦从朱丽亚音乐学院转到哥伦比亚念图书馆学的时候，玫宝从台北寄给玫伦这对宫灯，她要玫伦把这对灯挂在钢琴上。她要这对灯照着姊姊的琴谱，提醒姊姊不要忘记练琴。

“姊姊，你的钢琴呢？”玫宝突然问道。

“钢琴？”玫伦怔了一下，然后一只手扶住额头放声笑了起来，“说起钢琴我还有一个笑话呢，张汉生，你不是记得我住在 Village 时有架旧钢琴吗？我搬家时，送给楼底的房东太太她不肯要。我后来花了五块钱才叫人搬走丢掉的。美国房子里的空间珍贵。旧东西没人要，怕占地方。”

玫伦笑得前俯后仰，她身上的绉纱裙窸窸窣窣发着响声。玫宝觉得姊姊通身艳色逼人，逼得人有点头晕。客厅里的电话铃响了，玫伦走过去拿起听筒说道：“Hello Rita？好，我们就来接你，我妹妹刚才从台北来，我们陪她说了一会儿话。”玫伦朝着玫宝笑了一下，放下听筒说道：“玫宝，我们马上要去参加一个朋友的宴会，上星期就订下了。你在这里休息一会儿，看看杂志，饿了冰箱里有龙虾三明治。”

“我先去把车子开过来你再下楼吧。”张汉生说，“外面冷，天气预测说今晚有雪。”

张汉生离开后，玫伦回到房间再装饰了一番，穿上一件黑呢镶皮领大衣，襟上别着一朵血红的玫瑰。她走出来，戴上一副黑纱手套，然后在玫宝腮上轻轻拧了一下，笑着说道：

“玫宝，你不知道我见了你多开心！”

玫宝低着头，不住地搓着一双白胖的小手。

“怎么了？妹娃儿。”玫伦把玫宝挽住说道，“听姊姊说，明天我叫张汉生开车来，我们一块儿出去替你添几件衣服，去雷电城看场电影，然后我要张汉生请我们去 Chinatown 吃晚饭，让你在纽约开开眼界，好不好？其实纽约也没有什么好玩的，你住久了就知道了。”

“姊姊——”玫宝的声音有点颤抖。

“怎么回事，我的宝贝妹妹，让姊姊告诉你一个秘密。

本来我跟张汉生计划后天上华盛顿，去跟他母亲一齐度圣诞，然后我们就宣布订婚了。当然你来了，姊姊总得要陪你玩几天，我们迟些时再去。所以我告诉你我圣诞前后要忙坏了，我花了一整天工夫替他母亲买礼物，我要她对我有好印象，免得我们的婚事受阻。”

“姊姊——”玫宝抬起头望着玫伦叫道。她心里急着想说：我本来想使你感到意外，要你高兴。可是她的嘴唇抖了半天却说不出来。

“怎么样？妹娃儿，替姊姊快乐不？”玫伦捧着玫宝的脸亲了一下。

“嗯，我快乐。”玫宝喃喃说道，她想微笑一下，可是嘴角却贴上胶布一般，绷得扯不开。

“傻姑娘，你不恭喜姊姊？”玫伦拍了一下玫宝的屁股，笑吟吟地说道。

“恭喜你，姊姊。”

“妹娃儿，真想不到姊姊快结婚了，你也上大学了，站着比我还高。以前还老向我撒娇呢！好意思？等暑假从密歇根来，姊姊带你出去应酬应酬，打扮一下，包有成群的男孩追来，可是千万不要乱吃，太胖了可就没人要啦！”

“姊姊——”

“听了开心不？”

“姊姊，我今晚要上皇家大厦去。”玫宝突然大声说道。

玫宝的眼睛睁得圆鼓鼓的，里面汪满了水光，两腮红得胭脂一般，嘴巴撮得像粒玻璃珠。

玫伦困惑地看着玫宝。

“今晚？一个人去？”

“嗯，一个人。”玫宝咬着嘴唇说。

“你们这群刚来留学的小伙子兴头真大，我来了两年，皇家大厦是什么样子我还搞不清。这样吧，我们下楼去，把你送到那儿，你玩完了自己坐计程车回来。”

玫伦挽着玫宝下楼上了车。玫宝坐在车后，玫伦坐在张汉生旁边，当玫伦告诉张汉生玫宝要去爬皇家大厦时，张汉生笑了起来说道：

“都是这么的。我已经上过五次了，每次有朋友从台湾来，就得陪着上摩天楼，花了我不少冤枉钱。”

车子转到河边公路上飞驶着，玫宝蜷缩在车厢后面，寒气从窗缝里钻进来，冷得玫宝的小腿直发僵，她斜倚在沙发椅上，把大衣裹得紧紧的，一阵倦意袭了上来，好像这几天旅途的辛劳在这个时候才发出来，她的眼皮愈来愈重，朦胧中一直听到玫伦清爽娇脆的笑语声。

“Rita 说她今晚要穿我上次陪她到 Macy 买的那件裙子，她花了七十五块，也真舍得，我晓得，她因为 Albert 李也去才肯穿的。”

“Albert 李未必看得上她。”

"哟！什么了不起，太空博士又怎的，我就看死他难得娶到太太。"

"你说我脾气古怪，你还不是好挑人毛病。"

"这些在纽约的中国人是不讨人喜。"

"那么我们以后搬到纽泽西去算了。"

"不好，到底在纽约做事方便，容易赚钱。"

"GE 的聘书上说给我七百五十底薪，我还想考虑考虑。"

"七百五？不要！——呀，玫宝，到啦，怎么睡着了。"

玫宝张开眼睛，看见皇家大厦在三十四街上高耸入云，像个神话中的帝王，君临万方，顶上两筒明亮的探照灯，如同两只高抬的巨臂，在天空里前后左右地发号施令。

"不要走丢啰！"玫宝在皇家大厦门口下车时，张汉生打趣地说道。

"你也别太小看玫宝。我们妹娃儿已经长大成 Young Lady 了！"

"Have a good time."张汉生伸出头笑着叫道。

"Have fun!"玫伦摆摆手叫着说。

玫宝买了票，跟着十八个人挤进了一座升降机中。游客多半是外埠来的，有几对老夫妇带着小孩子、三个水兵，还有两个穿着整齐、系着领花的日本学生。大家都纷纷揣测在皇家大厦顶上，俯瞰纽约市是什么样子，有一个小女孩尖声地数着升降机门上的指标：

“六十、七十、八十——到了，奶奶！”

人们一窝蜂似的拥出电梯，跑到瞭望台的各个窗口去。塔中早挤满了游客，大家紧挨着缓缓地转着圈子瞭望窗外的景致。玫宝夹在中间，被高大的外国人堵住了视线，什么也看不见。塔里的水汀很暖，许多人在抽香烟，空气十分郁闷。

“呀，那是长岛吧！”有人叫道。

“这边一定是布鲁克林了。”

“我猜那是华盛顿桥，桥那边是纽泽西。”

玫宝转到梯口时，打开门，走到瞭望平台上。外面罡风劲烈，一阵卷来，像刀割一般，玫宝觉得滚烫的面颊上，顿时裂开似的，非常痛楚，刚才的睡意，全被冷风吹掉了，头脑渐渐清醒过来。外面游客稀少，只有一对年轻的情侣，穿着皮大衣，在栏杆边冻瑟瑟地偎在一处。玫宝挨近栏杆，探头出去，一阵沦肌浃骨的寒气，从她头顶灌了进去，冷得她的牙齿开始发抖起来。这就是纽约，玫宝想道，站在皇家大厦顶上看纽约，好像从天文台的望远镜，观察太阳系的另一些星球似的，完全失去了距离与空间的观念，只见一片无穷无尽的黑暗里，一堆堆、一团团的光球，在晃动，在旋转。人家都说在皇家大厦顶上可以看到洁白的自由女神，可以看到玉带似的赫逊河，可以看到天虹一般的华盛顿大桥，可以看到玻璃盒状的联合国大厦。可是这是黑夜，这是黑夜里一百零二层，一四七二呎世界第一高的摩天楼上，纽约隐形起来了，纽约躲在一块巨大的黑丝绒下，上面洒满了晶光流转的金刚石。罡风的呼啸尖锐而强烈。一片，两片，无数的雪花，像枕头套里的鹅绒，从空中抖落下来。空气冷凛，雪花落在两腮上，温润潮湿，玫宝觉得好像有无数个婴儿的小嘴巴，在她鼻尖上、眼皮盖上，吹嘘着暖气，雪花随着风势，像溯海的浪头，在空中韵律地起伏着，把整个幽黑的太空，都牵动起来。那些闪烁的光球，忽而下沉，寂灭消弭；忽而上升，像盏盏金灯，大放光明，愈飘愈近，好像浮到摩天楼顶的栏杆边来，玫宝探身出去，双手伸到栏杆外，想去捞住那一颗颗慧珠似的明灯。她的睫毛上积满了雪珠子，在水光模糊中，她像看见那些金灯，都配上了音符，一明一灭，琤琤琮琮，发出清越的音乐似的。玫宝忽然觉得这座一百零二层的摩天楼，变成了一棵巨大的圣诞树，那些闪亮的灯光，是挂在树桠上的金球儿，雪花是棉絮，轻盈地洒在树干，而她自己却变成吊在树顶上那个孤零零的洋娃娃。玫宝记得有一年圣诞前夕，她半夜里穿着睡袍，偷偷爬到客厅里的圣诞树下，把玫伦给她的礼物打开，那是一个银色镂花、灿烂夺目的小音乐箱，她打开盖子，里面有个穿苏格兰裙子的小人儿，蹦蹦跳跳地在跳苏格兰土风舞，音乐箱中，叮叮咚咚奏着那首温馨轻快的《风铃草》。

“姊姊——”玫宝突然闷声叫道，她肥硕的身躯紧抵住冰冷的铁栏杆，两只圆秃白胖的小手愤怒地将栏杆上的积雪扫落到高楼下面去。

雪片愈飞愈急，替皇家大厦的顶上，戴上一顶轻软的大白帽。

《现代文学》第二十期

一九六四年三月

香港——一九六〇

朦胧间，余丽卿以为还睡在她山顶翠峰园的公寓里，蜷卧在她那张软绵绵的沙发床上。苹果绿的被单，粉红色的垫褥，肥胖的海绵枕透出缕缕巴黎之夜的幽香。用水时间又缩短了！阿荷端着杏仁露进来不停地嘀咕，一个礼拜只开放四个钟点。这种日子还能熬得过去吗，小姐？三十年来，首次大旱，报纸登说，山顶蓄水池降低至五十万加仑。三个月没有半滴雨水，天天毒辣的日头，天天干燥的海风，吹得人的嘴唇都开裂了。

明日预测天气晴朗最高温度华氏九十八度——

那个女广播员真会饶舌！天天用着她那平淡单调的声音：明日天晴。好像我们全干死了她都漠不关心似的。水荒，报纸登着斗大的红字。四百万居民面临缺水危机。节约用水，节约用水。可是，小姐，阿荷摊开手愁眉苦脸地叫道，我们总得要水淘米煮饭呀！七楼那个死婆妈整天鬼哭神嚎：修修阴功，楼下不要放水喽，我们干死啦！我愿得如此吗，小姐？天不开眼有什么办法？嗯，香港快要干掉了。天蓝得那么好看，到处都是满盈盈的大海，清洌得像屈臣氏的柠檬汽水，直冒泡儿。可是香港却在碧绿的太平洋中慢慢枯萎下去。

仿仿佛佛，余丽卿一直听到一阵松、一阵紧，继续的人声、车声、金属敲击的乐声，在她神智渐渐清醒的当儿，这阵噪音突然像巨大的浪头，从窗下翻卷进来，余丽卿觉得遭了梦魔一般，全身发渗，动弹不得。湿漉的背项，整个黏在阴浸的马藤席上。她的眼睛酸涩得如同泼醋，喉头干得直冒火，全身的骨骼好像一根根给人拆散开来。余丽卿眼睁睁看着自己的四肢，东一只，西一只，摊在床上，全切断了一般，一点也不听身体的调动。俯卧在她身旁的男人，一只手揽在她赤裸的胸脯上，像一根千斤的铁柱，压得她气都喘不过来了。对面夜来香茶楼的霓虹灯像闪电一般，从窗口劈进阁楼里来，映得男人瘦白的背脊，泛着微微的青辉。他的呼吸时缓时急，微温的鼻息，不断地喷到她的腮上。她闻得到他的呼吸中，带着鸦片浓郁的香味。

桂花凉粉！窗外不断传来小贩叫喊的声音。湾仔夜市的水门汀上，夜游客的木屐噼噼啪啪，像串震耳欲聋的鞭炮；

几十处的麻雀牌，东一家，西一家，爆出稀哩哗啦的洗牌声，筹码清脆地滚跌着。夜来香二楼的舞厅正奏着配上爵士拍子的广东音乐《小桃红》，靡靡的月琴，有一搭没一搭地呜咽着。

余丽卿转过头去，她看到男人削瘦的轮廓，侧映在枕面上，颧骨高耸，鼻梁挺直，像刀斧凿过一般，棱角分明；一头丰盛的黑发，蓬乱地覆在他宽朗平滑的白额上，透着一丝沁甜的贝林香。即使在微黝的黑暗中，余丽卿也感得到他的眼睛，一径睁着，没有知觉地凝视着她，清醒的时候，他的眼睛总是那么昏懵，倦怠的眼神好像老是睡眠不足似的；可是在睡梦中，他的眼睛却过分地机警，总是半开着，夜猫般的瞳孔，透出一溜清光，似乎经常在窥伺、在考察、在监督她的一举一动。甚至她脑中思维的波动，他在睡梦中也很有知觉似的，睁开没有视觉的眼睛，冷冷地盯着，像墙头上的夜猫，细眯的瞳孔，射出一线透人肺腑的寒光，然后说道：我们是命中注定了。我们命中注定滚在一堆了，他说。我们像什么？怎么，一对手铐手的囚犯啊！莫挣扎了，我的好姊姊，凭你费多大劲也没用的。你几时见过锁在一根链子上的囚犯分得开过？噢，我的好姊姊，我们还是乖乖地滚在一堆吧！他半眯着疲惫的眼睛，伸直扁瘦的腰，斜卧在沙发上；两条细长的腿子，懒散地搭在扶手上；白得半透明的宽额，露着一条条荫蓝的青筋，说道：难道你还不明白吗？唉，无赖。他叼着他那根乌油油的烟枪，满不在意地徐徐喷着浓郁的鸦片。几绺油亮的黑发，跌落在右太阳穴上。睁着倦怠的眼睛，声音甜得发腻。懂吗？我要的是你这个人。他的声音轻软得像团棉絮，搔得人的耳根子直发痒。我要你那双细白的手，我要你那撮巴黎之夜喷过的头发。哎，无赖。好姊姊，你独个儿睡在冷气调节的翠峰园太过冷清。来，让我替你脱掉你的湘云纱，躺到我的床上，我来替你医治你的惧冷症。可怜，你的手心直淌冷汗，你的牙齿在发抖呢！你害怕？害怕我是个躲在湾仔阁楼顶的吸毒犯？因为你做过师长夫人？用过勤务兵？可是在床上我们可没有高低之分啊！瞧瞧，我们不是天生的一双吗？来，让我握住你细白的手，我们的手梗子早扣上月牙形的手铐了。喏，让我教给你看，就是这个样子，手梗子咔嚓地上了锁。我需要你，你也需要我，不是吗？什么？我把你当成什么？女人，当然是女人啰！我的好姊姊。别害怕，这是香港——东方之珠，香港的女人最开通。真的，香港女人都差不到哪里去了。唉，无赖，无赖。

夜来香二楼舞厅的人影子在暗红的玻璃上，幢幢晃动，广东舞曲睡眠不足似的，有气没力地拖拉着。骑楼上一个穿黄色紧身旗袍的女人正在和个葡萄牙水兵拉扯着。“夜来香”三个霓虹灯的大字，照得她生满了鱼鳞似的缎子旗袍闪闪发光。她半身探出骑楼外，浪声笑着。水兵揽住她的腰肢，往房中拖去。黄衫女人两手扒住骑楼栏杆，一头长发跌到胸前，她的笑声尖锐而凄厉，淹没在四面涌来的麻雀牌声中。她生过麻风,他们说。她已经梅毒攻心了,他们说。她是中、西、葡、英的混杂种。她是湾仔五块钱一夜的咸水妹。坐在夜来香的门槛上，捞起她的黄旗袍，擦拭给她梅毒蛀掉了睫毛的眼睛，她擤着鼻涕，揉着她粉红色的烂眼角。合家铲！她咬着发乌的嘴唇哼道。哄死人啦！讲好五块钱，那个死鬼提起裤带飞溜。我要吃饭啊！我赶着他叫道。只要五块钱，五块钱哪！合家铲！合家铲！香港女人都差不到哪里去了。他半眯着眼睛，漫不经意地说道。香港女人，香港女人！有一天，香港女人都快变成卖淫妇了。两百块的、二十块的、五块钱一夜的。大使旅馆的应召女郎，六国酒店的婊子，湾仔码头边的咸水妹，指着梅毒蛀烂了的眼圈,大声喊着:五块钱一夜！（小姐，报纸说用水时缩成一个礼拜四小时哪。）嗯,香港快被晒干了。香港在深蓝色的海水中，被太阳晒得一寸一寸地萎缩下去。

桂花凉粉！窗外夜市人声鼎沸，卖凉粉的小贩破着喉咙，从嘈杂的声浪中，迸出几下极不调协的尖叫。骤然间，夜市上的木屐声一阵大乱。阁楼的木梯上，响着杂沓窜逃的脚步。差人，差人！往阁楼屋顶奔逃的小贩急促地叫道。突击！突击！突击！天天晚上警察都来突击湾仔的无照小贩。夜夜巡捕车抓走一笼笼的难民摊贩，可是夜夜湾仔的小贩仍旧破起喉咙，挑战似的喊出：桂花凉粉！调景岭霍乱病案五三起，《星岛日报》登道，港九居民切勿饮食生冷。检疫站，防疫针，德辅道的阴沟，唉，真要命！全是生石灰呛鼻的辛辣气。他们把公家医院塞满了难民，哼哼唧唧，尽是些吐得面皮发乌的霍乱病人。中国大陆的瘟疫像朵黑云盖到了香港的上空。唉，这颗东方之珠的大限快到了。走吧，姊姊，芸卿说，芸卿的眼角噙着泪珠，脸苍白得像张半透明的蜡纸。趁着现在还不太迟，离开这里吧！芸卿的嘴唇不停地抽搐。你在往下沉哪！你还年轻，才三十几岁。你要为将来打算，一定要想到你的将来啊！你的将来——将来？你是说明天？可是妹子，你们这些教书的人总是要讲将来。但是我可没有为明天打算，我没有将来，我甚至没有去想下一分钟。明天——太远了，我累得很，我想不了那么些。你们这些教书匠，总爱讲大道理。去告诉你书院里那些梳着辫子的女娃娃：明天、明天、明天。我只有眼前这一刻，我只有这一刻，这一刻，懂吗？芸卿哭出了声音，说道，至少你得想想你的身份、你的过去啊！你该想想你的家世哪！你是一个有身份的人。你是说师长夫人？用过勤务兵的，是吧？可是我也没有过去，我只晓得目前。懂吗？目前。师长夫人——她已经死了。姊姊，噢姊姊，你唬人得很。芸卿绞着她的手帕，揩去滚到她苍白面颊上的泪珠。姊夫活着的话他要怎么说呢？人人都在说。他们都在说你在跟一个——嗳，姊姊，你不能这样下去。他们都说你在跟一个——但是我们注定滚在一堆了。他说道。我们像囚犯一样锁在一起了。难道你不以为我们是天生的一对？来，让我亲亲你软软的嘴唇。好姊姊，躺在我的怀里吧！

当然我喜欢你送给我的开司米大衣。但是我更爱你这双丰满的奶子。难道我对你还不够好？不像一个服服帖帖的好弟弟？认了吧，我们都是罪人，我躲在这间肮脏的阁楼里吸我的烟枪。你呢？你悄悄从你漂亮的翠峰园溜下来到我这里做坏事。翠峰园不是一个人待得住的地方。上面太冷清了。来，让我暖暖你，到底我们是注定了的，莫挣扎了。看看这张我请人替我们拍的照片。别忘记，只要我们活着，这就是我们一生的纪念品。瞧瞧我们赤裸的身体，是不是有点像西洋人圣经上讲的什么亚当与夏娃？被上帝赶出伊甸园因为他们犯了罪。来，罪人，让我们的身体紧紧地偎在一块，享受这一刻千金难换的乐趣。罪人，赶出了伊甸园。罪人，赶出了伊甸园。无赖，唉，唉，唉，无赖。走吧！姊姊，芸卿默默地抽泣着，你不能这样下去，你要设法救你自己。你一定要救要救要救。救？救我的身体？救你们信教的人讲的灵魂？在哪儿呀，我的灵魂？我还有什么可救的？我的身体烂得发鱼臭。难道你还看不见我皮肤下面尽是些蛆虫在爬动？我像那些霍乱病人五脏早就烂得发黑了。姊姊，嗳，姊姊！你一定要救你自己，一定要救。我们注定了。他说。我们是冤孽，他说。我们在沉下去，我们在沉。我们（小姐，厨房里没水喽！）嗯，香港快干掉了。

警察大声地吆喝着。小贩们哭着喊着滚下了楼梯。巡逻车的警笛扫走了一切噪音，像无数根鞭子，在空中笞挞，载走一车一车没有居留证的难民，像野狗一般塞进火车厢内，从新界运回中国大陆。让瘟疫及饥荒把这些过剩的黄色人体凌迟消灭。为了本港的治安，香港总督说，我们必须严厉执行驱逐越境的难民，然而每天那些蓬头垢面的难民却像大水来临前奔命的黑蚁，一窝窝从新界的铁丝网底，带着虱子、跳蚤以及霍乱病源，钻进了香港。

尖沙咀码头抢案，少女耳朵遭强徒扯裂。

蒙面人洗劫银行，印度巡警被射杀。

《星岛日报》：抢案。《工商日报》：抢案。李夫人，我是李师长的随从。他穿着灰得发白的中山装，脸上水肿得眼睛眯成了一条细缝。我认得你是李夫人，他走近一步说道，我不懂你说什么，我说。我怕你认错人了，我说。可是我知道你是李夫人，他说，他的嘴角一径挂着一丝狡狯的微笑。对不起，我不认识李夫人，我说。我是王丽卿小姐。我是翠峰园的王丽卿小姐。李夫人，我以前是李师长的随从。我也是逃难出来的。我是李师长的随从。

丽卿

听见没有　丽卿

你要守规矩呵

听见没有

你是师长夫人懂吗

丽卿

要守规矩

师长夫人

要守规矩

听见没有

丽卿丽卿丽卿

他已经死了，被砍了头，他的勤务兵把他的躯体偷出来埋在花园里。别叫我李夫人，懂吗？我是王丽卿。李夫人，我两天没吃东西了。帮帮忙吧，李夫人，看在李师长分上，做点好事吧！李夫人。我不是李夫人，懂吗？我是王丽卿小姐，被砍了头，挂在城门上像个发霉的柚子。

丽卿

要守规矩呵

李夫人。不要跟着我。李夫人。我已经给了你钱了。李夫人。让开，不要乱叫我。李夫人，李夫人。救命！差人。抢皮包呀！走吧，姊姊，趁早离开这里，买张飞机票飞到悉尼去。走，姊姊。不，我说。不，我说，哪儿我也不要去。我连手都抬不动了，看看这两根膀子，已经不听我的调动了。我已经死掉了。我早就死去了。姊姊，噢，姊姊。芸卿抽搐地哭起来。香港就快完结了，东方之珠。嗯！这颗珠子迟早总会爆炸得四分五裂。那些躺在草地上晒太阳的英国兵太精了，他们不会为这颗精致的小珍珠流一滴血的。但是我不会等到那一天。我才不会呢！我要在这颗珠子破裂的前一刻从尖沙咀跳到海里去。你一定要设法救你自己啊！嗯，我要跳到海里去，趁早离开这里，我不会等到那一天。人人都在说。他们都在说你跟一个——但是我们命中注定了，他说。让我握住你的手，让我领你沉到十八层地狱里去。我敢说你会喜欢上刀山下油锅的滋味，因为我们都是罪孽重重。还想不认你有罪？地狱里的炼火也烧不尽你的孽根呢！来吧，罪人，让我领着你沉下去。（小姐，那个死婆妈跑下来抢我们的水啦！）节约用水，节约用水，街上的扩音器互相咆哮着，水塘里的水又降低了三寸。三寸又三寸又三寸。有一天香港的居民都会干得伸出舌头像夏天的狗一般喘息起来，他们会伸出鸟爪一般的手臂去抢水和食物。水——他们会喊道。饿呀！他们会喊道。他们的皮肤会水肿得像象皮一般，霍乱会泻得他们的脸个个发黑。有一天那些难民会冲到山顶把有钱人从别墅里拉出来统统扔到海里去。东方之珠。东方之珠，走吧，姊姊。不。走，姊姊。不。姊姊。不，不，不。

余丽卿翻过身去，伸出手紧揽住她身边男人瘦白的背脊。夜来香舞厅的广东音乐，支撑着凌晨的倦意，落寞地漫奏着。麻雀牌愈来愈疏落，间或有几下猛然奋起的洗牌声。夜市里人声已杳，街车的引擎断续地闷吼着。余丽卿渐渐合上了越来越沉重的眼皮。朦胧间，她又感到她身边男人那双半睁的睡眼，像黑暗里夜猫的瞳孔，射出两道碧荧荧的清光，窥伺地、监督地罩在她脸上，好像刺入她心底的深渊中一般。是的，她想道，香港快要干掉了，于是他便说道：来吧，罪人，让我握住你的手，一同沉入地狱门内。

《现代文学》第二十一期

一九六四年六月

安乐乡的一日

安乐乡（Pleasantville）是纽约市近郊的一座小城。居民约有六七千，多是在纽约市工作的中上阶级。大家的收入丰优均匀，因此，该城的地税是全国最高地区之一。每天早晨六时左右，各式各样崭新的轿车便涌进火车站停车场了。进城上班的人，多是三十至五十之间的中年男子，穿着 Brooks Brothers 的深色西装，戴着银亮精致的袖扣和领针，一手提着黑皮公文包，一手夹着一卷地方报纸，大家见面，总习惯性地寒暄几句，谈谈纽约哈林区的黑人暴动，谈谈华府要人竞选的花边新闻，然后等到火车进站，鱼贯地钻入有空气调节的车厢里，往那万人所趋，纽约市的心脏——曼哈顿驶去。

安乐乡与其他千千百百座美国大都市近郊的小城无异。市容经过建筑家的规划，十分整齐。空气清澈，街道、房屋、树木都分外地清洁。没有灰尘，没有煤烟，好像全经卫生院消毒过，所有的微生物都杀死了一般，给予人一种手术室里的清洁感。城中的街道，两旁都有人工栽植的林木及草坪。林木的树叶，绿沃得出奇，大概土壤经过良好的化学施肥，叶瓣都油滑肥肿得像装饰店卖的绿蜡假盆景。草坪由于经常过分地修葺，处处刀削斧凿，一样高低，一色款式，家家门前都如同铺上一张从Macy's百货公司买回来的塑胶绿地毯。

城中也照样有一个购物中心：其中包括一个散布全美的A&P菜场及Woolworth廉价百货店、一家只有两个理发匠的理发店，以及一个专门放映旧片的小型电影院。趁着先生上班，安乐乡的主妇们都开着她们自己专用的小轿车，到购物中心来购买日用品及办理杂务。虽然是在小城中，这些主妇们上街时仍旧浓施脂粉，穿着得整整齐齐。有些手里推着婴儿的推车，有些两手提满了肥皂粉、牛排、青豆及可口可乐，在停车场伫住脚，跟邻舍朋友闲扯几句：儿子的夏令营、女儿十六岁的生日舞会、昨晚电视的谐星节目，然后钻入闪亮的林肯及凯迪拉克中去。

依萍和伟成就住在安乐乡的白鸽坡里。这是城中的一个死角，坡中道路，一头接上往纽约市的公路，另一头却消没在小山坡下。这条静荡荡的柏油路，十分宽广清洁，呈淡灰色，看去像一条快要枯竭的河道，灰茫茫的河水完全滞住了一般。白鸽坡内有它独特的寂静。听不见风声，听不见人声，只是隔半小时或一小时，却有砰然一下关车门的响声，像是一枚石头投进这条死水中，激起片刻的回响，随后又是一片无边无垠的死寂。可是从往纽约的公路那边，远远地却不断传来车辆的急驶，胶轮在柏油路面上一径划出尖锐的摩擦声。二十四小时，不分昼夜，这种车辆的急驶，从来没有中断，没有变化，这种单调刺耳的声音早已变成白鸽坡静寂的一部分了。它只不过常常提醒着依萍：白鸽坡外还有许多人在急促地活着、动着。

这是个仲冬的十二月，比降雪的时节还早几天。可是天空已微有雪意了，灰得非常匀净。冬天，白鸽坡内的静寂又加深了一层。坡内住家都好像把门前那张绿地毯收去一般，草坡露出了焦黄的土地。肥绿的树叶落尽了，家家门口的榆树只剩下一些棱瘦的黑枝桠。因此，坡内愈更显得空旷，道路两旁的新房屋都赤裸地站了出来，全是灰白的木板房，屋顶屋面颜色相同，大小款式也略相仿佛，是最时兴的现代建筑，两层分裂式。偌大的玻璃窗，因为有空气调节，常年封闭着，窗户都蒙上白色带花边的幔子。从坡上看去，这两排四方整齐的房子，活像幼儿砌成的玩具屋，里面不像有人居住似的。伟成和依萍的房子便在街右的末端，已近死巷的尾底。屋内也按着美国最新的设计陈列。客厅内的家具全是现代图案，腰形的桌子，半圆形的沙发，以及一些不规则形体的小茶几及矮凳，颜色多呈橘红嫩黄。许多长颈的座灯像热带的花草，茎蔓怒长，穿插在桌椅之间。室内一切的建构，格式别致，颜色新鲜，但是也像儿童玩耍的砌木一般，看去不太真切。厨房一律是最新式的电器设备，全部漆成白色：电动洗碗机、电动打蛋机、电动开罐头机，以及一些大大小小的电锅电炉。白色的墙壁上密密麻麻显按着一排排的黑色电钮，像一间装满了机械的实验室一般。依萍一天大部分的时间，便在这所实验室似的厨房中消磨过去。

早上容易过。先忙着做早餐，打发伟成上纽约城股票市场以及宝莉上学校，然后出去买点杂物，回到家中厨房洗洗果菜，一晃就是十二点。下午前半截也容易过，在饭桌上替伟成回些亲友的来信，计算一下一个月的收支，打电话与宝莉同学的家长联络，打听一下出席家长会、慈善会、教会聚会的日期。可是每当下午一进入五点，时间的步速便突然整个松懈了下来，像那进站的火车，引擎停了火，开始以慢得叫人心慌的速度，在铁道上缓缓滑动，好像永远达不到终站似的，五点至六点是依萍一天中的真空时期。一切家务已经就绪，电锅都熄了火，晚饭准备停当，依萍便开始在她那间实验室似的厨房中漫无目的打转子了。坐下来抽一口薄荷烟，站起来打开锅盖尝一口自己熬的牛尾汤，把桌上摆好的碗挪过来，又搬回原位上去，然后踱到窗房边，头抵住那块偌大的窗玻璃，凝望着窗外那条灰白色静荡的道路，数着邻居一辆辆的汽车，从暝色中驶入白鸽坡，直等到伟成从纽约下班，到邻家接宝莉回来，再开始度过一天的下半截。

宝莉三岁时，伟成开始行财运，做股票经纪赚了钱。于是他们便从纽约的公寓搬到安乐乡自己购买的房子中。伟成认为小城的环境单纯，适合于孩子的教育。安乐乡只有伟成一家中国人。依萍不大会开车，所以平常也不大远出，进出只限于白鸽坡的邻近。在安乐乡一住五年，依萍和纽约城中几个中国朋友都差不多断了来往。到了周末，伟成认为是家庭时间，需要休息，不肯进城。夏天，伟成带着宝莉到安乐乡附近的游乐园去游泳划船；冬天，父女两人便穿上御雪衣出去门口扫雪，堆砌雪人。依萍不善户外运动，伟成带着宝莉玩的这些玩意儿，她都加不进去。有时依萍也跟着伟成和宝莉一道出去，在一旁替他们看守衣服。伟成一直鼓励依萍出去参加邻居主妇们的社交活动。有几家美国太太组织了一个桥牌社，依萍去玩过几次，但是她的牌艺差她们太远，玩起来十分累赘。她也参加她们的读书会，可是她看英文书的速度太慢，总跟不上别人的谈话。星期日，邻居的太太过来邀依萍上教堂，依萍不信教，但是伟成说白鸽坡的主妇们到了星期日都穿得整整齐齐上教堂去，独有依萍不修边幅待在家里，给别人讲起来难听，于是依萍只好买了一顶白色的纱帽，到了星期日戴着上教堂去。因为安乐乡只有依萍一家是中国人，所以白鸽坡里的美国太太们都把依萍当作稀客看待，对她十分友善，十分热心，常常打个电话来向依萍道寒问暖。为了取悦依萍，她们和依萍在一起时，总很感兴趣似的，不惮其烦向依萍询问中国的风土人情，中国人吃什么，中国人穿什么，中国人的房子是怎么个样儿。她们生怕依萍不谙美国习俗，总争着向依萍指导献殷勤儿，显出她们尽到美国人的地主之谊。这使依萍愈感到自己是中国人，与众不同，因此，处处更加谨慎，举止上常常下意识地强调着中国人的特征。每逢聚会时，依萍便穿上中国旗袍，嘴上一径挂着一丝微笑，放柔声音，一次又一次地答复那些太太们三番四复的问题。后来有好几次，邻居太太来邀请依萍去参加社交活动，依萍都托辞推掉了，因为每次出去，依萍总得费劲地做出一副中国人的模样来，常常回家后依萍累得要服头痛丸。

依萍在国内是学家政的，她一生的愿望就是想做一个称职的妻子，一个贤能的母亲。可是她来美国与伟成组织家庭后，发觉她在中国学的那套相夫教子的金科玉律，在她白鸽坡这个家庭里不太合用。伟成太能干了，依萍帮不上忙。伟成对于买卖股票有一种狂热，对于股票行市了如指掌，十押九中，拥有一大堆的顾客，事业上一帆风顺。依萍对于股票一窍不通，而且不感兴趣，当伟成在依萍面前炫耀他对股票的知识时，依萍总是勉强着自己，装作热心地聆听着。伟成在美国日子久了，一切习俗都采取了美国方式，有时依萍不太习惯，伟成就对依萍说，既在美国生活，就应该适应这里的生活。因此，家务上的事情，依萍往往还得听取伟成的裁夺。

至于宝莉，从小她就自称是爸爸的女儿。

“伟成，你这样不行，把女儿宠坏了！”依萍常常急得叫道。

“别担心，我们宝莉是个乖孩子。”伟成总满不在乎地笑着说。

“妈妈坏！”于是宝莉便乘机操着道地纽约口音的英文骂依萍一句。

宝莉六岁以前，依萍坚持要宝莉讲中文，可是才进小学两年，宝莉已经不肯讲中文了。在白鸽坡内，她的小朋友全是美国孩子，在家中，伟成也常常和她讲英文。依萍费尽了心机，宝莉连父母的中国名字都记不住。依萍自己是中国的世家出身，受过严格的家教，因此，她唯一对宝莉的期望就是把她训练得跟自己一样：一个规规矩矩的中国女孩。可是去年当宝莉从夏令营回来时，穿着伟成替她买的牛仔裤，含着一根棒棒糖，冲着依萍大声直呼她的英文名字 Rose 起来。依萍大吃一惊，当时狠狠地教训了宝莉一番。宝莉说夏令营中，她有些朋友也叫她们妈妈的名字。依萍告诉宝莉，在中国家庭中，绝对不许有这类事情发生。宝莉是爸爸的女儿，宝莉不是妈妈的女儿。这虽然是宝莉小时的戏语，但是事实上，依萍仔细想去，原也十分真切。宝莉与伟成之间，好像一向有了默契一般。其中一个无论做任何事情，总会得到另一个精神上的支持似的。宝莉和伟成有共同的兴趣，有共同的爱好。每天一吃过晚饭，父女俩盘坐在客厅的地毯上看电视，议论着电视里的节目。有许多节目，依萍认为十分幼稚无聊，可是伟成和宝莉却看得有说有笑，非常开心。依萍常在他们身后干瞅着，插不进话去。每天下午到这个时候，依萍都这样伫立在厨房的玻璃窗前，凝视着窗外灰白的道路，听着往纽约公路上那些车辆尖锐单调的声音，焦虑地等待着伟成和宝莉回家，以便结束她下午这段真空时间，开始度一天的下半截，但是这下半截往往却是父亲和女儿时间，依萍不大分享得到。

“呀！怎么还没开灯？”伟成准六时踏进了大门，跟着宝莉也跳跳蹦蹦，替伟成提着公文包跑了进来。伟成穿着一袭最时兴崭新的麂皮大衣，新理的头发，耳后显着两道整齐的剪刀痕迹，脸上充满闻到厨房菜肴的光彩。宝莉穿了一身大红的灯芯绒衣裤，头上戴了一顶白绒帽，帽顶有朵小红球。宝莉长得不好看，嘴巴太大，鼻子有点下塌，但是她却有一双又大又圆的眼睛，乌亮的眼珠子，滴沥溜转，有些猴精模样，十分讨喜。宝莉进来后，把公文包及背上的书包摔到沙发上，然后便爬上伟成的膝盖，和伟成咬起耳朵来。

“怎么了，宝贝女儿，脸怎么冻得这样红？”伟成爱怜地抚弄着宝莉的腮帮子问道。

“宝莉，去洗手，准备吃饭了。”依萍一面把菜盛到碟里，一面叫宝莉道。宝莉没有立即理会依萍的吩咐，她抚弄着伟成的领带，在伟成耳根子下悄悄说道：

"我们在山坡后面捉迷藏呢！"

"我听见啦，"依萍转过头来说，"又出到外面去玩了，我说过只许在屋内玩，你伤风还没有好全呢。"

"妈妈的耳朵真厉害，快别说了，去洗手吧！"伟成捏了一下宝莉冻得通红的鼻子笑着说道，宝莉跳下伟成的膝盖，一溜烟跑进了盥洗室。

"Rose，今天做了些什么啦？有没有去 Mrs. Jones 家打桥牌？"伟成翻阅着晚报上登载的股票行情，柔声问依萍道。

"她们来叫了我的，我没有去。"

"North West 三十四，Delta 十八，G. E. 四十点三，统统涨了！我刚替 Park Avenue 的张家买进两百股，他们又赚一大笔了，张家总是行财道——噢，好香的牛尾汤！"伟成丢下报纸，凑近那盆牛尾汤嗅了一下。

"我不要吃牛尾汤！"宝莉走进来嚷道。

"宝莉，小孩子什么都应该学着吃才不挑嘴。"依萍说道。依萍记得小时候她不吃苦瓜，母亲特地每天烧苦瓜，训练到她吃习惯为止。

"我不要吃牛尾汤！"宝莉坐在椅子上大声嚷道。

"好啦，好啦，宝贝女儿，我们这里是民主国家，讲个人自由，好不好？你不要吃牛尾汤可以不吃，我给你开一瓶可口可乐。"伟成拿了一只大玻璃杯倒满一杯可口可乐给宝莉。

"宝莉，你今天在学校里做了些什么？讲给爸爸听。"

“早上我们班举行加法比赛。”

“你得第几名？”

“第一名！”宝莉很自得地说道。

“真的？”伟成也跟着得意起来，伟成一直说宝莉有科学头脑，将来会成数学女博士。“明天爸爸进城给你买奖品去。”

“我们今天还做了情人节的红心卡片。”宝莉腼腆地说道。

“哟，谁是你的情人啦？”

“我不讲！”

“胖子大卫？”

“才不是！”

“妈妈知道，”依萍插嘴笑着说道，“是不是你爸爸？”

宝莉红了脸，扭瘪着大嘴巴，两只精灵的乌眼珠发着兴奋的光彩。伟成放声朗笑起来，捧起宝莉的脸腮用力亲了一下。

“爸爸是你的大情人，你是爸爸的小情人，对吗，宝贝女儿？”

“宝莉，”依萍突然问道，“Lolita 的妈妈下午打电话给我说你在学校里用手扯 Lolita 的头发，把她扯哭了，你为什么那样做呢？”

“啊，Lolita 是头脏猪！”宝莉咬着牙齿叫道。

“宝莉，不许这样叫你的同学。你怎么可以扯别人头发呢？”

“她说我是中国人！”宝莉突然两腮绯红地说道。

“宝莉，”依萍放下筷子，压平了声音说道：“Lolita 说得对，你本来是中国人。”

“我说我是美国人，Lolita 说我扯谎，她叫我 Chinaman。”

“听着，宝莉，你生在美国，是美国的公民，但是爸爸和我都是中国人，所以生下你也是中国人。”

“我不是中国人！”宝莉大声叫道。

“宝莉，不许这样胡闹，你看看，我们的头发和皮肤的颜色都和美国人不同。爸爸、你、我——我们都是中国人。”

“我没有扯谎！Lolita 扯谎。我不是中国人！我不是中国人！”宝莉尖叫起来，两足用力蹬地。

“宝莉——”依萍的声音颤抖起来，“你再这样胡闹，我不许你吃饭。”

“Rose，我想我们吃完饭再慢慢教导宝莉。”伟成站起来走向宝莉，想抚慰她几句。依萍倏地立起来，抢先一步走到宝莉跟前，捉住宝莉双手，把宝莉从椅子上提起来。

“不行，我现在就要教导她，我要宝莉永远牢记住她是一个中国人。宝莉听着，你跟着我说：‘我是一个中国人。’”

“不！我不是中国人！”宝莉双足一面踢蹬，身体扭曲着拼命挣扎。依萍苍白的脸，用颤抖的声音厉声喝道：

“我一定要你跟着我说：我——是——一——个——中——国——人。”

“我不是中国人！我不是中国人！”宝莉倔强地尖叫起来。依萍松了一只手在宝莉脸上重重地打了一下耳光。宝莉惊叫了一声，接着跳着大哭起来。依莉正要举手打宝莉第二下时，伟成隔开了依萍的手臂，把宝莉从依萍手中解开。依萍松了手，晃了两晃，突然感到一阵昏眩，她伏在水槽上，把刚才喝下的牛尾汤都呕吐了出来。

过了一阵子，当伟成扶着依萍躺到卧房的床上时，伟成坐在依萍身边低声地对她说道：

“孩子是要教的，但不是这般教法。宝莉才八岁，她哪里懂得什么中国人美国人的分别呢？学校里她的同学都是美国人，她当然也以为她应该是美国人了。Rose，说老实话，其实宝莉生在美国，长在美国，大了以后，一切的生活习惯都美国化了。如果她愈能适应环境，她就愈快乐，你怕孩子变成美国人，因为你自己不愿变成美国人，这是你自己有心病，把你这种心病传给孩子是不公平的。你总愿意宝莉长大成为一个心理健全能适应环境的人，对吗？得啦，别太冲动了。我去拿粒镇静剂给你，吃了好好睡一觉。”

伟成倒了杯水给依萍，让她服了一粒Compoz。然后熄了灯，虚掩上门，走了出去。依萍躺在黑暗中，全身虚脱了一般，动弹不得。一阵冰凉的、激动过后的泪水，开始从她眼角慢慢淌了下来。从门缝间，依萍隐约还可听到伟成和宝莉讲话的声音。

“妈妈坏！妈妈坏！”

“嘘，妈妈睡觉了，别张声。八点钟啦！电视电影快开始了。”

不到片刻，电视机的声音响了起来，一开头又是那天天日日都在唱个不休的 Winston 香烟广告：

Winston tastes good,

Like a cigarette should!

《现代文学》第二十二期

一九六四年十月

火岛之行

这次他们决定到火岛去。从中西部来的三个女孩子坚持要到海滨游泳，所以林刚预备带她们去火岛的松林滩。林刚在纽约住了十年，总共只去过三四次海滩；他不善游泳，虽然零星地在游泳池里泡过十来次，总也没有学精，最多只能游百来公尺。本来林刚提议请三个女孩子到雷电城去看戏，那儿有全美著名的踢踏舞，可是她们一致反对，嚷着说纽约城里太闷热，要出城下海，清凉片刻。

自从林刚搬到百老汇与一〇三街他那间两房一厅的公寓后，他的住所便变成中国留学生歇脚的地方了。尤其是每年夏季从各路来纽约观光找事的单身女孩儿，许多都欢喜蜂拥到林刚家里。或者直接经朋友的介绍，或者由朋友的朋友间接引进，只要抵达纽约时，打一个电话，林刚便开着他那辆崭新的敞篷雪佛兰到巴士站去迎迓了。

一来林刚长得好玩，五短身材，胖胖的躯体像个坛子，在人堆子里，走起路来穿梭一般脚不沾地似的直兜转子，永远显得十分忙碌。林刚已经三十多了，蛋形的头颅已经开始脱顶，光滑的头皮隐隐欲现，可是他圆胖的脸蛋，却像个十来岁孩儿的娃娃脸，一径是那么白里透红，好像永远不会被岁月侵蚀似的。林刚爱笑，见着人总咧开他的大嘴巴，露出一口整齐白净的牙齿，看起来十分纯真，没有什么心机似的，因此女孩子们喜欢跟林刚来往，因为她们觉得跟林刚在一起很有安全感。

二来林刚是个道地的纽约客，他谙悉纽约所有著名的中国饭馆，而且每家饭馆的拿手菜，林刚都可以如数家珍一般背诵出来。林刚生性慷慨，每次请女孩子去吃饭时，总是点最名贵的菜馆，女孩子们吃得都十分开心，一致称赞林刚是个食家。林刚耐性十分好，带领女孩子们游览纽约时，往往都是从清晨游到深夜，当那些女孩子站在洛克斐勒中心的喷水池旁，裙子被晚风吹得像一朵朵蓓蕾般地绽开来，林刚便咧着嘴笑嘻嘻地对她们说，她们的光临，使纽约增了一倍的光彩。女孩子们都乐了，说林刚是个最称职的向导。

林刚做事已经八年了，他在纽约一家理工学院得到硕士后，便找到一份高薪的差事，过着悠游自在的单身生活。其实林刚人缘好，认识的中国女孩子比谁都多，那些女孩子不管是在纽约的或是从外埠来的，个个都喜欢林刚，说他是个讨女人欢心的男人。有人搬家，林刚便忙着开了车去大包小包地替她们搬送。如果有人请客，林刚便开车到唐人街替她们采办菜蔬。林刚会包饺子做馄饨，是个一等名厨，许多女孩子的庆生会都在林刚家举行。女孩子们背底下都叫林刚“林妈妈”，她们绝对没有恶意，只是林刚对女孩儿分外体贴的缘故。尽管那些女孩子们那么赏识林刚，大家甚至争着要替林刚介绍女朋友，她们都感叹地说：像林刚那样的人，还没娶到太太真是可惜，可是那些女孩子谁也没有想到要做林刚的女朋友。在美国的中国男孩子比女孩子多出几倍，林刚认识的那些女孩子大部分一来到美国两三年都结婚了。林刚一年之中总接到几张结婚请帖。他做过五六次伴郎，参加过十几次婚礼，有时还得开几小时车到波士顿或者华盛顿去帮忙与他交情深厚的女孩子的婚事。至于在纽约没有结成婚的那些女孩子，却又都变成了林刚的老朋友。

有一次中国学生会在纽约州开普西一个夏季湖滨避暑胜地举行游宴，与会的人大多是情侣或夫妇，也有少数打单的青年男女，借此机会以便认识。林刚带了与他认识多年的黄玖一齐参加。开普西的湖滨非常幽雅，山明水秀，半点没有纽约市区的繁嚣。那晚月光特别明亮，照得水影山色，参差如梦。大家在湖滨草地上架上柴火烧烤牛排，并且饮酌冰啤酒助兴。火光映红了一张张年轻的笑脸，有人借着水声在拉奏悠扬的手风琴。林刚的兴致非常高昂，一连喝了五六罐啤酒，黄玖也很高兴，频频与林刚举杯对饮。月光照得她那件低胸的蓝缎褶裙闪闪发光。野宴后大家便到湖滨一家旅馆的舞厅中去跳舞。林刚的舞跳得并不好，可是各种花式他都会，所以每一首曲子林刚都拖着黄玖下舞池去。林刚跳得满头大汗，黄玖不停地放声朗笑。后来黄玖说里面太燠热，他们便到湖滨去乘凉。当黄玖蹲在湖边，低首用手去拨弄湖水时，月光照得她丰满的背项如同泼乳一般，林刚忽然发觉黄玖竟然有一股不可拒抗的诱力，他忘情地揽着黄玖的腰，在黄玖颈背上亲了一下。黄玖吃惊地扭转身来，怔了半晌，然后半恼半笑地在林刚肩上拍了一巴掌说道：

“林刚，看不出你这么老实也会开起老朋友的玩笑来！你一定喝醉了。我们再去跳几个舞吧。”

当然，回到纽约后，黄玖仍然是林刚要好的老朋友，林刚仍旧过着他那种优哉游哉的光棍生活。纽约市适合单身汉居住，尤其是中国单身男人，光是中国饭馆就有五百来家。林刚居住的邻近有上区中国城之称，居住的中国人全是知识分子，站在街心，隔不到三五分钟就可看到两两三三的中国青年男女，而那区的中国人，林刚认识泰半。白天，林刚穿得西装笔挺，挤到地下车中上班下班。晚上一回到他的公寓，电话铃便接二连三地开始响起来。只要有人请客聚会，从来没有漏过林刚。因此林刚的生活过得十分忙碌，十分平宜。每年等到暑假来临，大批年轻的中国女孩涌进纽约市时，林刚的生活便加倍地热闹起来，送往迎来，林刚每次总尽到地主之谊，给那些初来美国的女孩子们留下一个亲切良好的印象。

八月间，纽约的天气有时突然会冒到成百度，曼哈顿上如同凿漏了水汀一般，一流潮湿的热气，蔓延在一群高楼大厦之间，蓬勃蓊郁，久久不散。三个从中西部伊利诺州来的女孩子，坐在林刚车子里一直抱怨纽约的天气。

“想不到纽约这个地方近海还那么闷热！”坐在林刚身旁的杜娜娜不耐烦地说道。她一边用手帕揩汗，一边把她那顶宽边大草帽，当作扇子拼命地招挥。

“真不巧，你们来的这两日，偏偏赶上纽约最热的当儿，过了八月就凉爽了。”林刚偏过头去对杜娜娜歉然地笑道。林刚穿着一条多年没有上身的绛红短裤，两条粗短的腿子贴在车座的胶垫上不停地淌汗，他戴着一副宽边意大利式的太阳眼镜，额上的汗珠，像一排小玻璃球，一颗颗停在眼镜边上。周末出城的车子十分拥挤，林刚开足了马力在往长岛的公路上飞驶着，他握住驾驶盘，紧张地驾驶着，为了要开快，往往得冒险超车。

“一出了曼哈顿就不会这样热了。”林刚咧着嘴对杜娜娜解说道，好像他对这个湿热的天气，多少应该负责似的。

三个女孩中杜娜娜是张新面孔。其余两个白美丽与金芸香林刚都见过面。杜娜娜是个矮小结实的香港女孩，刚到美国来念大学一年级。一身油黑健康的皮肤紧绷得发亮，两个圆润的膀子合抱在胸前时，把她厚实的乳房挤得高涨起来。杜娜娜有一张浑圆的脸蛋，厚厚的嘴唇一径高噘着，像两瓣透熟多肉的朱砂李。眼皮微微浮肿，细眯的眼睛，好像睡眠不足似的。可是杜娜娜却有一个十分细巧的鼻子，鼻尖上翘。一头蓬松的短发齐耳根向外飞起，把她厚浊的五官挑了起来，带着几分俏皮。

“喂，到底 Fire Island 的海滩好不好啦？要不浑身大汗跑来这里却挤得游不开，就不是滋味了。”坐在后座的白美丽用手指戳了一下林刚的背问道。白美丽是个高头大马的北方姑娘，一脸殷红的青春痘，上了大学还没爆完。她有一张显著的大嘴，笑起来时，十分放纵。她和林刚很熟，谈笑间没有顾忌。

“放心，Fire Island 的海滩最理想了，非常长，大概总不会挤满人的。”

“你怎么知道啦？你说你今年还没去过海滩呢。”杜娜娜说道。她的声音十分低哑，说话时又急又快，总显得很不耐烦似的。

“我向别人打听过了，你们放心吧！”林刚咧开嘴笑着，安抚她们道。

“你们猜为什么林刚不要去海滩？”白美丽说，然后咯咯地笑道，“林刚只会浮水，不会游水。”

“谁说的？”林刚梗着脖子说道。林刚的嘴咧得更开，他觉得这些女孩子无论开什么玩笑，总是没有恶意的。

“哈，别装了，”白美丽拍了一个巴掌笑道，“记得去年我们去 Jones Beach 吧？我看见你拼命在水里划，划来划去，还是在原来地方。”

三个女孩子都笑了起来，林刚也开心地跟着她们笑了。

“别理白美丽，她专爱跟别人过不去。”坐在白美丽旁边的金芸香慵懒地向白美丽招了招手说道。金芸香的面庞在三个女孩子中长得最漂亮。皮肤细白，眉眼十分甜丽。但是她的身躯却非常臃肥，行动迟缓，两胁下面经常浸着两大块汗迹。

“老实说吧，游水是会的，不怎么高明，只会蛙式罢了。”林刚最后温驯地承认道。

“那么拜我为师吧！”杜娜娜突然雀跃起来，兴致勃勃地嚷道，“我当年是香港的选手呢！”

“那倒是真的，”金芸香证实道，“杜娜娜在香港得过中学组冠军呢。”

“好啦，好啦，”白美丽带着威胁的口气说道，“今天林刚可得乖乖地听我们话了。不听话，请你吃几口海水。”

“怎么样？”杜娜娜使劲挥着草帽问道。

林刚看到三个女孩子的兴致高昂，觉得十分得意，笑着说道：

“这样吧，杜娜娜教我游泳；晚上回纽约我请你们看雷电城的踢踏舞。”

三个女孩子都满意地点头赞同。金芸香戴上太阳眼镜，靠在车座上打起盹来。

火岛是纽约市郊一条细长的外岛，上面有不少人工修理的海滩。松林滩是比较著名的一个，上面有许多旅社及夏季别墅。林刚及三个女孩子抵达时，正是下午两点钟，太阳最毒辣的当儿。白色的沙滩全着了火一般，卷起一片刺目的亮光。沙滩的腹背，布满了浓郁的刺藤，被强烈的阳光蒸成了一片绿烟。靠近海水的浅滩上，横着竖着，排满了几百个日光浴的游客。各色的游泳衣，像万花筒里的玻璃片，忽红忽紫，彩色缤纷。艳色的遮阳伞，像万顷怒放的罂粟花，斜插在白色的沙滩上。

三个女孩子到附近旅馆里更换衣服，林刚换好衣服后便走到沙滩上去等候她们。林刚背着一架照相机，左手提着一个收音机，右手抱着一大包铺地的毛巾毯，胁下还夹着一大瓶的冰果汁。太阳像一炉熊熊的烈火，倾倒在沙滩上，林刚已经被晒得汗如雨下，草帽里全注满了汗水。沙滩上年轻人占多数，他们修长结实的身体都晒成了发亮的古铜色。一堆堆半裸的人体，仰卧在沙滩上，放纵地在吸取太阳的热力。有些情侣勾肩搭背地俯卧着，像是一对对亲昵的海豹，在日光下曝晒。一大群穿着比基尼的少女，在浅水里抛逐一个水球，她们尖锐的叫声，一阵高似一阵地炸开来。那些遮阳伞下面，都放着混乱噪杂的爵士乐，一片嗡嗡嘤嘤，像是原始森林里的虫鸣。等到一阵海浪卷打到沙滩时，宏大的浪声，才把这些杂音一齐淹没。

三个女孩子回到沙滩时，各人都穿了一件不同颜色的泳装。杜娜娜是一套火红的比基尼，露出她结实滚圆的腰肢，两个圆鼓的乳房，毫无忌惮地向前翘起。白美丽穿着一件普通的白泳装，因为她的骨架粗大，泳装很不服帖地裹在她身上。白美丽把头发扎成了一把长而粗的马尾，在她腰后很不守规矩地左右甩动着，行动起来像一只壮大的袋鼠。金芸香穿了一件浅蓝的泳衣，丰满的胴体箍成了三节。三个人走到林刚面前，看见林刚左一包右一包地扛着，被太阳晒得十分狼狈，都不约而同地纵声笑了起来。

“就是金芸香不好！”白美丽嗔着金芸香道，“小姐发福了，一件游泳衣穿了半个钟头。”

金芸香把白美丽那撮马尾用力一攥，于是白美丽做作地尖叫起来。

“先替我们照相吧。”杜娜娜说道，然后半蹦半跳地走下海滩。林刚背着照相机，手上提着包裹跟在三个女孩的后面。林刚蹲在地上，用各种不同的角度替她们一一拍摄，一个在拍照时，另两个就做鬼脸，逗得大家都笑起来。随后每个女孩子都争着要跟林刚一齐拍，轮流着两两把林刚夹在中间，要林刚摆出各种姿势，引得三个女孩子笑得伸不直腰来，林刚也跟着几个女孩子咧着嘴兴奋地笑起来。照完后，林刚便选了一角人烟较疏的地方，把毯子铺到沙滩上。杜娜娜俯卧在毯子上，让白美丽替她涂抹护肤油。白美丽骑在杜娜娜身上，把油挤到她背上，用力揉搓起来。

“轻点！轻点！”杜娜娜双足乱蹬叫道。白美丽张着大嘴巴，恶意地笑道，下手搓得更重。杜娜娜又笑又叫，整个身体扭动着，结实的腰肢弯成了S型。金芸香半觑着眼睛，慢吞吞地把护肤油抹到她肥厚的肩膀上。她细白的皮肤已被太阳晒得泛起了一层浅玫瑰的红晕，林刚把草帽摘下来，不停地揩着额上的汗水，一阵阵护肤油的柠檬香从三个女孩子身上发出来，冲到他鼻子里。海那边的白浪，一个跟着一个涌到岸上。每一个浪头冲起来时，一群古铜色的身体便跟着一齐冒起。接着一阵盂浪的欢呼，便从水里爆炸开来。

“走吧！”杜娜娜把一管护身油挤到林刚颈背上，然后和白美丽边笑边跑，冲到海浪里。金芸香立起来，看着林刚一颈子上的黄油，扑哧地笑了一下，扛起一个橡皮吹气的鳄鱼，懒散地走下海水去。

林刚穿着游泳裤有点滑稽，他的小腹凸得很高，游泳裤滑到了肚脐下面，拖拖曳曳，有点像个没有系稳裤带的胖娃子。因为在岸上晒得很热，所以觉得海水特别冰凉，林刚用脚试探地撩撩浪头，不敢遽然跑下去。杜娜娜已经钻到浪里去了。白美丽在浅水中，跳着蹦着，一根马尾，像鞭子一般，到处乱刷。金芸香坐在橡皮鳄鱼上，像一只肥鹅，一双白胖的大腿踢起一堆耀眼的水花。突然间，杜娜娜从水里冒了起来，把海水泼到林刚身上，林刚打了一个寒噤，用手护住胸前，呵呵地笑了起来。杜娜娜脸上挂满了晶莹的水珠，短发覆在腮上，火红的游泳衣浸湿了，紧紧地裹住她身体。

“下来呀！”杜娜娜叫道。

白美丽跑过来，帮着杜娜娜把海水浇到林刚头上。林刚一只手护住眼睛，趔趔地往海水中走去，海浪冲过来，林刚歪歪倒倒地张着双手，像个刚学会走路的婴孩。白美丽在林刚身旁一直蹦着跳着，忽起忽落，像浮标一般。当海浪把金芸香冲到林刚身边时，金芸香就用脚把海水踢到林刚身上。杜娜娜摊开手脚，仰卧在水面上，随着浪头，载浮载沉，嘴里像鲸鱼一般，喷着水柱。忽儿她把臀部一翘，潜到水中，忽儿她从林刚胯下，一下子钻到他面前，用手掏起一捧水，洒到林刚脸上。林刚笑着，向杜娜娜反击，用手把水拨向她。可是杜娜娜忽儿沉到水中，忽儿不知从哪里冒了起来，出其不意地给林刚一下，使得林刚防不胜防。白美丽也加入了水战，她没有闪躲，高大的身体，矗立在水中，两只手像双桨一般，把海水扫向林刚。海浪常常把林刚推得摇摇欲坠，在水中，林刚失去了一半的行动自由。他努力地把海水拨向杜娜娜及白美丽，可是杜娜娜十分灵活，白美丽非常骁勇，林刚处于很不利的势力。往往当他攻击白美丽时，却被杜娜娜由后方抄来，拨得他眼睛都张不开。白美丽愈打愈起劲，大声吆喝着，脑后的马尾威胁地甩动。金芸香坐在橡皮鳄鱼上，很感兴味地旁观着。偶尔她也划到林刚身边，用脚尖把海水轻轻地撩到林刚颈子上。

正当林刚追到白美丽身后向她攻击时，杜娜娜却在他面前浮了起来，一把抓住泥沙撒到了林刚脸上，泥沙塞到了林刚的嘴里，林刚呛得大咳起来。他赶忙浸到水中，用水把嘴里的泥沙洗净。他听到三个女孩子发狂一般尖声笑着。当他抬头时，他看见杜娜娜站在他面前，双手噼噼啪啪打着浪花，仰着头放纵地在笑，太阳照在她身上，她的皮肤发着油黑的亮光，两个结实的乳房，傲慢地高耸着。他半闭着微肿的眼皮，厚厚的嘴唇开扇着，嘴角挂着一串发亮的水珠。

"看我来逮住你！"林刚叫道。突然他有一股欲望要把这个油黑的身体一把抓住，他看见那对高耸傲慢的乳房，在微微地抖动着。杜娜娜警觉地往后跳了一步叫道：

"好呀，我们来比赛游泳！"杜娜娜细眯的眼睛乜斜着，嘴唇下撇，带着几分挑衅的神情，也仰着身，轻快地游向海浪中去，她结实的大腿，打起一阵浪花。林刚仰着头，用着笨重的蛙式向前追去。

"加油！加油！"白美丽和金芸香在后面拍着手叫道。

杜娜娜往深水里游去，她的速度比林刚快得多，可是每次她都故意慢游，等到林刚奋力游近她身边，看着要把她捕住后，她又倏地一下，加速游往前去，发出一阵挑逗的孟浪的笑声。林刚愈游愈慢，他的气力，已经渐渐不支，当他拼命地游近杜娜娜，伸手去兜揽杜娜娜的腰肢时，突然一个像座小山似的巨大浪头涌来，把他们翻卷到海水中，当林刚挣扎着浮出海面时，接着又一个巨浪把他卷了下去。

“让他休息一会儿吧。”一个美国青年把林刚的下巴扶起来，把一杯热咖啡灌到林刚嘴里。“他只是喝了几口水，疲倦了，不要紧的。”

林刚俯卧在沙滩上，四肢如同瘫痪了一般，一动也不能动。他头上的冷汗，一滴滴流到干白的沙上。一阵阵热气从地面扑到他脸上。邻近伞篷里的爵士乐，像成千成万的苍蝇，嗡嗡地响着。他看见海那边，太阳红得像个火球，好像要掉到他头上来了似的。杜娜娜、白美丽、金芸香，三个人团团围住林刚坐着，她们的腿子都晒得绯红。林刚一直闻到一阵浓郁的柠檬香从她们身上发出来。

两小时后，林刚和三个女孩子又回到了曼哈顿上。大大小小的摩天楼都被一层紫雾盖住了，银河般的灯光，在紫雾中闪着迷茫的光彩。进城的车辆像潮水一般涌到东河公路上。

杜娜娜仍旧坐在车前，她的双手抱在胸前，撮着厚厚的嘴唇。金芸香倚靠在车后，慵懒地闭着双眼。白美丽把一绺长发挂到胸前，一只手不停地弄着发尾子。林刚用眼角看着杜娜娜，又从镜中偷偷看着白美丽和金芸香。三个人的脸上都带满了倦容，她们一直没有说话。纽约市内温度并没降低，还是那么闷热。当车子开到百老汇上时，林刚嗫嚅地说道：

“喂，别忘记今晚我要请你们去看雷电城的踢踏舞呢？”

“我不要去了，”杜娜娜说道，“你把我们送回旅馆去。”

“我知道为什么杜娜娜不要去，”白美丽痴笑了一下说道，“人家已经和昨晚请她去舞会那位男士约好了。”

“少管我闲事，行吗？”杜娜娜突然转身厉声向白美丽说道。

白美丽睁大了眼睛，一脸紫涨。金芸香睁开眼睛看看杜娜娜，再看看白美丽，随即又闭上了眼睛。

“这样吧，我请你们去百老汇的新月吃晚饭好了，晚饭总得要吃的。”林刚咧着嘴干笑着对三个女孩说道，“对吗，小姐们？”

可是三个女孩子都没有搭腔。一阵令人窒息的沉默使得林刚非常尴尬，他掏出手帕把额上的汗珠揩掉，随即打开了车上的收音机，里面正在播放黑人歌星尊尼梅斯用着甜丝丝的声音唱的：“春天来到了曼哈顿”。

《现代文学》第二十三期

一九六五年二月

等

1

时间：一九四九年五月五日

地点：上海

这天下着大雨，而且风势猛劲，黄浦江上浊浪滚滚，好像一锅煮开了的水，正在沸腾。北京路口的外滩码头上挤满了人，招商局开往台湾的复兴轮即将启碇，人们都争先恐后地抢着登船，人群中一对青年男女正拥在一起殷殷道别，工程师王宝华是交通大学的高材生，他的未婚妻李玉洁在中西女中教英文。宝华与玉洁自小邻居，一同住在愚园路的梅村里。李家妈妈到王家去串门子，总带着玉洁一起去，王家妈妈便对玉洁说道：“大囡，叫王家阿哥带你出去买东西吃。”于是宝华便拉着玉洁的手，带她到街口老大房买陈皮梅给她吃。宝华从小就会照顾玉洁，有好东西，一定先给大囡。玉洁对王家阿哥也只有佩服的份，她在学校里解不出的算术难题，宝华瞄一眼就知道答案了。还是很小的时候，宝华八岁吧，玉洁才六岁，有一天，两个小人蹲在梅村院子里的蔷薇花架下，玩泥巴。宝华对玉洁说道："大囡，你阿要做我的家主婆？"玉洁搓着一双小泥手笑嘻嘻地答道："好咯。"两个小人都不懂"家主婆"是什么意思，宝华听厨子阿福赶着阿福嫂叫她"家主婆"，而且叫得很亲热。宝华与玉洁原本已经订好七月二十八两人结婚的，请帖都印好了，在梅龙镇酒家请喜酒。可是宝华的公司突然决定全部撤到台湾去，宝华挨到最后一刻汽笛都鸣了三声才肯上船，分手前他对玉洁说道："大囡，你等我，我七月一定回来，我们结婚。"玉洁在大雨中撑着伞，望着复兴轮开出江口，渐渐消失在烟雨中，天黑了，她还不肯离去。玉洁脸上雨水和着泪水，湿淋淋的。

那是最后一班从上海开往台湾的轮船，复兴轮有去无回，那条航线骤然中断，几十年直到今天。

2

时间：一九八九年五月十五日

地点：兰州

塞北的春天姗姗来迟，校园里的杨柳刚刚才抽条，这天的阳光分外灿烂，风吹在身上也是暖熏熏的。兰州大学的大礼堂挤满了学生与教职员，都去听从台湾来的石化专家专题演讲，讲题精彩，学生热烈。专家被学生包围了半天，走出大礼堂时，人群中一位白发萧萧的老妇人迎向他蹒跚走来，站在他跟前叫了一声："王家阿哥！"老妇人看见专家满面惊愕，说道："我是大囡，你不认得了，刚才我听了他们介绍才认出来的。"那天晚上在旅馆里，王宝华执着李玉洁的手，两人抢着说话，一边讲一边哭，又一边笑，讲到天亮，讲到正午。玉洁告诉宝华，他离开后的前几年，每个星期天她都到外滩江边去守望，明知他回不来了，可是她那颗心总被那滚滚而去的江水牵系着，牵到那远处的海角天涯。五七年她就被下放到兰州来了，一直在兰州大学当一名文书职员，退休至今，已有十年。玉洁幽幽地说道："你叫我等你，我等你一直等到今天。"说着玉洁掩面痛哭起来，宝华掏出手帕忙着替玉洁拭泪，握握她的手，拍拍她的背，抚着她那一头颤动的白发叫道："大囡、大囡！"他告诉她说，他在台湾，朝朝暮暮，没有一天不思念她，他也为她守身守到如今，还没娶妻。她替他织的那条枣红围巾，他一直带在身边，年年拿出来围在脖子上，直到围巾磨穿了一个大洞，还珍藏在箱底，舍不得丢弃。这几年，台湾开放探亲，他来过大陆不下十几次，到处寻找她，走遍大江南北，远到黑龙江去。总算天可怜见，让他们两人在兰州不期相逢，破镜重圆。玉洁听着愈哭愈厉害，停不下来，宝华急得直摇她的肩膀，哄着她说道："大囡，莫哭了，你听着，我们马上结婚，阿哥讨你做家主婆，阿好？"玉洁抬起头，泪眼模糊地望着宝华，半晌，突然噗哧一声破涕为笑，指着宝华说道："阿哥，你看你，怎么搞的，头发掉得一根也不剩了？"宝华怔了一下，腼腆地摸摸他那光秃秃的脑袋，也跟着不胜欷歔地笑了起来。

这年七月二十八日，王宝华和李玉洁终于完成婚姻，喜酒仍旧请在上海梅龙镇酒家，旧日交大及中西的老同学老同事都来参加，场面热闹感人。这场婚礼，宝华与玉洁两人足足等了四十年。

《联合文学》，一九九九年十月

注

这则故事报纸登过，有些细节是作者的臆测。

后 记

蓦然回首

许多年了，没有再看自己的旧作。这次我的早期短篇小说由远景出版社结集出版，又有机会重读一遍十几年前的那些作品，一面读，心中不禁纳罕：原来自己也曾那般幼稚过，而且在那种年纪，不知哪里来的那许多奇奇怪怪的想法。

讲到我的小说启蒙老师，第一个恐怕要算我们从前家里的厨子老央了。老央是我们桂林人，有桂林人能说惯道的口才，鼓儿词奇多。因为他曾为火头军，见闻广博，三言两语，把个极平凡的故事说得鲜龙活跳。冬天夜里，我的房子中架上了一个炭火盆，灰炉里煨着几枚红薯，火盆上搁着一碗水，去火气。于是老央便问我道："昨天讲到哪里了，五少？""薛仁贵救驾——"我说。老央正在给我讲《薛仁贵征东》。那是我开宗明义第一本小说，而那银牙大耳，身高一丈，手执方天画戟，身着银盔白袍，替唐太宗征高丽的薛仁贵，便成了我心中牢不可破的英雄形象，甚至亚历山大、拿破仑，都不能跟我们这位大唐壮士相比拟的。老央一径裹着他那件油渍斑斑、煤灰扑扑的军棉袍，两只手手指甲里乌乌黑黑尽是油腻，一进来，一身的厨房味。可是我一见着他，便如获至宝，一把抓住，不到睡觉，不放他走。那时正在抗日期间愁云惨雾的重庆，才七八岁，我便染上了二期肺病，躺在床上，跟死神搏斗。医生在灯下举着我的爱克斯光片指给父亲看，父亲脸色一沉，因为我的右边肺尖上照出一个大洞来。那个时候没有肺病特效药，大家谈痨色变，提到肺病两个字便乱使眼色，好像是件极不吉祥的事。家里的亲戚佣人，一走过我房间的窗子便倏地矮了半截弯下身去，不让我看见，一溜烟逃掉，因为怕给我抓进房子讲“故仔”，我得的是“童子痨”，染上了还了得。一病四年多，我的童年就那样与世隔绝虚度过去，然而我很着急，因为我知道外面世界有许许多多好玩的事情发生，我没份参加。嘉陵江涨大水，我擎着望远镜从窗外看下去，江中浊浪冲天，许多房屋人畜被洪流吞没，我看见一些竹筏上男男女女披头散发，仓皇失措，手脚乱舞，竹筏被漩涡卷得直转，我捶着床叫：“嗳嗳！嗳嗳！”然而家人不准我下来，因为我还在发烧，于是躺在床上，眼看着外面许多生命一一消逝，心中只有干着急。得病以前，我受父母宠爱，在家中横行霸道，一旦隔离，拘禁在花园山坡上一栋小房子里，我顿感打入冷宫，十分郁郁不得志起来。一个春天的傍晚，园中百花怒放，父母在园中设宴，一时宾客云集，笑语四溢。我在山坡的小屋里，悄悄掀开窗帘，窥见园中大千世界，一片繁华，自己的哥姊，堂表弟兄，也穿插期间，个个喜气洋洋。一霎时，一阵被人摒弃、为世所遗的悲愤兜上心头，禁不住痛哭起来。那段期间，火头军老央的"说唐"，便成为我生活中最大的安慰。我向往瓦岗寨的英雄世界，秦叔宝的英武，程咬金的诙谐，尉迟敬德的鲁莽，对于我都是刻骨铭心的。当然，《征西》中的樊梨花，亦为我深深喜爱。后来看京戏，《樊江关》，樊梨花一出台，头插雉尾，身穿锁子黄金甲，足蹬粉底小蛮靴，一声娇叱盼顾生姿，端的是一员俊俏女将，然而我看来很眼熟，因为我从小心目中便认定樊梨花原该那般威风。

病愈后，重回到人世间，完全不能适应。如同囚禁多年的鸟，一旦出笼，惊慌失措，竟感到有翅难飞。小学、中学的生涯，对我来说，是一片紧张。我变得不合群，然而又因生性好强，不肯落人后，便拼命用功读书，国英数理，不分昼夜，专想考第一，不喜欢的科目也背得滚瓜烂熟，不知浪费了多少宝贵光阴。然而除了学校，我还有另外一个世界，我的小说世界。一到了寒暑假，我便去街口的租书铺，抱回来一堆一堆牛皮纸包装的小说，发愤忘食，埋头苦读。还珠楼主五十多本《蜀山剑侠传》，从头至尾，我看过数遍。这真是一本了不起的巨著，其设想之奇，气魄之大，文字之美，功力之高，冠绝武林，没有一本小说曾经使我那样着迷过。当然，我也看张恨水的《啼笑因缘》、《斯人记》，徐訏的《风萧萧》，不忍释手，巴金的《家》、《春》、《秋》也很起劲。《三国》、《水浒》、《西游记》，似懂非懂地看了过去，小学五年级便开始看《红楼梦》，以至于今，床头摆的仍是这部小说。

在建国中学初三的那一年，我遇见了我的第二位启蒙先生，李雅韵老师。雅韵老师生长在北平，一口纯正的京片子，念起李后主的《虞美人》，抑扬顿挫。雅韵老师替我开启了中国古典文学之门，使我首次窥见古中国之伟大庄严。雅韵老师文采甚丰，经常在报章杂志发表小说。在北平大学时代，她曾参加地下抗日工作，掩护我方同志。战后当选国大代表，那时她才不过二十多岁。在我心目中，雅韵老师是一个文武双全的巾帼英雄。在她身上，我体认到儒家安贫乐道，诲人不倦，知其不可而为之的执著精神。她是我们的国文导师，她看了我的作文，鼓励我写作投稿，她替我投了一篇到《野风》杂志，居然登了出来，师生皆大欢喜。她笑着对我说："你这样写下去，二十五六岁，不也成为作家了？"她那句话，对我影响之深，恐怕她当初没有料及，从那时起，我便梦想以后要当"作家"。中学毕业，我跟雅韵老师一直保持联系，出国后，也有信件往来，六九年我寄一封耶诞卡去，却得到她先生张文华老师的回信，说雅韵老师于九月间，心脏病发，不治身亡，享年才五十。雅韵老师身经抗日，邦灾国难，体验深刻，难怪她偏好后主词，“恰似一江春水向东流”，她念来余哀未尽，我想她当时自己一定也是感慨良多的吧。

高中毕业，本来我保送台大，那时却一下子起了一种浪漫念头。我在地理书上念到长江三峡水利灌溉计划，Y.V.A. 如果筑成，可媲美美国的 T.V.A.，中国中部农田水利一举而成，造福亿万生民。我那时雄心万丈。我要去长江三峡替中国建一个 Y.V.A.。一面建设国家，一面游名川大山，然后又可以写自己的文章。小时游过长江，山川雄伟，印象极深。当时台大没有水利系，我便要求保送成功大学。读了一年水利工程，发觉自己原来对工程完全没有兴趣，亦无才能，Y.V.A. 大概轮不到我去建设。同学们做物理实验，非常认真在量球径，我却带了一本《琥珀》去，看得津津有味。一个人的志趣，是勉强不来的，我的“作家梦”却愈来愈强烈了。有一天，在台南一家小书店里，我发觉了两本封面褪色、灰尘满布的杂志《文学杂志》第一、二期，买回去一看，顿时如纶音贯耳，我记得看到王镇国译华顿夫人的《伊丹 · 傅罗姆》，浪漫兼写实，美不胜收。虽然我那时看过一些翻译小说，《简 · 爱》、《飘》、《傲慢与偏见》、《咆哮山庄》，等等，但是都是顺手拈来，并不认真。夏济安先生编的《文学杂志》实是引导我对西洋文学热爱的桥梁。我做了一项我生命中异常重大的决定，重考大学，转攻文学。事先我没有跟父母商量，先斩后奏。

我的“作家梦”恐怕那时候父母很难了解。我征求雅韵老师的意见，本来我想考中文系。雅韵老师极力劝阻，她说西洋文学对小说创作的启发要大得多。她本人出身国文系，却能做如此客观的忠告，我对她非常感佩。台大放榜，父母亲免不得埋怨惋惜了一番，台湾学校的风气，男孩子以理工为上，法商次之，文史则属下乘，我在水利系的功课很好，是系里的第一名，但那只是分数高，我对数理的领悟力，并不算强。我解说了半天，父亲看见大势已定，并不坚持，只搬出了古训说：“行有余力，则以学文。”我含糊应道：“人各有志。”母亲笑叹道：“随他吧，‘行行出状元’。”她心里倒是高兴的，因为我又回台北家中来了。

进入台大外文系后，最大的奢望就是在《文学杂志》上登文章，因为那时《文学杂志》也常常登载同学的小说。我们的国文老师经常给《文学杂志》拉稿。有一次作文，老师要我们写一篇小说，我想这下展才的机会来了，一下子交上去三篇。发下来厚厚一叠，我翻了半天，一句评语也没找到，开头还以为老师看漏了，后来一想不对，三篇总会看到一篇，一定是老师不赏识，懒得下评。顿时脸上热辣辣，赶快把那一大叠稿子塞进书包里，生怕别人看见。“作家梦”惊醒了一半，心却没有死，反而觉得有点怀才不遇，没有碰到知音。于是自己贸贸然便去找夏济安先生，开始还不好意思把自己的作品拿出来，借口去请他修改英文作业。一两次后，才不尴不尬地把自己一篇小说递到他书桌上去。我记得他那天只穿了一件汗衫，一面在翻我的稿子，烟斗吸得呼呼响。那一刻，我的心在跳，好像在等待法官判刑似的。如果夏先生当时宣判我的文章“死刑”，恐怕我的写作生涯要多许多波折，因为那时我对夏先生十分敬仰，而且自己又毫无信心，他的话，对于一个初学写作的人，一褒一贬，天壤之别。夏先生却抬起头对我笑道：“你的文字很老辣，这篇小说，我们要用，登到《文学杂志》上去。”那便是《金大奶奶》，我第一篇正式发表的小说。

后来又在《文学杂志》上继续发表《我们看菊花去》（原名《入院》），《闷雷》本来也打算投到《文学杂志》，还没写完，夏先生只看了一半，便到美国去了。虽然夏先生只教了我一个学期，但他直接间接对我写作的影响是大的。当然最重要的是他对我初“登台”时的鼓励，但他对文字风格的分析也使我受益不少。他觉得中国作家最大的毛病是滥用浪漫热情、感伤的文字。他问我看些什么作家，我说了一些，他没有出声，后来我提到毛姆和莫泊桑，他却说：“这两个人的文字对你会有好影响，他们用字很冷酷。”我那时看了许多浪漫主义的作品，文字有时也染上感伤色彩，夏先生对于文学作品欣赏非常理智客观，而他为人看起来又那样开朗，我便错以为他早已超脱，不为世俗所扰了，后来看了《夏济安日记》，才知道原来他的心路历程竟是那般崎岖。他自己曾是一个浪漫主义者，所以他才能对浪漫主义的弊端有那样深刻的认识。

大三的时候，我与几位同班同学创办《现代文学》，有了自己的地盘，发表文章自然就容易多了，好的坏的一起上场，第一期我还用两个笔名发表了两篇：《月梦》和《玉卿嫂》。黎烈文教授问我："《玉卿嫂》是什么人写的？很圆熟，怕不是你们写的吧？"我一得意，赶快应道："是我写的。"他微感惊讶，打量了我一下，大概他觉得我那时有点人小鬼大。现在看来，出国前我写的那些小说大部分都稚嫩得很，形式不完整，情感太露，不懂得控制，还在尝试习作阶段。不过主题大致已经定型，也不过是生老病死，一些人生基本永恒的现象。倒是有几篇当时怎么会写成的，事隔多年，现在回忆起来，颇有意思。有一年，智姊回国，我们谈家中旧事，她讲起她从前一个保姆，人长得很俏，喜欢戴白耳环，后来出去跟她一个干弟弟同居。我没有见过那位保姆，可是那对白耳环，在我脑子里却变成了一种蛊惑，我想戴白耳环的那样一个女人，爱起人来，一定死去活来的——那便是玉卿嫂。在宪兵学校，有一天我带上地图阅读，我从来没有方向观，不辨东西南北，听了白听，我便把一张地图盖在稿纸上，写起《寂寞的十七岁》来。我有一个亲戚，学校功课不好，家庭没有地位，非常孤独，自己跟自己打假电话，我想那个男孩子一定寂寞得发了昏，才会那样自言自语。有一次我看见一位画家画的一张裸体少年油画，背景是半抽象的，上面是白得熔化了的太阳，下面是亮得燃烧的沙滩，少年跃跃欲飞，充满了生命力，那幅画我觉得简直是“青春”的象征，于是我想人的青春不能永葆，大概只有化成艺术才能长存。

一九六二年，出国前后，是我一生也是我写作生涯的分水岭，那年冬天，家中巨变，母亲逝世了。母亲出身官宦，是外祖父的掌上明珠，自小锦衣玉食，然而胆识过人，不让须眉。二七年北伐，母亲刚跟父亲结婚，随军北上。父亲在龙潭与孙传芳激战，母亲在上海误闻父亲阵亡，连夜冲封锁线，爬战壕，冒枪林弹雨，奔到前方，与父亲会合，那时她才刚冒二十。抗日期间，湘桂大撤退，母亲一人率领白、马两家八十余口，祖母九十，小弟月余，千山万水，备尝艰辛，终于安抵重庆。我们手足十人，母亲一生操劳，晚年在台，患高血压症常常就医。然而母亲胸怀豁达，热爱生命，环境无论如何艰险，她仍乐观，勇于求存，因为她个性坚强，从不服输。但是最后她卧病在床，与死神交战，却节节退败，无法抗拒。她在医院里住了六个月，有一天，我们一位亲戚嫁女，母亲很喜爱那个女孩，那天她精神较好，便挣扎起来，特意打扮一番，坚持跟我们一同去赴喜筵。她自己照镜，很得意，跟父亲笑道：“换珠衫依然是富贵模样。”虽然她在席间只坐了片刻，然而她却是笑得最开心的一个。人世间的一切，她热烈拥抱；死亡，她是极不甘愿，并且十分不屑的。

然而那次不久，她终于病故。母亲下葬后，按回教仪式我走了四十天的坟，第四十一天，便出国飞美了。父亲送别机场，步步相依，竟破例送到飞机梯下。父亲曾领百万雄师，出生入死，又因秉性刚毅，喜怒轻易不形于色。可是暮年丧偶，儿子远行，那天在寒风中，竟也老泪纵横起来，那是我们父子最后一次相聚，等我学成归来，父亲先已归真。月余间，生离死别，一时尝尽，人生忧患，自此开始。

别人出国留学，大概不免满怀兴奋，我却没有，我只感到心慌意乱，四顾茫然。头一年在美国，心境是苍凉的，因为母亲的死亡，使我心灵受到巨大无比的震撼。像母亲那样一个曾经散发过如许光与热的生命，转瞬间，竟也烟消云散，至于寂灭，因为母亲一向为白马两家支柱，遽然长逝，两家人同感天崩地裂，栋毁梁摧。出殡那天，入土一刻，我觉得埋葬的不仅是母亲的遗体，也是我自己生命的一部分，那是我第一次真正接触到死亡，而深深感到其无可抗拒的威力。由此，我遂逐渐领悟到人生之大限，天命之不可强求。丧母的哀痛，随着时间与了悟，毕竟也慢慢冲淡了。因为国外没有旧历，有时母亲的忌日，也会忽略过去。但有时候，不提防，却突然在梦中见到母亲，而看到的，总是她那一副临终前忧愁无告的面容，与她平日欢颜大不相类。我知道下意识里，我对母亲的死亡，深感内疚，因为我没能从死神手里，将她抢救过来。在死神面前，我竟是那般无能为力。

初来美国，完全不能写作，因为环境遽变，方寸大乱，无从下笔，年底耶诞节，学校宿舍关门，我到芝加哥去过耶诞，一个人住在密歇根湖边一家小旅馆里。有一天黄昏，我走到湖边，天上飘着雪，上下苍茫，湖上一片浩瀚，沿岸摩天大楼万家灯火，四周响着耶诞福音，到处都是残年急景。我立在堤岸上，心里突然起了一阵奇异的感动，那种感觉，似悲似喜，是一种天地悠悠之念，顷刻间，混沌的心景，竟澄明清澈起来，蓦然回首，二十五岁的那个自己，变成了一团模糊，逐渐消隐。我感到脱胎换骨，骤然间，心里增添了许多岁月。黄庭坚的词："去国十年，老尽少年心。"不必十年，一年已足，尤其是在芝加哥那种地方。回到爱荷华，我又开始写作了，第一篇就是《芝加哥之死》。

在爱荷华作家工作室，我学到了不少东西：我了解到小说叙事观点的重要性。Percy Lubbock 那本经典之作《小说技巧》对我启发是大的，他提出了小说两种基本写作技巧：叙述法与戏剧法。他讨论了几位大小说家，有的擅长前者，如萨克莱（Thackeray），有的擅长后者，如狄更斯。他觉得：何时叙述，何时戏剧化，这就是写小说的要诀。所谓戏剧化，就是制造场景，运用对话。我自己也发觉，一篇小说中，叙述与对话的比例安排是十分重要的。我又发觉中国小说家大多擅长戏剧法，《红楼》、《水浒》、《金瓶》、《儒林》，莫不以场景对话取胜，连篇累牍的描述及分析，并不多见。我研读过的伟大小说家，没有一个不是技巧高超的，小说技巧不是“雕虫小技”，而是表现伟大思想主题的基本工具。在那段期间，对我写作更重要的影响，便是自我的发现与追踪。像许多留学生一样，一出国外，受到外来文化的冲击，产生了所谓认同危机。对本身的价值观与信仰都得重新估计。虽然在课堂里念的是西洋文学，可是从图书馆借的，却是一大叠一大叠有关中国历史、政治、哲学、艺术的书，还有许多五四时代的小说。我患了文化饥饿症，捧起这些中国历史文学，便狼吞虎咽起来。看了许多中国近代史的书，看到抗日台儿庄之役，还打算回国的时候，去向父亲请教，问他当时战争实际的情形。

暑假，有一天在纽约，我在 Little Carnegie Hall 看到一个外国人摄辑的中国历史片，从慈禧驾崩、辛亥革命、北伐、抗日，到战乱，大半个世纪的中国，一时呈现眼前。南京屠杀、重庆轰炸，不再是历史名词，而是一具具中国人被蹂躏、被凌辱、被分割、被焚烧的肉体，横陈在那片给苦难的血泪灌溉得发了黑的中国土地上。我坐在电影院内黑暗的一角，一阵阵毛骨悚然地激动不能自已。走出外面，时报广场仍然车水马龙，红尘万丈，霓虹灯刺得人眼睛只发疼，我蹭蹬纽约街头，一时不知身在何方。那是我到美国后，第一次深深感到国破家亡的彷徨。

去国日久，对自己国家的文化乡愁日深，于是便开始了

《纽约客》，以及稍后的《台北人》。

注

此“后记”原为一九七六年远景结集早期短篇小说而写。

附录

白先勇的小说

欧阳子

一般的作家，或因经验不足，或因文才有限，即使在文坛上成功成名，他们毕生所能写出的好作品，常常只是同一类、同一色调的。因此，对一般作家，我们常常可以轻易而明白地分类，说他们是“写实派”、“超写实派”、“心理派”、“社会派”、“新派”、“旧派”，等等。

但是，我们却无法将白先勇的作品，纳入任何一个单一的派别里。白先勇才气纵横，不甘受拘；他尝试过各种不同样式的小说，处理过各种不同类式的题材。而难得的是，他不仅尝试写，而且写出来的作品，差不多都非常成功。

白先勇讲述故事的方式很多。他的小说情节，有从人物对话中引出的《我们看菊花去》，有以传统直叙法讲述的《玉卿嫂》，有以简单的倒叙法（flashback）叙说的《寂寞的十七岁》，有用复杂的“意识流”（stream of consciousness）表白的《香港——一九六〇》，更有用“直叙”与“意识流”两法交插并用以显示给读者的《游园惊梦》。

白先勇小说里的文字，很显露出他的才华。他的白话，恐怕中国作家没有两三个能和他比的。他的人物对话，一如日常讲话，非常自然。除此之外，他也能用色调浓厚、一如油画的文字，《香港——一九六〇》便是个好例子。而在《玉卿嫂》里，他采用广西桂林地区的口语，使该篇小说染上很浓的地方色彩。他的头几篇小说，即他在台湾时写的作品，文字比较简易朴素。从第五篇《上摩天楼去》起，他开始非常注重文字的效果，常借着文句适当的选择与排列，配合各种恰当“象征”（symbolism）的运用，而将各种各样的“印象”（impressions），很有效地传达给了读者。《香港——一九六〇》里的文字，立刻传给我们一种混淆杂乱的感觉，使我们体会到香港这一小岛的可怕的混乱与堕落。《安乐乡的一日》里，在寥寥几行描写安乐乡景色的一段（小说第四段），作者用了三个“死”字（死角、死水、死寂），两个“灰”字（淡灰色、灰茫茫），此外还采用“枯竭”、“滞住”、“静寂”、“没有中断”、“没有变化”等词句，来象征女主角依萍内心的沉滞与隔世感。而作者使这故事发生在名叫“安乐乡”的地点，当然不无讽刺的效果（ironical effect）。

读者看白先勇的小说，必定立刻被他的人物吸引住。他的人物，无论男女老幼，无论教育程度之高低，个个真切，个个栩栩如生。我们觉得能够听见他们，看见他们。白先勇的小说，几乎全以人物为中心，故事总是跟着人物跑的。(只有《香港——一九六〇》是例外。在这篇里，真正的主角不是余丽卿，不是她吸鸦片烟的情夫，而是香港这一个小岛)身为一个男人，白先勇对一般女人心理，具有深切了解。他写女人，远比写男人，更细腻，更生动。

从这本选集里，我们发现白先勇在写作技巧方面，一直在进步着。他较早的作品,像《玉卿嫂》和《寂寞的十七岁》,虽然人物如生，故事动人，但结构方面，似较松散；有些细节，虽能使故事更显丰润，却未见得与小说的主题有切要关系。就好像作者有太多话要说，有点控制不了自己似的。但他近来的作品，好像过滤出来锻炼出来一般，结构异常紧密；没有一个细节，甚至于没有一句话，是可以随便删略的。每一篇，都像一张密织的网，那样完整。若是从故事里删去任何一个插曲枝节，就可能像剪断网之一线，伤害了全体。

特别是在近作中，白先勇总是以故事里人物的动作，或该人物与他人之对话，来明示或暗示该角色的心理状态；而不直接告诉读者，该角色感觉这样，感觉那样。譬如在《一把青》里，作者要表达朱青经过战乱丧夫的惨变后，由于心死而变得麻木不仁的心理状态；但他不直接这样告诉我们，却采用朱青对两次事变（郭轸与小顾之飞行失事）不同的反应，做个强烈的对比，以衬托出朱青的改变与麻木。这种写作技巧，若以主角为第一人称来写，就很难于运用。因此，除了《寂寞的十七岁》外，白先勇的小说，若非用第三人称下笔，便是取一个次要角色，为第一人称，从旁观的角度写成的。这使得作者与主角之间保持距离，因而易于保持客观。

白先勇的小说中，剧景的转换与上下文的连接，非常畅顺自然。这在他的传统叙述中，固然如此；在他运用“意识流”时，更是如此。《游园惊梦》里，钱夫人眼看程参谋和蒋碧月两人在一起，她的思想在瞬间逆流，回溯到过去的一幕类似的情景。于是，“现在”与“过去”流为一体，纠缠不清。但正当她再一度经验着过去那段痛苦的往事——

“五阿姊，该是你‘惊梦’的时候了。”蒋碧月站了起来，走到钱夫人面前……（《游园惊梦》）

以上是白先勇擅于连接上下文的一个好例子。蒋碧月说这句话，别无他意，只是叫钱夫人上场唱《惊梦》这一段戏。但这句话紧跟在钱夫人的回想冥思之后，就明显地产生了双重作用。

白先勇的小说，虽然以人物为中心，但他小说中的“主题”（theme），并不比人物次要。在他最后几篇里，主题甚至压在人物之上，人物像是被作者特地选出来表现主题的。在白先勇作品中，常出现的主题，有下列几个：

一、由于逃避“现实”，由于缺乏勇气、力量去面对与接受它，或由于只肯后顾，不肯前瞻，许多人便在不自觉间与世脱节，觉得自已一无所属，终于成为一个失败者。白先勇对这一类人物充满同情，似乎不愿归罪于他们，而归罪于我们这残酷的、过分讲究“理性”的世界。《我们看菊花去》里的姐姐，《寂寞的十七岁》中的主角，《安乐乡的一日》之依萍，都是这一类型的人。

二、人性之中，有一种毁灭自己的趋向，这趋向是一股无可抗拒的力量，直把人往下拖，拖向失败、堕落或灭亡。像玉卿嫂，《香港——一九六〇》的余丽卿，《那晚的月光》中的李飞云，《谪仙记》里的李彤，都是因为敌不过自己，才走向败亡之途。

三、中国的传统文化，曾经有过灿烂辉煌的过去，可是如今，这种大气派的中国文化，竟已没落得不能再在世界潮流中立足。我们缅怀过去，不胜今昔之感。辉煌的往日，已是一去不返；我们除了默默凭吊，默默哀悼，又能怎样？

这最后一个主题，一次又一次地在白先勇的最近几篇小说中出现。尹雪艳、朱青和钱夫人，都可说多多少少象征着中国与中国传统文化的解体：尹雪艳是吗啡样的麻醉剂，暂时使人止痛，忘忧，但终于把人引向死地。朱青受战乱之害，历经折磨，终致失去灵性，麻木不仁。钱夫人有过辉煌的过去，但只因为“长错一根骨头”，她开始走下坡路，终于变成空壳一个，与世脱节。而《谪仙记》（请注意“谪仙”二字的象征意味）里的李彤，绰号叫做“中国”，用意更是明显。这几篇小说的语气（tone）中，有一种怀古念旧的余韵。

白先勇是一个道道地地的中国作家。他吸收了西洋现代文学的各种写作技巧，使得他的作品精炼、现代化；然而他写的总是中国人，说的是中国故事。他写作极端客观，从不在他作品里表白自己的意见。可是读他最后几篇小说，我们好像能够隐约听见他的心声。我们感觉得出，他也像《谪仙记》里的慧芬那样，为着失落了的中国（李彤），心中充塞着一股极深沉而又极空洞的悲哀。

白先勇早期的短篇小说

夏志清

白先勇的第一篇小说《金大奶奶》发表在一九五八年九月号的《文学杂志》上，那时他刚念完大学一年级。以后十年多，到一九六九年正月为止，他发表了二十四个短篇[1]。同一时期，他创办了《现代文学》，以台大外文系学士的身份，在美国爱荷华大学从事小说理论和创作的研究，拿到硕士学位后，一直在 Santa Barbara 加州大学任教中国语文的课程。

白先勇小说的一大半，杂志一到手我就读了。最近有机会把手边有的二十四篇重读了一遍，更肯定了我四五年来一向有的感觉：白先勇是当代短篇小说家中少见的奇才。台湾不少比他享誉更隆、创作更丰的小说家，很惭愧我都没有机会详读，假如他们的“才”比白先勇更高，“质”更精，我当然会更高兴，为中国文坛庆幸。但从“五四运动”到大陆变色以前这一段时期的短篇小说，我倒读了不少，我觉得在艺术成就上可和白先勇后期小说相比或超越他的成就的，从鲁迅到张爱玲也不过五六人。白先勇才三十多岁，还没有写过长篇，凭他的才华和努力，将来应在中国文学史上占一个重要的地位。

二十世纪的中国人，免不了有自卑感。专攻西洋文学的学者，花好多年工夫研读了二十世纪早期的大文豪，总觉得中国当代最严肃的作家也逃不出他们影响的范围，不值得重视。事实上，这些大文豪都已物故了，当代英美和日本的作家也逃不出他们影响的范围。在台、港，在美国用中文努力创作的人，虽然人数不多，可说跟他们属于同一世界性的传统，在文艺教养上并不逊于他们：不像新文学初创立的一二十年，一方面得运用新工具——白话——来写作，一方面刚学了些西洋文学的皮毛，还顾不到技巧的研究，一大半人写出来的东西，都非常幼稚。

白先勇这一代的作家，不特接受了二十世纪大文豪所制造的传统，而且向往于中国固有文化，对其光明的前途也抱着坚强的信心。他们并没有机械地接受了学校老师的教诲，但正因为大陆尚未光复，凭自己童年的回忆，凭自己同长一辈人谈话间，或攻读古诗文时所悟会到中国往日的规模和气派（当然也能悟会到一些丑恶的方面），一种油然而生的爱国热诚占据了他们的心胸，这种爱国热诚在他们作品里表现出来，常带一种低徊凭吊的味道，可能不够慷慨激昂，但其真实性却是无可否定的。

相反的，在被学潮所震荡的欧、美、日本诸国家，一般自命前进的青年所企求的是西方文明的毁灭（包括基督教和资本主义，两者之间的密切关系我在这里不想讨论），正像二〇、三〇年代我国前进青年企图毁灭中国固有文化一样。目前这辈青年所信仰得过的导师，不是共产主义者、无政府主义者，即是尽情享乐主义者：其中有些作家在形式上还深受二十世纪早期大师的影响，但在精神上、思想上，已同他们分道扬镳。叶芝、艾略特、乔伊斯、劳伦斯、福克纳（以英美大师为例），在前进青年看来，都是十足的顽固分子，因为他们都是基督教文明的支持人，不管他们之中有人对某些教条抱否定的态度〔请参看 Cleanth Brooks, *The Hidden God*, 1963，此书讨论海明威、福克纳、叶芝、艾略特、沃伦（Robert Penn Warren）五人〕。而目前青年所向往的新社会，却是解脱基督教束缚后的一种社会：把马克思、弗洛伊德思想杂糅成一种新思想体系的马尔库塞（Herbert Marcuse），深受他们爱戴不是没有道理的。

白先勇这一代作家，深感到上一辈青年叫嚣蠢动促进共产党势力在大陆膨胀，是不可能受这种乌托邦式新社会思想的诱惑的。他们对祖国的热爱（虽然他们不爱写反共八股），养成他们一种尊重传统、保守的气质，同时他们在表达现实方面，力创新境，二十世纪早期大师所试用的技巧，可以运用的尽情运用，不管报章的非议，和一般懒惰读者的不耐烦。他们这种一方面求真，一方面把自己看作中国固有文化的继承人、发扬人的态度一贯着二十世纪文艺的真精神，而这种精神，在年轻一辈西方作家中反而不易见到。

在《谪仙记》、《游园惊梦》两本短篇集子里，白先勇所重印的早期小说只有四篇：《我们看菊花去》、《玉卿嫂》、《寂寞的十七岁》、《那晚的月光》，余者都是到美国后才写的。后期的作品无疑较早期的成熟。作者西洋小说研读得多了，阅历广了，对中国和中国人的看法更深入了，尤其从《永远的尹雪艳》到《那片血一般红的杜鹃花》那七篇总名《台北人》的小说，篇篇结构精致，文字洗练，人物生动，观察深入，奠定了白先勇今日众口交誉的地位。在这些小说，和好多篇以纽约市为背景的小说里，作者以客观小说家的身份，刻画些与他本人面目迥异的人物。他交代他们的身世，记载他们到台湾或美国住定后的一些生活片段，同时也让我们看到了二十年来大陆沦陷后中国人的精神面貌。《台北人》甚至可以说是部民国史，因为《梁父吟》中的主角在辛亥革命时就有一度显赫的历史。艾略特曾说过，一个现代诗人，过了二十五岁，如想继续写诗，非有一种“历史感”（the historical sense）不可，白先勇也是在二十五岁前后（到美国以后)，被一种“历史感”所占有，一变早期比较注重个人好恶、偏爱刻画精神面貌上和作者相近似的人物的作风。白先勇肯接受这种“客观”的训练，而且有优异成绩的表现，表示他已具有创造伟大长篇小说的条件。我想他不可能停留在目前这种客观阶级上而满足；可能他已在进行写长篇，而我们可以预测在这个长篇中，早期小说的“主观”成分和近年小说“客观”成分一定会占同样的重要性：每一部伟大长篇可说都是“主观”境界和“客观”现实融和成一体而不再分化的一种东西。事实上，在他近年小说中，“主观”成分依旧存在，欧阳子女士说得好，读它们时，“我们好像能够隐约听见他的心声”。

白先勇早期小说可分两类：一类是或多或少凭借自己切身经验改头换面写成的小说：《金大奶奶》、《我们看菊花去》、《玉卿嫂》、《寂寞的十七岁》。这些小说在形式上都是第一人称的叙述，但讲故事的人同后期小说《谪仙记》里的“我”不相同，多少表露出作者童年、少年时代的自己。《金大奶奶》、《玉卿嫂》里的“我”，别人都叫他“容哥儿”，显然是作者自己的化身，虽然金大奶奶和玉卿嫂悲剧的故事，已经作者提炼过，不一定完全依据当年所记忆的事实。《我们看菊花去》里被送进精神病院的姊姊，可能是虚构的人物，但这种深挚的姊弟之爱，我想有自传性的基础，在作者别的小说里也能见到。同时这篇小说的创作可能也受到威廉士(Tennessee

Williams）名剧《玻璃动物园》（*The Glass Menagerie*）的启示。白先勇对威廉士似乎有偏好〔别的小说里他曾提到《欲望街车》和《流浪者》（*The Fugitive Kind*）这两部电影〕，可能因为他们对于畸形的小人物有同样的兴趣和同情。

白先勇抗战期间住在桂林，家里有很大的花园（“我爸那时在外面打日本鬼，蛮有点名气”——《玉卿嫂》），抗战胜利后，他住在上海附近虹桥镇，可能也住过南京，在读高中时，已迁居台北。我同白先勇虽然见过几次面，通过不少信，但从未谈及他的家世和私人生活，但从他作品上的推测，我们可以知道他早年的一些经历。

白先勇早期小说的第二类，幻想（fantasy）的成分较重，最显著的例子是《青春》，叙述一个老画家在白日当空的海边上，企图在绘画一个裸体少男的过程中，抓回自己已失去的青春。最后他想掐死那少年，因为那少年的每一举动，对他都是“一种引诱，含了挑逗的敌意”，最后少年“跳到水中，往海湾外游去”，而老画家自己却“干毙在岩石上”，“手里紧抓着一个晒得枯白的死螃蟹”。这篇小说可说完全是寓言，题材和主题多少受了托马斯·曼中篇小说《威尼斯之死》（*Death in Venice*）的影响。幻想成分很重的另一篇是《月梦》，叙述一位老医生在无法救活一个患肺炎少年的前后，对过往一段宝贵经验的追忆。此外，《闷雷》、《黑虹》、《小阳春》、《藏在裤袋里的手》，也多少是幻想的产物：它们的人物有其社会的真实性，但他们的举止、脾气都有些别扭乖张，不像《台北人》的人物，几笔素描即能活现纸上的真人。作者有意创造凭自己主观想象所认为更具真实性的成人世界，而这里面的“畸人”都有这个特征：一方面逃避现实、厌恶现实，一方面拼命想“抓”住（“抓”、“扯”这类字在白先勇小说里经常出现）现实，在梦幻里、在自卑或强暴的举动中去找它。他们大半在黄昏月夜开始他们的活动（《黑虹》的女主角耿素棠走遍了台北市，从中山桥头一直走到碧潭）。作者描写黄昏月夜的气氛特别卖力，无疑的，只有在这种气氛中他的人物才能显出其真实性。《那晚的月光》（原名《毕业》，对刚离开大学的作者，毕业后的出路无疑是切身问题）是部介于第一、第二类之间的小说。大三学生李飞云在“太美”的月光之下，糊里糊涂地爱上了余燕翼。她现在“面色蜡黄”，大了肚子，他自己即将毕业，前途茫茫：月光下梦幻似的真实带给他的是使他厌恶而不得不关注的现实。他安慰她，要带她“去看新生的《鸳鸯梦》”，事实上他们的鸳鸯春梦，双宿双飞的日子已无法抓回了。

写早期小说时，白先勇一直在技巧上用功夫，但火候未到，有时不免显露模仿的痕迹。但有时借用现成的故事，别出心裁，很值得我们赞赏。《闷雷》显然是潘金莲、武大郎、武松故事的重写，潘金莲雪夜向武松挑情一节，改写得特别好。“金大奶奶”是位矮胖“老太婆”，在金大先生把“上海唱戏的女人”带回家办喜事的那晚上,服“来沙尔”药水自杀。写这两段情节的对照,作者可能借用《红楼梦》九十八回《苦绛珠魂归离恨天》的写法,正因为金大奶奶一点也不像林黛玉,更显得她被人欺虐无告身世的可怜。

早期这两类小说同样对性爱冲动的表现表示强大的兴趣,而这冲动的表现,在世俗眼光看来,可能是不太正常的。《月梦》的老医生回忆中重游涌翠湖,他和他的伴侣一起游泳。涌翠湖这个名字是这样美丽,多读了时下流行的小说,我们一定可以想象在湖畔散步的是一对俊男美女。但老医生回忆中的伴侣却是:

> 十五六岁的少年,身子很纤细,皮肤白皙,月光照在他的背上,微微地反出青白的光来,衬在墨绿的湖水上,像只天鹅的影子,围着一丛冒上湖面的水草,悠悠地打着圈子。

那时老医生比他大不了几岁,对他“竟起了一阵说不出的怜爱……他不知不觉地把那个纤细的少年拥到了怀里,一阵强烈的感觉,刺得他的胸口都发疼了”。但少年当晚就染上了肺炎,不治身亡。在他的伴侣记忆中,“湖边的依偎,变成了唯一的也是最后的一次”。他后来无论同任何女人发生肌肤的接触时,竟觉得如同野狗的苟合一般,好丑恶,好烦腻。在印度当随军医生的时候，有一次他被同伴带进了一间下等妓院。半夜醒来时，月光照着那妓女："她张着嘴，龇着一口白牙在打呼，全身都是黑得发亮的，雨个软蠕蠕的奶子却垂到了他的胸上，他闻到了她胳肢窝和头发里发出来的汗臭。当他摸到勾在他颈子上那条乌油油蛇一般手臂时，陡然间全身都紧抽起来，一连打了几个寒噤，急忙挣扎着爬起来，发了狂似的逃出妓院，跑到河边的草地上，趴着颤抖起来。"

在白先勇早期小说中，这种男性美和女性丑恶强烈对比的描写，到处可以见到。不独男主角有同性恋的倾向，那些作者寄予同情的女主角，也同样对女人的身体表示憎恶，对她们做妻子、母亲本分应做的事，表示强烈的反感。耿素棠在圆环一带见到一个胖女人，"将一个白白胖胖的大奶子塞进婴孩嘴里去，婴孩马上停止了哭声"：

> 耿素棠……心里突然起了一阵说不出的腻烦。她记得头一次喂大毛吃奶时，打开衣服，简直不敢低头去看，她只觉得有一个暖暖的小嘴巴在啃着她的身体，拼命地吸，拼命地抽，吸得她全身都发疼。乳房上被啮得青一块，紫一块，有时奶头被咬破了，发了炎，肿得核桃那么大。一只只张牙舞爪的小手，一个个红得可怕的小嘴巴，拉、扯，把她两个乳房

硬生生地拉得快垂到肚子上来——大毛啃完，轮到二毛；二毛啃完，现在又轮到小毛来了。

初生的婴孩是没有牙的，不可能把奶头咬破，他的小手可以“舞爪”而不可能“张牙”（除非“牙”在这里是“爪”的代名词），他的小嘴巴无力也不可能恶意地把他母亲的乳房“拉得快垂到肚子上来”。在这一段过火的描写里，很显然的，作者已把自己男性的洁癖交给他的女主角，使她无法感到小嘴巴吮奶时她应有的生理上的快感，而只能对任何拉扯性的本能行动（包括性交在内）感到一种无上的反感。

《青春》里的少男，和《月梦》老医生记忆中那位夭亡的伴侣，生得一样美丽。但正因为他代表一种理想，他充满了“青春的活力”，行动非常矫捷，不像其他早期小说中的青年，不免在精神上、身体上带些病态。老画家面对这位可望而不可抓的模特儿，两次低声叫道：“赤裸的 Adonis！”阿宕尼斯，这位希腊神话中带女性气质的美少年，读英国文学的人没有不知道的，雪莱悼亡济慈的诗即题名“Adonis”。莎士比亚叙事诗“Venus and Adonis”里的阿宕尼斯是位未解风情的少年，爱神维纳斯苦苦向他求爱，他都无动于衷，一心只爱打猎，结果被一头野猪伤害了他的性命。悲悼莫名的维纳斯觉得有“沉鱼落雁”之貌[2]的阿宕尼斯，即是野猪也一定要亲他、爱他，只是它举止粗笨，要吻他腰部的时候，不防一双长牙把他抵死了。维纳斯叹道：

> "Had I been tooth'd like him, I must confess,
> With kissing him I should have kill'd him first,
> But he is dead and never did he bless
> My youth with his; the more am I accurst."
> With this, she falleth in the place she stood,
> And stains her face with his congealed blood.
> "我若有他那样的牙，或得承认，
> 我早已用一吻就会把他杀害，
> 不过他已死了，他不曾用他的青春和
> 我缱绻；只怪我的命太坏。"
> 说完这话她立即晕倒在地，
> 脸上染上他的淤凝的血迹。[3]

白先勇在台大四年，"Adonis"这首名诗是一定读过的。"Venus and Adonis"是否读过我不敢肯定（据闻选修"莎士比亚"这门课的学生，一学年读不到四五种剧本）。但无疑的，阿宕尼斯是他早期小说中一个重要的"原型"（archetype）。这个原型有同性恋的倾向，所以不解风情也不耐烦女性的纠缠，但即使他并非同性恋者，他也挡不住爱神维纳斯的侵略式的攻势，他会枯萎下去（像希腊神话中的另一位美少年

Tithonus 一样)，或被她的长牙抵死。在阿宕尼斯的世界中，爱与死是分不开的，或者可以说每一个追逐他的女人，自命是多情的维纳斯，但揭开真面目，却是利牙伤人的野猪。和阿宕尼斯型少年外表上迥异而本质上有相似处的是侏儒式干枯了的男人(《闷雷》中的丈夫)，他们或因先天不足，或因幼年期离不了母亲、奶妈、女仆们的包围，养成了甘受女性支配、磨折的习惯。他们可能是同性恋者，但从未经过同性恋的考验，终生想在异性那里得到幼年时在母亲或奶妈怀里那种安全感。《藏在裤袋里的手》中的吕仲卿是这一类典型最显著的例子，他比他太太玫宝“还要矮半截，一身瘦得皮包骨，眉眼嘴角总是那么低垂着”。玫宝根本不把他当人看待，但他竟能在她辱骂冷待中得到些满足。他畏惧女人——“一个痴白肥大的女人臀部”对他是个恐怖的象征——但离不了女人，因为他永远是她姆妈的独生子。

《玉卿嫂》是白先勇早期小说中最长也是最好的一篇。欧阳子觉得它结构“似较松散……好像作者有太多话要说，有点控制不了自己似的”。叶维廉在《游园惊梦》的《代序》上也做了相类似的批评。《玉卿嫂》技巧上不如后期小说洗练，但不要忘记，故事中的容哥儿才是小学四年级的学生，一位从小任性娇生惯养，看白戏，吃零食，晚上溜出门，除了母亲不怕任何人的大家少爷。他虽然在讲玉卿嫂的故事，但他兴趣太广，注意力不可能集中，而作者正利用这个弱点，不特把容哥儿的个性详尽地衬托出来，而许多看来不重要的细节，在故事的发展中自有其重要性。容哥儿讲这个故事，自然是在玉卿嫂死掉之后，至少隔一两个月，甚至一两年，但他还是个不懂事的小孩，口气完全不像成年人。他对男女间冤孽式的爱情还不甚了解，他觉得它很好玩、奇怪，而且笼罩着一种噩梦式的恐怖。他故事交代得很清楚，但不知道自己也是促成这段孽缘悲剧下场的关键人物。

在《玉卿嫂》里，白先勇并没有像不少欧美现代小说家一样，根据一个神话，一首古老的诗篇，刻意重写。玉卿嫂长得很俏，但她是抗战时期旧式社会里的孤孀，当然没有希腊爱神那样无拘无束的自由。她死心塌地爱上了比她年轻不少的庆生，但当她发觉她抓不住他的心的时候，她自己化身为野猪，把他杀死，再结果了自己（根据神话，野猪是爱神情夫 Ares“战神”或阿波罗的化身）。阿宕尼斯和庆生相像之点较多：两人都是孤零无靠，无丈夫气而富女性美的男子。阿宕尼斯是一位国王和他亲生女儿乱伦的结晶，一落地即被 Aphrodite（即维纳斯）藏在箱子内占为已有，后来被地府王后 Persephone 发现，她也爱上了他，两位女神争夺这位少年，反而送了他的性命。庆生的身世不大清楚，但他身患痨疾，不能自立，虽非乱伦的结晶，也表示他遗传上有欠缺，或是不健全的旧式社会的产物。他一直被玉卿嫂贴钱养着，待在死巷堂里一间“矮塌塌”的屋子里（维纳斯的箱子）。他和玉卿嫂姊弟相称，他们真正的关系，瞒了容哥儿很久。维纳斯虽然是阿宕尼斯的情人，但从小把他照顾大，也可算是他的母亲、保姆，或长姊。

玉卿嫂是深深值得我们同情的女人，她克勤克俭，把所积蓄的钱，给庆生养病，指望迟早有同他结婚的一日，这样自立门面，即使服侍他一辈子，也是一种满足，一种快乐。她为人很规矩，从不同男仆们调笑，也绝不考虑同东家乡下有田地的远亲满叔结婚。但正因为她人这样好，爱情这样专一，她这种自己不能克制的占有欲狂的表现更显出其恐怖性。而这种占有欲狂，在作者看来，是性爱中潜在的成分，在必要时一定会爆发的。

在玉卿嫂的悲剧里，容哥儿也是个吃重的人物：假如他不常带庆生去看戏，他不会认识这位金燕飞的旦角；假如他不报告玉卿嫂庆生和金燕飞幽会的情形，她也不会动了杀机。最主要的，容哥儿虽很喜欢玉卿嫂，因为她生得体面，百事顺他，显然庆生对他的吸引力更大：前者不过是个女仆，后者是个自己想搭配的淘伴。容哥儿才十岁，不解风情，更不懂什么叫同性恋，但下意识中他觉得同庆生在一起，更好玩，更有意思，想同他亲热。玉卿嫂不是作者一向最厌恶大奶肥臀的女人，她和庆生都长得眉清目秀，有“水葱似的鼻子”，像一对亲姊弟，但容哥儿不喜欢玉卿嫂额上的皱纹，“恨不得用手把她的额头用力磨一磨，将那几条皱纹敉平去”。相反的，他对庆生“嘴唇上留了一转淡清的须毛毛”，却特别醉心，“看起来好细致，好柔软，一根一根，全是乖乖地倒向两旁，很逗人爱，嫩相得很”。他和庆生初会的第二天，一放学就跑去找他，瞒了母亲，也不关照玉卿嫂，请他去看戏吃面。走进屋子，庆生在睡午觉：“我一看见他嘴唇上那转柔得发软的青胡须就喜得难耐，我忍不住伸出手去摸了一下他嘴上的软毛毛，一阵痒痒麻麻的感觉刺得我笑了起来，他一个翻身爬了起来，抓住了我的手，两只眼睛一直怔怔发呆，还不知道是怎么回事。‘哈哈，我在耍你的软胡须呢！’我笑着告诉他，突地他的脸又开始红了起来——红、红、红从颈脖一直到耳根子去了。”

容哥儿并不可能分析自己喜欢庆生的原因，正同他不了解玉卿嫂对庆生那一股强烈的爱一样。但下意识中，他把玉卿嫂当情敌看待，他不让玉卿嫂一个人去访他的情人——每次跟着一起去，使她没有同庆生亲热的机会，也免得她伤害他。在容哥儿眼里，“不知怎么的，玉卿嫂一径想狠狠地管住庆生，好像恨不得拿条绳子把他拴在她裤腰带上，一举一动，她总要牢牢地盯着……我本来一向觉得玉卿嫂的眼睛很俏的，但是当她盯着庆生看时，闪光闪得好厉害[4]，嘴巴闭得紧紧的，却有点怕人了”。

大除夕，容哥儿和底下人赌博的当儿，玉卿嫂换了盛装，溜出去和庆生团圆了。容哥儿发觉她人不在，已十一点多钟，他一口气在冷风逼人的黑夜，飞跑到庆生屋子的窗口，戳破了纸窗，凭屋内桌上的烛光和床头火盆所发的红光，窥视玉卿嫂和庆生在床上做爱：

玉卿嫂的样子好怕人，一脸醉红，两个颧骨上，油亮得快发火了，额头上尽是汗水，把头发浸湿了，一缕缕地贴在上面，她的眼睛半睁着，炯炯发光，嘴巴微微张开，喃喃讷讷说些模糊不清的话。忽然间，玉卿嫂好像发了疯一样，一口咬在庆生的肩膀上来回地撕扯着，一头的长发都跳动起来了。她的手活像两只鹰爪抠在庆生青白的背上，深深地掐了进去一样。过了一会儿，她忽然又仰起头，两只手扻住了庆生的头发，把庆生的头用力揿到她胸上，好像恨不得要将庆生的头塞进她心口里去似的，庆生两只细长的手臂不停地颤抖着，如同一只受了重伤的小兔子，瘫痪在地上，四条细腿直打战，显得十分柔弱无力。当玉卿嫂再次一口咬在他的肩上的时候，他忽然拼命地挣扎了一下，用力一滚，趴到床中央，闷声着呻吟起来，玉卿嫂的嘴角上染上了一抹血痕，庆生的左肩上也流着一道殷血，一滴一滴淌在他青白的胁上。

这是一段绝好的文字，可能认为小疵的是“模糊”两字，普通我们用这个词组描摹视觉而不是听觉的印象，但整段文章着重容哥儿的视觉印象，作者用这两个字可能是有意的。对容哥儿来说，这段文字描写他目睹人生秘密的一种initiation，他第一次看到了性交，正像在小说末了，在一大段和这一段前后照顾的文字上，容哥儿看到了死亡的景象，得到另一种initiation。（请参看《玉卿嫂》：除夕那晚，庆生房里“桌子上的蜡烛跳起一朵高高的火焰，一闪一闪的”，他死后，“桌子上的蜡烛只烧剩了半寸长，桌面上流满了一饼饼暗黄的蜡泪，烛光已是奄奄一息发着淡蓝的火焰了”）容哥儿目击之下的做爱，是一幅老鹰搏击兔子的图画：庆生是“受了重伤的小兔子”，他只有“细腿……打战”、“挣扎”、“滚”、“趴”、“呻吟”的份，玉卿嫂完全在侵略者的地位，用她的牙齿“咬”、“撕”、“扯”，用她“活像两只鹰爪”似的手“抠”、“掐”、“扤”、“揿”、“塞”（多少个活泼的动词！）她攻击被害者的身体各部门，自己“嘴角上染上了一抹血痕”。不管事后她“变得无限温柔”，在做爱的当时，她是一只鹰，一头野兽，痉挛式地、狂暴地实行控制她理智的本能的意志。在白先勇早期的小说里，每个阿宕尼斯都遭受了女人（维纳斯＋野猪）的侮辱，但正因为玉卿嫂自己是个楚楚可怜的女人，她自己无法控制的行动更增加了她悲剧的深度。在她的故事里，作者用他独特的看法，还给我们极真实的而且和中国旧社会客观情形完全符合的世界。

白先勇偏爱阿宕尼斯式的美少年，这是在他早期小说中不容置辩的事实。中国一般读者觉得同性恋是丑恶的事，但想也知道现代欧美作家中，同性恋者多的是：前文所提到的剧作家威廉士就是其中的一位。托马斯 · 曼生前有妻室子女，生活很规矩，但如果他对同性恋没有一种切身的体会，可能也写不出《威尼斯之死》这样的杰作。白先勇，假如他在现实生活上有同性恋的倾向，以他写作态度而言，是属于威廉士、托马斯 · 曼这一类的，绝无如纪德、叶耐（Jean Genet）那样在文章里颂扬同性恋的好处而责备世人的态度。他不避讳但也不强调他同性恋的倾向，而在近年写的小说中，他可说完全接受了世俗道德的标准，来衡量他所创造的人物的行为，虽然一写到爱情（如最近一篇《那片血一般红的杜鹃花》），他仍保持他自己对人生中最复杂最奇妙的现象，一种个人的独特的看法。近二三百年来不少作家、艺术家有其精神上、生理上的缺陷，而因之创造出普通人凭自己的智力想象所不能体会到的人生众相。杜思妥也夫斯基患癫痫症，这对他个人来说是一桩不幸；但假如他是身心完全健全的人，绝不可能写出他的伟大小说来。白先勇的同性恋倾向，我们尽可当它是一种病态看待，但这种病态也正是使他对人生、对男女的性爱有独特深刻看法的一个条件。

《寂寞的十七岁》的主角杨云峰，脾气、个性、家庭环境都和《玉卿嫂》里的容哥儿相像，只是年龄大了七岁，而且因为皮肤很白（同学称他“小白脸”、“大姑娘”），自己像庆生一样，已是异性同性攻击的对象。容哥儿用小孩子眼光看成人世界，对任何事不做道德性的判断。但寂寞的杨云峰，心理上毛病一大堆，已开始能接受“犯罪感”的惩罚。深夜一人在新公园被一位中年男人搭上（“他把我的两只手捧了起来，突然放到嘴边用力亲起来，我没有料到他会这样子。我没想到男人跟男人也可以来这一套”），“回到家里第一件事情就是到浴室里去照镜子，我以为一定变得认不出来了，我记得有本小说写过有个人做了一件坏事，脸上就刻下一条‘堕落之痕’”。但作者虽有意把这段经验当作小说的高潮看待，我们牢记不忘的却是早几天课堂里杨云峰受女生唐爱丽折磨的这一大段(《寂寞的十七岁》)。这段文字写得怵目惊心，显然主角受女性侵犯时所受的心灵上震动要比受男性侵犯时强烈得多。

王文兴以为白先勇的小说“是自《上摩天楼去》以后臻于成熟的”（《谪仙记》后记）。其实白先勇到美国后发表的第一篇小说是《芝加哥之死》（一九六四年一月），而不是《上摩天楼去》（同年三月）。后者无疑是白先勇“客观”小说的第一篇，前者可说是“主观”小说的最后一篇，虽然形式上是第三人称的叙述。白先勇发表《毕业》后，整两年没有发表一篇东西，《芝加哥之死》在文体上表现的是两年中潜心修读西洋小说后惊人的进步。主角吴汉魂是刚拿博士学位的英文系研究生，他身处异国，苦读了好几年书，心境上要比早期小说中的青年苍老得多。最主要的，吴汉魂虽然努力探索自己的一生，他忘不了祖国，他的命运正和中国的命运戚戚有关，分不开来。这种象征方法的运用，和主题命意的扩大，表示白先勇已进入了新的成熟境界。

一九七一年

注

1. 白先勇所发表的短篇小说，我所见到的一共有二十四篇。除头三篇外，其余的都刊载在他自己创办的《现代文学》上：一、《金大奶奶》（《文学杂志》五卷一期，一九五八年九月），二、《入院》（《文学杂志》五卷五期，一九五九年一月），三、《闷雷》（《笔汇》革新号一卷六期，一九五九年十月），四、《月梦》（笔名郁金，《现代文学》第一期，一九六〇年三月），五、《玉卿嫂》（笔名白黎，同期），六、《黑虹》（笔名萧雷，第二期，一九六〇年五月），七、《小阳春》（第六期，一九六一年一月），八、《青春》（第七期，一九六一年三月），九、《藏在裤袋里的手》（第八期，一九六一年五月），十、《寂寞的十七岁》（第十一期，一九六一年十一月），十一、《毕业》（第十二期，一九六二年一月），十二、《芝加哥之死》（第十九期，一九六四年一月），十三、《上摩天楼去》（第二十期，一九六四年三月），十四、《香港——一九六〇》（第二十一期，一九六四年六月），十五、《安乐乡的一日》（第二十二期，一九六四年十月），十六、《火岛之行》（第二十三期，一九六五年二月），十七、《永远的尹雪艳》（第二十四期，一九六五年四月），十八、《谪仙记》（第二十五期，一九六五年七月），十九、《一把青》（第二十九期，一九六六年八月），二十、《游园惊梦》（第三十期，一九六六年十二月），二十一、《岁除》（第三十二期，一九六七年八月），二十二、《梁父吟》（第三十三期，一九六七年十二月），二十三、《金大班的最后一夜》（第三十四期，一九六八年五月），二十四、《那片血一般红的杜鹃花》（第三十六期，一九六九年一月）。据作者自己告诉我，早期作品中还有一篇曾在《中外》杂志上发表，已无存稿。假如是用真名或上述三个笔名发表的，我想台湾的读者，不难查到。

这二十五篇小说，第四篇到第十一篇曾重刊于《现代小说选》（白先勇、王文兴编，《现代文学》杂志社印行，王文兴一九六二年十一月写的序，出版日期想在一九六三年初）。《谪仙记》（文星书店，一九六七年）重印了二、五、十、十三—十八等十篇，《入院》改题为《我们看菊花去》，《毕业》改题为《那晚的月光》。晨钟出版社出版的《游园惊梦》重印了十四、十七—二十三，八篇小说，其中除《香港—— 一九六〇》、《谪仙记》两篇外，都是属于总题为《台北人》的小说。《金大奶奶》和《玉卿嫂》已由殷张兰熙译成英文，分别载于她自己编译的 *New Voice*（1961）和吴鲁芹编的 *New Chinese Writing*（1962）上，二书皆由台北 Heritage Press 出版。白先勇自己译的小说，已发表的有《香港—— 一九六〇》（*Literature: East and West*, IX, No.4, December 1964）。《谪仙记》已录入我和刘绍铭编选的《二十世纪中国小说选》，此书哥伦比亚大学出版部一九七一年出版。

2. 维纳斯对阿宕尼斯的美有这样一段描写：

“When he beheld his shadow in the brook
The fishes spread on it their golden gills:
When he was by, the birds such pleasure took,
That some would sing, some other in their bills:
Would bring him mulberries and ripe-red cherries;
He fed them with his sight, they him with berries.”

3. 见梁实秋译《维纳斯与阿都尼斯》，远东图书公司。
4. 在《寂寞的十七岁》里，杨云峰被唐爱丽作弄后，有这样一段描写：“唐爱丽亲了我一会儿，推开我立起来。我看见她一脸绯红，头发翘起，两只眼睛闪闪发光，怕人得很。”